FÜHMANN · SAIÄNS-FIKTSCHEN

Reclam Bibliothek

BELLETRISTIK

Franz Fühmann

SAIÄNS-FIKTSCHEN

Erzählungen

1990

Reclam-Verlag Leipzig

ISBN 3-379-00540-1

Text nach: Franz Fühmann: Saiäns-fiktschen. Erzählungen
Hinstorff, Rostock 1983

Reclam-Bibliothek Band 1076
2. Auflage
Lizenz Nr. 363. 340/25/90 · LSV 7001 · Vbg. 9,5
Printed in the German Democratic Republic
Grafischer Großbetrieb Völkerfreundschaft Dresden
Gesetzt aus Garamond-Antiqua
Bestellnummer: 661 205 3
3,–

Als ich, bei einem Gespräch mit jungen Lesern, zum ersten Mal gefragt wurde, ob ich SAIÄNS-FIKTSCHEN schriebe, antwortete ich ohne Zögern mit Nein! – Ich dachte an Science-fiction, wovon ich das nicht sehr viele, das ich kannte, nicht mochte, und dessen Fundus ich daher nicht zu erweitern gedachte. Später las ich dann mehr, und hie und da gefiel mir schon etwas, so zum Beispiel die Beschreibung der Denkstruktur von Seesternwesen, die, ihrer radialen Anlage entsprechend, keine Entweder-Oder-Entscheidungen, sondern nur Positionsbestimmungen auf der Skala eines Kontinuums kennen.
Aber Science-fiction machen wollte ich dennoch nie.
Dann, in einer bösen Krise, ich glaube 1974, schrieb ich die erste Geschichte dieses Buches, die „Ohnmacht"; ich schrieb sie, um eine existentielle Lähmung zu überwinden, und fand in jener irrealen Welt und Weise die mir anders nicht gewinnbare Form, das, was mich quälte, in Worte zu fassen. – Daß die Worte quälend wurden, nahm ich in Kauf. – „Sinn und Form" druckte diese Geschichte, und ich wurde bald darauf von einem Leser belehrt, das Genre der Science-fiction arg verfehlt zu haben: das darin enthaltene physikalische Problem sei von mir in einer Weise angepackt worden, die für ernsthafte Science-fiction zu viel Kolportage und für Kolportierendes zu viel Ernst aufwende. – Aha. – Mir fehlte jede Voraussetzung, mich auf eine Diskussion über Science-fiction einzulassen; ich beschränkte mich, darauf hinzuweisen, daß ich ja gar keine Science-fiction hätte schreiben wollen, allein das ließ mein Leser nicht gelten. Genre sei Genre, schrieb er zurück, und als Marxist müsste ich wissen, daß es nicht darauf ankomme, was einer subjektiv wolle, sondern was er objektiv tue. – Gut. Ein Mißverständnis. Um es nicht zu reproduzieren, beschloß ich, künftig derlei Geschichten als SAIÄNS-FIKTSCHEN zu deklarieren.
Denn ich hatte indessen begriffen, daß die Personnage Janno-Jirro-Pavlo mir gerade wegen ihres etwas abstrakten Charakters Gelegenheit gab, auch andere Bedrängnisse und Nöte schreibend zu materialisieren, um ihnen besser begegnen zu können, Bedrängnisse und Nöte jener Art, die sich so schwer darstellen lassen, weil sie zwar der Realität entstammen, sie aber, die Realität, wohl maßlos überschreiten. Solche Hypertrophierung von Gefühlen entspricht im emotionalen Bereich dem Etwas-zu-Ende-Denken im rationalen, nur daß Denken eben eine andre Stringenz und auch eine andere Objektivität hat als das Fürchten oder Schaudern oder Ahnen oder Bedrängtsein. „Etwas zu Ende fürchten" zielt dann in die Katastrophe; „etwas zu Ende ahnen" verbannt alle Alternative; „jemanden

zu Ende bedrängen" heißt ihn vernichten; „an etwas zu Ende schaudern" bringt Gespenstisches nicht nur ein, sondern macht es allmächtig, allgegenwärtig und absolut. Die Welt dieser Geschichten ist irreale Endzeit, Summe und Konsequenz all des Negativen, das die sich bildende Menschheit entäußert; aber alle diese Ende haben auch ihre Anfänge gehabt, und es sollte gelten, denen zu wehren, vor allem da, wo alles anfängt: im persönlichen Bereich.

Indes, Mißverständnisse werden nicht ausbleiben, und um wenigstens eines gegenstandslos zu machen: SAIÄNS-FIKTSCHEN entwirft kein Utopiesystem, am wenigsten ein geschlossenes, und sie macht sich nicht anheischig, zu prophezeien. Wenn man nicht weiß, was morgen sein wird, wie soll man da wissen, was im Jahr 3456 geschieht? Von Wissenschaft ist da kaum etwas spürbar: lose Andeutungen eines sozialen Raumes, vom Fall zum Fall der einzelnen Geschichten in den Details differierend, mit uneinheitlicher Terminologie, und mitunter auch sich widersprechend; man suche da keine Geschlossenheit. – Ich bringe die Geschichten in der Reihenfolge ihres Entstehens; es ist mir beim Schreiben auch zweimal passiert, Personen miteinander verwechselt zu haben. Derlei geschieht im Leben ja auch: Man steht plötzlich als ganz wer Anderer da; warum also nicht auch in der Literatur?

SAIÄNS-FIKTSCHEN denn –: ein Zwitterwesen; als Science-fiction nicht ernst zu nehmen, als SAIÄNS-FIKTSCHEN vielleicht so ernst, wie es das Schriftbild eines Gesprochenen sagt: als Verfremdung. – Sie zeigt Resultate, nicht Prozesse, wiewohl diese Resultate prozeßhaft sind. – Sie sind, diese Geschichten, insgesamt Schlußpunkte, im Bereich gestockter Widersprüche, wo Stagnation als Triebkraft auftritt. – Entwicklung als Entwicklungslosigkeit. – Der Schlaf der Vernunft, sagt Goya, gebäre Ungeheuer; das Stocken des Widerspruchs treibt Monstren heraus. Ich werde kaum etwas einwenden können, wenn man diese Geschichten als monströs bezeichnet.

Auf die gewißlich zu erwartende Frage eines künftigen Lesers, ob ich weiterhin SAIÄNS-FIKTSCHEN schreiben werde, antworte ich ohne Zögern mit Nein!

Die Ohnmacht

„Es ist ganz einfach", sagte Janno, „die Versuche mit der Raumkrümmung mußten ja in die Irre führen; der Effekt beruht auf der Krümmung der Zeit. Nein, bildlich vorstellen kann man es sich nicht, schon das Wort ‚Krümmung' ist ganz modellhaft zu denken: das Abbiegen in die fünfte Dimension. Wenn die Zeit – oder genauer: das Zeit-Raum-Kontinuum – sich dorthin krümmt, und das tut es in bestimmten Intervallen, lappt ein Stück Zukunft in die Gegenwart über, der Zeitstrom beschreibt eine Art Schleife, und der Gegenwartspunkt wird zweimal durchmessen. Im Grunde genommen ist alles recht einfach."

„Warum hört man dann so wenig davon?"

Janno hob höflich bedauernd die Schultern. „Das Verfahren ist praktisch ohne Bedeutung; der Krümmungsradius ist winzig, in der Regel Bruchteile von Mikrosekunden – wie ließe sich daraus ein Nutzen ziehn?"

„Kann man solche Zeitstäubchen überhaupt fassen?"

„Nur im Bereich der Elementarteilchen, aber Pavlo nutzt den Umstand aus, daß sich die Schleife zu besonderen Kausalitätsballungspunkten hin erheblich erweitert, auf ein paar Sekunden bis zu einer Minute."

„Aber das müßte doch von enormer Bedeutung –"

„Nein, es ist trotzdem irrelevant. Der Effekt funktioniert nur im Nahbereich und ist auf die Person des Versuchsträgers bezogen; militärisch wäre er nicht verwertbar, und der individuelle Aspekt gilt als unerheblich. Ob man das, was einem sowieso gleich geschehn wird, etwas früher oder später wahrnimmt, interessiert doch die Gesellschaft nicht."

„Das heißt, man sieht nur eigene Zukunft?"

„Nur sie, und die dafür notwendige Umwelt. Deshalb ist Pavlo ja auch abgekanzelt worden: individualistische Spielereien, prognostischer Formalismus, elitäre Intellektualistik – na, du kennst ja die Kategorien. So macht er's halt nur noch gelegentlich, privat, für die Freunde seiner Freunde – doch mit einem Trinkgeldchen, mußt du wissen."

Der Besucher nickte so reflexhaft, wie man zu Selbstverständlichem nickt. „Und wann tritt jener Kausalkomplex ein, dieser Ballungspunkt, von dem du gesprochen?"

„Den berechnet ein Chemocomputer an dir; die Formeln dafür sind kompliziert, gewisse Tensoradditionen, die sehr von einer individuellen Konstante, dem sogenannten AK-Quotienten, abhängen, der wieder die Größe der Zykloide – aber nein, lassen wir das." Er blickte beschwörend auf seinen Besucher. „Das heißt: Willst du's nicht überhaupt lassen? Ich rate dir wirklich dringend ab."
„Ist es denn schmerzhaft?" fragte der Gast, ein städtisch gekleideter Mann in der Mitte der Vierzig. In seiner Stimme jene Angst, die der Laie vor Apparaturen empfindet.
Janno lachte, doch es klang nicht belustigt. „Physisch natürlich überhaupt nicht..."
„Aber?"
„Moralisch; darum warne ich dich. Dieses Ohnmachtsgefühl schafft jeden, wie sehr er's auch abzuleugnen versucht. Vor allem wenn man den Versuch wiederholt, doch das lehnt Pavlo jetzt grundsätzlich ab, und die meisten verzichten auch stillschweigend drauf. – Der Vorgang selbst ist ganz primitiv. Du tunkst deine Augen in ein Becken mit einem plasmaähnlichen Stoff – nein, keine Sorge, es ist kein Feuer, nur ein merkwürdiges hellblaues Flirren, aber auch keine Elektrizität. Eigentlich spürst du gar nichts, weder Wärme noch riecht es; auch nicht die mindeste Nachwirkung. Sobald nun dies Flirren, ein zerfallendes Logo-Alkaloid, in die Poren deiner Aura eindringt, bestimmt der Chemocomputer die nötigen Werte, und schon siehst du dein Läppchen Zukunft, dessen Entfernung vom dann gegenwärtigen Zeitpunkt der Computer an einer Skala zeigt. Die Augen mußt du natürlich auftun, aber du spürst nicht einmal einen Hauch, es sei denn in deinem Portemonnaie. Auch Pavlo steigert seine Preise; ein Pfundchen wirst du wohl anlegen müssen. Laß dir nochmals –"
Da habe er sich mehr vorgestellt, unterbrach der Besucher; und er wollte den Einwurf, daß ein Pfundchen immerhin einem Liter Scharfen oder sechs Geld-Bon-Essen mit Obst und trinkbarem Kaffee entspreche und daß solch ein Betrag auch für einen Bürger der dritten Einkommensklasse kein Pappenstiel sei, mit dem Hinweis paralysieren, daß er gewiß sobald nicht wieder solch singuläre Gelegenheit –
Jannos Geste war verärgerte Abwehr. „Einmalig, einmalig, das sagen sie alle, und sicher wird's für euch einmalig sein,

aber in einem viel weiteren Sinne. Ich will dich vor der Zermürbung bewahren und daß du dafür auch noch blechen mußt. Du könntest dir dies alles ersparen, ganz einfach indem du dir bewußt machst, daß du ja stets die Zukunft siehst, zwar nur die abgelaufene Zukunft, aber denk sie um eine Minute zurück. Jedes Jetzt ist ja einmal ein Später gewesen; ein jedes IST war einst ein WIRD SEIN. Dieses dein Lippenschürzen zum Beispiel war vor zwanzig Sekunden das pure Futurum, und nun stell dir ein blaues Flimmern vor, und drin dich, da du die Mundwinkel hochziehst – das wäre dann deine begehrte Schau. Viel Anderes wirst du nämlich nicht sehen, und du hättest dir das Gefühl deiner Ohnmacht und dazu noch ein volles Pfund gespart. Du kannst dir so jedes Stück Alltag ausmalen: immer Blaues Flirren, und darin dich, und stets Auge in Auge, wie in einem Spiegel. Eigentlich ist es trivial."

Der Gast widersprach enthusiastisch. „Trivial doch nur, weil der Alltag trivial ist, oder besser: der Charakter der Zeit – ich meine jetzt nicht die Ära, obwohl die es auch ist, sondern die Zeit überhaupt, als Kategorie. Ihr Wesen ist nun einmal ein Ablauf, und da wäre es nun wirklich läppisch, für einen Nachweis Geld auszugeben, daß das jetzt Geschehende vorher nicht da war und in diesem Sinn also Zukunft sein mußte – doch eben stets unüberprüfbare Zukunft! *Darin* liegt und lag die Trivialität! Doch daß man bei euch kontrollieren kann, ob das Vorausgesehene tatsächlich eintrifft, das ist doch mehr als sensationell, auch wenn's deine Obrigkeit nicht befriedigt. Ich glaube, ihr wißt nicht, was ihr da im Griff habt! Natürlich, ihr seid abgebrüht, ihr habt das hundertmal gesehen, doch einer, der sonst niemals hierherkommt –"

Janno wollte etwas einwenden, allein der Besucher winkte ab. „Ich bitte dich, schildre mir's systematisch; meinen Entschluß stößt du doch nicht um. Ich tunke also den Kopf in das Flirren und öffne die Augen – was sehe ich da? Die Zukunft *und* die Gegenwart?"

„Mit den Augen bist du in der Zukunftsschleife, mit den anderen Sinnen bleibst du bei uns. Du hörst zum Beispiel unsere Stimmen, aber du siehst nur das Kommende."

„Und ihr seht ebenfalls, was ich sehe?"

„Wir draußen können beides sehen – die Gegenwart und

auch die Zukunft, *die* freilich nur als Elektroabspiegelung deines Gehirnbilds, also wie üblich recht ungenau. Doch immerhin erkennt man Konturen, sogar physiognomische Züge, und natürlich vor allem Bewegungen, etwa ob du gehst oder stehst; genauer: ob du dich gehn oder stehn siehst."

„Und wie läuft die Zeit? Vorwärts oder rückwärts?"

„In der Raumkrümmung würde sie rückwärts laufen, aber stets nur in die Vergangenheit. Durch die Zeitkrümmung läuft sie wieder vorwärts, und Zukunft erscheint, doch nur ein Segment, eben das überlappende Stückchen. Nehmen wir an, du sähest eine Minute voraus, dann sähest du nicht die vollen sechzig, sondern bestenfalls die fünf Schluß-Sekunden, das wären – den Beginn des Schauens als Nullzeit genommen – die Sekunden sechsundfünfzig bis sechzig, zugleich läuft Sekunde eins bis fünf der kontinuierlichen Zeitfolge ab. Wir draußen sehn Gegenwart und Zukunft, die Zukunft freilich nur schemenhaft, während du sie ganz leibhaftig, dafür aber nur sie siehst. Sechsundfünfzig, nein, einundfünfzig Sekunden später –"

„– geschehen eben die fünf Sekunden, die ich im Blauen Flirren gesehen."

„Natürlich, eben die geschehn. In der Sekunde sechsundfünfzig geschieht die Sekunde sechsundfünfzig; in der Sekunde siebenundfünfzig geschieht die Sekunde siebenundfünfzig, und so weiter bis zur Sekunde sechzig, und dann folgt die Zeit, die du nicht gesehn hast. Die Schleife hat sich zurückgespult; die Überlappungskurve ist abgewickelt; die Zukunft geht stetig in Gegenwart über, und die Zeit – abgesehen von den Mikrovorgängen – läuft nur noch in einer Dimension. Nur –"

„Spar dir's; du bringst mich ja doch nicht davon ab!"

„Nur, wollte ich sagen, siehst du keine Minute, sondern höchstens ein paar Sekunden weit."

Die Augen des Besuchers begannen zu blitzen, und daraufhin auch ein Funkeln in Jannos Augen.

„Doch wenn", sagte der Gast, sich nachdenklich gebend, wiewohl ihn der fertige Einwand schon stachelte, „doch wenn ich nun etwas ganz Anderes mache als das, was ich im Flirren gesehn hab?"

Janno blickte schon wieder müde. „Siehst du, das eben ist

die Hybris, aus der du dann in die Ohnmacht stürzt. Und danach die armselgen Bemäntelungen! Wenn du nämlich erfahren haben wirst, daß auch bei dir das Kommende so kommt, wie du es vorher kommen gesehen. Es ist immer die gleiche Reaktion. Erst gewaltiges Auftrumpfen: Bei mir nicht!, dann, nach dem Versuch, betretne Gesichter, und schließlich Anzweifeln der Realität. Keiner will sich damit abfinden, daß es und daß er sich so verhält wie in allen andern bisherigen Fällen. Es ist sogar eine Doppelohnmacht: vor der Unabänderlichkeit des Fatums und gegenüber der Ausnahmslosigkeit. Zuerst glaubt ein jeder, das *Wollen* macht's: Ich sehe mein demnächst geschehendes Handeln, also muß ich's doch ändern können, das hängt doch von meinem Willen ab! Und zusätzlich glaubt er an *seinen* Willen: Mögen alle andern sich foppen lassen – *er* wird es diesem Schicksal schon zeigen! Und dann seine Ohnmacht gezeigt bekommen, und zwar, wie gesagt, gleich mit doppelter Wucht: seine *Ohnmacht,* und *seine* Ohnmacht; den Sog und die eigene Austauschbarkeit! Dabei benimmt sich von allem Anfang ein jeder jedem andern gleich: gleiche Fragen, gleiche Hoffnung, gleiche Argumente, gleiche Illusionen, und dann die gleichen Abwehrausreden, wenn auch ihm geschieht, was halt allen geschieht, natürlich die Fälle ausgenommen, bei denen die Zukunftsschleife so klein ist, daß man tatsächlich nur einen Augenblick weit, und das heißt: sich noch immer im Flirren sieht. Doch selbst da ist die Ohnmacht schon angelegt; du ahnst ihr fürchterliches Rauschen, und hast du auch nur fünf Sekunden gesehen, zerschmettert dich ihr Flügelschlag. Und dann die Jämmerlichkeit des Selbstbetrugs! Da soll der Krümmungsradius nicht stimmen; da sei die Zukunft Vergangnes gewesen; da habe man faule Tricks angewandt, und was der Ausflüchte mehr noch sind. Doch sie sind alle nur Symptome. Uneingestanden herrscht dies Würgen, da man die eigne Ohnmacht erkennt."

Der Besucher blickte kampflustig auf.

„Siehst du", sagte Janno, „so gucken sie alle. Da hast du die Zukunft! Ich wußte genau, was kommen wird."

Er öffnete eine Schreibtischschublade.

„Unkontrolliert", sagte der Besucher, „unkontrolliert kann das jeder behaupten! Und was", fuhr er gelassen fort, „und

was nun den Versuch betrifft, so vergißt du, daß ich Diplomlogiker bin. Und mein Syllogismus ist unabweislich. Was ich tun werde, ist mein freier Entschluß; meinen freien Entschluß kann ich verändern, also gehört zu dem, was ich verändern kann, auch all das, was ich künftig tue, das ist ein Syllogismus, der Form Bamalip, und der gilt seit des großen Galenus Zeiten. Wer könnte ihm wehren, und wer könnte mich hindern, mein kommendes Tun noch abzuändern? Einzig darauf antworte mir!"
Janno hatte, da sein Gast noch sprach, eine Tafel aus der Schublade gezogen, und der Besucher las diesen Vordruck:

> Deine Frage wird auf Folgendes hinauslaufen:
> Wer könnte mich hindern, das Gegenteil des
> Geschauten zu tun, denn in meinen Entschlüssen
> bin ich doch frei?

„Na schön", räumte der Besucher ein, „die Frage hast du vorausgesehn, aber die *muß* ja schließlich gestellt werden. Mich würde die Antwort interessieren."
„Die wird dir der Versuch schon geben, und dann kommt das Problem, wie man sie erklärt. Ich habe da meine Theorie, die vom AK-Sog, doch das machen wir später. Dann wirst du deine Prämissen als falsch erkennen; die Logikfigur mag schon richtig sein. – Und nun komm, bevor Pavlo völlig verwalt ist."
„Verwalt?"
„Nun ja, ich meine im Tran. Es ist schlimm, wie sehr er sich absacken läßt!"
„Rekapitulieren wir", sagte der Gast, da sie den relaisdurchsummten flachen Tunnel des Blautürengangs hinuntergingen. „Ich tunke also die Augen ins Flirren und sehe ein Stückchen naher Zukunft, sagen wir: eine Minute entfernt. Ich kann also früher sehn, was ich später tue. War's soweit richtig?"
„Richtig", bestätigte Janno, in den Grün-Gang biegend, „richtig, aber du siehst nur die letzten Sekunden."
„Doch die letzten Sekunden von dem, was erst kommt und was mein eigenes Handeln sein wird – stimmt's so? Ausgezeichnet. Ich stehe nun vor diesem Entweder-Oder: Ich werde entweder unbeweglich am Tisch sitzen oder eben

dies nicht tun, also umhergehn oder auf jemand zeigen oder reden und so. Unbeweglich sitzen oder irgendwas andres – einer dieser Alternativmöglichkeiten ließe sich doch mein gesamtmögliches Handeln oder auch Nicht-Handeln zuordnen?"
„Du machst deinem Logikerdiplom Ehre", sagte Janno trokken. „Bewegung oder Nicht-Bewegung, auf dieses Dilemma läuft es hinaus."
„Sehr gut. Und ihr draußen könnt dies gleich mir sehen?"
„Dazu reicht die Bildschärfe völlig. Wir könnten deine Schau übrigens auch filmen."
„Um so besser, dann wär's objektiv. Nun nehmen wir an, ich und ihr – und die Kamera auch –, wir sähen mich still am Versuchstisch sitzen. Darauf werde ich zur X-Zeit im Zimmer umhergehn."
„Das wirst du nicht!"
„Und warum denn nicht?"
„Weil du es sonst anders gesehen hättest! Bist du im Blauen Flirren gesessen, sitzt du, wenn der Zeitraum X dann da ist, genau an dem gesehenen Ort."
„Und wenn ich nun aber nicht sitzen bleibe?"
„Dann hättest du dich auch nicht sitzen sehen."
„Aber ich sehe mich sitzen und erhebe mich dennoch!"
„Das kannst du doch nicht, weil du's nicht gesehn hast!"
Der Besucher stöhnte; und auf Jannos: „Glaub mir, das kommt so!" verlor er beinah die Kontenance. „Dein Denkvermögen läßt einen verzweifeln! Ich weiß, du bist Diplomkausalitätler, doch irgendwie mußt du gelitten haben. Euer Versuch muß eine Selbsttäuschung sein."
„Typ Nummer sechs", sagte Janno gelassen.
Sie schlenderten durch den Gelbtürengang.
„Denk mit", bat der Gast, „ich bitte, denk mit! Rekurrieren wir nochmals auf mein Beispiel. Wir sahen mich also am Tische sitzen, das wäre, sagen wir: Zukunftszeit sechsundfünfzig Sekunden, aber Gegenwartszeit Sekunde eins."
„Du formulierst es bewundernswert."
„So, und zwischen der Sekunde eins und der Sekunde sechsundfünfzig vergeht doch ganz reale Zeit?"
„In der Tat – einundfünfzig Sekunden."
„Und über diese Zeit kann ich verfügen?"
„Mit dem, was du freien Willen nennst."

„Und den werd ich gebrauchen, verlaß dich drauf! Da nämlich liegt der Hund begraben! Euer Brimborium lähmt die Entschlußkraft, euer Warnsystem den Widerstandswillen, und der Prüfling verfällt einer Selbsthypnose, die ihm sklavische Abhängigkeit von seiner Schau suggeriert. Aber mit mir nicht, mit mir nicht! Ich werde laut sagen, was ich gesehn habe, und dann werd ich davon das Gegenteil tun, in unserm Fall also im Zimmer umhergehn; doch gesetzt, ich hätte mich gehen sehen, so werde ich ruhig sitzen bleiben."

„Nein, du wirst tun, was du gesehn hast!"

Der Besucher sah ihn mißtrauisch an. „Sag, wollt ihr mich wirklich hypnotisieren? Dazu habt ihr nicht meine Einwilligung."

„Typ Nummer drei", sagte Janno beinah gelangweilt.

„Ob ihr mich hypnotisiert oder nicht, und drauf strikte Antwort!"

„Also bündig: nein; auch nichts Ähnliches! Dein Argument mit der Selbsthypnose ist übrigens neu, herzlichen Glückwunsch! Da ist noch keiner draufgekommen. In dieser Beziehung machst du doch eine Ausnahme."

„Die wirst du in jeder Hinsicht erleben, und ich biete dir jetzt eine Wette an: Gesetzt, ich bin nicht von euch hypnotisiert oder sonstwie in meiner Bewegung gehindert, so werde ich kraft eigenen Willens zur X-Zeit etwas wahrnehmbar Anderes tun, als wir alle es vorher mich tun gesehen haben. Was sagst du nun?"

„Daß alle genauso geredet haben, mit genau derselben Zuversicht. Sie glauben immer, ihr Wollen macht es. Als ob sie noch nicht genug belehrt wären."

Sie bogen in den Orange-Flur ein, und Janno drehte ein Bild am Gangbogen um. Es zeigte des großen Aufklärers Christian Wolff optimistisches Lächeln, und auf seiner Rückseite stand, wieder im Vordruck:

Spätestens hier bietet jeder die Wette an!

„Fauler Zauber", sagte der Besucher. „Hätte ich die Wette nicht angeboten, so hättest du das Bild nicht bemüht. Und überhaupt", fuhr er fort, „was sollen diese Mätzchen! Nun fehlt nur noch eine Geistererscheinung, und wir sind bei Simon dem Magier. Ich finde ein solches Verhalten – na, sagen wir: nicht sehr wissenschaftswürdig. Ich könnte auch härtere Worte gebrauchen."

„Nimm's als Galgenhumor", sagte Janno bitter. „Man braucht so was, daß man die Ohnmacht erträgt. Es ist etwas schäbig, da hast du schon recht. Es ist halt alles heruntergekommen; und dagegen kann man auch nichts machen. Aber im Grunde widersprech ich dir nicht!"

Er hängte das Bild zurück und sagte dabei: „Und dennoch: höchstwahrscheinlich Typ fünf."

„Was denn: Typ fünf?"

„Dein Schlußargument. Ich sag's nur jetzt an, sonst monierst du wieder, ich behauptete alles im nachhinein."

„Habt ihr etwa einen Katalog solcher Typen?"

„Gewiß, du kannst ihn bei Pavlo dann einsehn. Er ist psychologisch recht interessant: die Nomenklatur des Nichtwahrhaben-Wollens. Typ eins wäre das Anzweifeln des Meßgeräts. Beispiel: Einer sieht sich am Versuchstisch sitzen und sagt danach: So, und jetzt steh ich auf!, doch da er das sagt, war es just der Zeitpunkt, den der Computer der Schau zugeschrieben, und nun erklärt er, die Uhr gehe falsch. Typ zwei wäre etwa so zu beschreiben: Einer sieht, daß er sich am Kopf kratzen wird, und sagt: Ich werde also dies nicht tun!, und da er ‚dies nicht' sagt, kratzt er sich genauso, und natürlich genau dann, als er's gesehn hat. Danach schimpft er, er sei reingefallen – das käme übrigens deiner These der Selbsthypnose nahe. Typ drei wäre expressiv verbis dann wirklich die Hypnoseansicht –"

„Erlaube mal: Nicht zu widerlegen, zumindest nicht durch die Versuchsperson."

Janno zuckte wortlos die Schultern. Sie bogen in den Rottürengang.

„Am Ende liegt Pavlos Labor", sagte Janno. „Wir spotten: beinah schon im Infrarot."

Ob die Türfarben hier entgegengesetzt zu anderswo liefen, fragte der Gast, und auf Jannos Antwort, sie wiesen auch hier, wie überall, den Geheimhaltungsgrad der Tätigkeit aus, und zwar ebenfalls von Rot aufwärts sich steigernd, gab der Besucher seinem Erstaunen Ausdruck, daß Janno dann im Blautürengang, also erheblich über Pavlo siedle, wiewohl er, Janno, seines Wissens doch lediglich Zeitungsausschnitte sammle; wogegen –

„Na eben drum", erwiderte Janno. „Das Knifflige ist die Vergangenheit; die Zukunft liegt doch offen da. Das heißt", fügte er rasch hinzu, „wir sind ja hier alle nur kleine Leute, es ist ja nur ein Orange-Institut."

„Genau wie die Logik", brummte der Gast; und dann, mit jähem Handausstrecken: „Wie ist das also? Hältst du die Wette? Ich setze volle fünf Pfund gegen eins!"

„Das kann ich nicht machen", protestierte Janno, „ich weiß doch genau, daß du verlierst. Nein, schrei nicht gleich, hör mich ruhig an. Pavlo hat das Hunderte Male versucht, und dutzendmal bin ich dabeigewesen, und nie gab's eine Ausnahme; nie! Wir sehn: da wird der Versuchsmann halbschräg am Tisch sitzen, und zwar nach ganzen zwanzig Sekunden – und sofort nach der Schau ist der aufgesprungen und rennt wie rasend im Zimmer herum, und da verknackst er sich den Knöchel und fällt auf den Stuhl und sitzt halbschräg am Tisch, und natürlich ist's X-Zeit! Ein zweites Mal dieselbe Schau: er wird am Tisch sitzen, wieder nach zwanzig, nein, diesmal schon nach achtzehn Sekunden, und wieder – es ist der Prüfling von vorhin –, wieder steht der auf, doch nun geht er langsam, denn so was, sagt er, passiert nicht noch einmal, diesmal verknackst er sich nicht den Fuß! Und so geht er langsam den Tisch entlang, da plötzlich, es ist völlig unerklärlich, da plötzlich sagt er: ‚Ihr glaubt wohl, ich spiele euren Affen und mach immer nur das, was ihr von mir wollt? Ihr lauert, daß ich hier herumspaziere – nun grade nicht!' Und er setzt sich hin und brüllt dabei: ‚Ich hab schließlich auch meinen freien Willen!' Natürlich X-Zeit. Wir standen da wie vorn Kopf geschlagen, und er ist's wohl am meisten gewesen, denn er hat sich nun darauf versteift und eine Theorie aus seinem Versagen gemacht. Er sei es satt, stets im Einklang mit den Wünschen Anderer zu handeln, hat er erklärt, er werde fortan *nur* seinem freien Willen gehorchen und sich damit als Individuum konstituieren. Und da gerade die großen Institutsleitungswahlen vorbereitet wurden, hat er sich hingesetzt und einen Brief an die Zentrale geschrieben, daß er den Spitzenkandidaten ablehne, aber da will es der Teufel, daß fast jeder einen ähnlichen Brief schreibt, und der Spitzenkandidat wird von ganz oben zurückgezogen – es war die Sache mit dem angeblich korrupten X. X., erinnere dich, wo sich dann später herausgestellt hat, daß die Vorwürfe unberechtigt waren. – Anstatt nun hellhörig zu werden, hat sich unser Held des freien Willens immer tiefer in die Patsche hineingeritten: hier stimmt er aus Individualtrotz gegen etwas vollkommen Vernünftiges, und jeder, aber jeder, stimmt ebenso; dort macht er etwas ausgefallen Dummes, und jeder macht es ihm nach, und schon wird's Institutsgesetz, und zwar eben eines, das einzuführen die Leitung sich lange Zeit nicht getraut hat, wiewohl sie es einzuführen gedachte und von oben die Auflage dazu hatte. Schließlich sieht er nur noch einen Weg, seinen Eigenwillen zu erweisen, und bringt sich aus freien Stücken um – und am gleichen Tag ist es Epidemie. Der hat seine Ohnmacht ganz ausgekostet. Es muß ein unheimlicher Sog gewesen sein!"

„Pah, Selbsthypnose, sonst gar nichts", höhnte der Gast; und: er erhöhe die Wette auf zehn zu eins.

Sie hielten endlich vor Pavlos Labor.

„Wir sind keine Dummköpfe", sagte Janno finster, „auch wenn wir nur ein Orange-Institut sind! Wir haben Psychologen hinzugezogen; wir haben den Prüfling am Stuhl festgebunden, da wir gesehen haben, er wird aufstehn, und da war der allergisch gegen unsre Plastschnur, und ein Juckanfall hat ihn hochgejagt. Dann wollten wir Stahlfesseln nehmen, da sah der Mann immer bloß eine Zehntelsekunde, und schließlich weigerte er sich kategorisch weiterzuexperimentieren und sagte, man bekomme Alpträume davon. So könnte ich dir Hunderte von Fällen erzählen. Wir haben das ganze Labor gefilmt, die X-Zeit auf Mikrosekunden bestimmt, und stets dasselbe, und stets dasselbe: Die Zukunft geschieht so, wie sie geschieht. Was im Blauen Flirren gesehn wird, tritt ein, und es gibt kein Entrinnen und kein Verändern. Zuerst sagst du: verrückt, und dann macht's dich verrückt; zuerst hast du gelacht, und dann lacht es in dir, aber es ist das Gelächter der Hölle, die mit dir spielt. Und du kannst nichts machen; nichts kannst du machen – glaub mir, es ist unvorstellbar!"

Er habe schon Vorstellungskraft, sagte der Gast.

„Aber nicht dafür, glaub unsrer Erfahrung! Schon beim ersten Versuch haben wir's gespürt: Zermürbung und Erniedrigung. Erspar es dir, ich bitte dich! Ich bin dein Freund, ich rate dir nochmals –"

„Und", sagte der Gast, den Griff von Pavlos Tür in der Hand, „hast du eine Erklärung? Du bist doch Diplomatenkausalitätler. Keine Ursache ohne Wirkung, so lehrt ihr doch, im Einklang mit allen Klassikern. Wie also erklärst du's?"

„Der AK-Sog", sagte Janno leise.

„Was ist das: AK?"

„Die Anti-Kausalität"; doch: „Zum Teufel!" scholl es hinter der Tür, „kommt endlich rein, wenn ihr reinkommen wollt, dieser Vorhoftratsch ist ja nicht auszuhalten!"

Der Besucher trat ein und blieb entgeistert im Tührrahmen stehn; Janno drängte ihn vorwärts. Das Labor war eine waschküchenähnliche geräumige Zelle; Zementwände; Zementboden; Zementdecke; ein schmales Zementfenster; kalter Brodem von Fusel und Rauch. Kein Bild, keine Blume, nicht einmal eine Tafel mit blauen und roten statistischen Kurven, und keine Färbung außer im Grau. Selbst der Schreibtisch und Pavlo dahinter waren Grauton: braungrau jener und aschgrau dieser, und zwischen Schreibtisch und Fenster stand – einziger Apparat – ein weißgraues Gestell mit einer Schüssel aus grauweißem Plastglas, und davor hockte, der Drehstuhl, ein schwarzgrauer Klotz.

Pavlo schnaubte walroßartig, und sein gedunsener haarstoppelschüttriger Schädel tauchte aus der Tiefe des Sessels. Er stellte etwas in den Schreibtischkasten und drückte die Tür mit dem Unterarm zu. Sein Blick war glasig.

Der Gast stand immer noch an der Schwelle.

„Das ist Pavlo", sagte Janno.

Pavlo schnaufte; der Besucher tat einen Schritt auf ihn zu, und Janno schrie auf.

„Ich werde verrückt!" schrie er, „der Computer!"

„Sie, Herr, bleiben S' stehn!" rief gleichzeitig Pavlo.

Der Besucher blieb stehn.

„O Materie", sagte Janno, „das war noch nie da!"

Der Gast, nach dem Computer suchend, folgte den Blicken der beiden Gelehrten und betrachtete das Gestell genau. Es war ein hüfthohes Waschschüsselgestell: vier kegelstumpfig zusammenstrebende Blechleisten mit geknickten Füßen; obenauf, im kreisrunden Blechrand, die Plastglasschüssel, und halbhoch, da, wo sonst, in der Mitte eines größeren Blechrings, eine Platte für Soda und Sand angebracht ist, ein manikürbesteckgroßes graugrünes Kästchen, das durch zwei silbergraue Drähte mit einem Fünf-Knöpfe-Schaltbrett des Schreibtischs verbunden war. Zwei weitere Drähte führten von diesem Brett in die Schüssel; zwischen Schüssel und Kästchen entdeckte der Gast zwei haardünne Fäden, die im grauen Zementlicht glitzerten, und schließlich glaubte er auf der Vorderwand des Computers – wenn dies der Computer war, und er war es – eine Skala mit dem Strich eines Zeigers zu sehen, allerdings ohne weitere Einzelheiten. Was die beiden zu ihrem Ausruf veranlaßt hatte, blieb unergründet.

„Grün", sagte Janno andächtig, „grün! Und es hält sich, und hält sich, und es hält sich!"

Pavlo stand über den Schreibtisch gebeugt, seinen Glasblick auf dem Strich der Skala. „Kommen S' einen Schritt näher", befahl er schnaubend, „aber nur einen einzigen Schritt!"

Gehorsam trat der Besucher einen Schritt näher zum Schreibtisch, und damit auch zum Waschgestell.

„Ich glaube, die Schleife weitet sich noch", sagte Janno, und dem Gast wollte es bei diesen Worten scheinen, als spiele das Kästchen einen Hauch mehr ins Grüne. Allein es hätte auch Täuschung sein können, denn Pavlo hatte in diesem Moment auf den vorletzten Knopf seines Schaltbretts getippt, und gleichzeitig Licht aus den Kanten der Decke auslösend, verschloß eine Jalousie das Fenster, und alles war einen Ton ins Kalt-Helle gerückt.

Janno, der sich von einem Haken neben der Tür einen ihn bis auf zwei Augenschlitze völlig verhüllenden Ku-Klux-Klan-Kittel aus fahlgrauem Asbestzwillich übergeworfen hatte, ging vorm Computer in die Knie. „Tatsächlich, neunacht, das ist unvorstellbar!"

Pavlo wiegte den Walroßschädel.

„Sie, haben S' keine Drucksachen bei sich?" fragte er den Besucher, „alte Papierbücher, oder Bilderln, und so?"

Nur den Logiker- und den Personalausweis, meinte der Gast, und sein Nummernschild auf dem Rücken natürlich, und Pavlo erklärte, daß die weiter nicht störten. „Aber manches Gedruckte", fuhr er fort, „besonders altes, wirkt oft sehr viel mehr als die Menschenperson auf unsern Computer, und das irritiert dann ganz skandalös. Man glaubt, der Mann wird im Flirren schön weit sehn, doch dann sieht der

gar nix – die Schleife war ja von dem Bücherl gemacht. No aber das hat ja keine Augen, oder wir wissen nicht, wie die schauen. Haben S' wirklich nichts – auch keinen Brief?"
Der Gast überlegte und verneinte.
„Photographien?"
Verlegnes Sich-Räuspern; „also, wissen Sie, unter Männern –", wollte der Besucher eine peinliche Beichte beginnen, aber Pavlo ersparte sie ihm. „s' ist gut", winkte er ab, „s' ist gut, *die* tun weiter auch nichts. Hauptsache, es sind keine alten!"
Ein Kopfschütteln der Erleichterung.
„Neun Komma neun", meldete Janno, „dein AK-Quotient ist fabelhaft! Eine solche Bestätigung hat's noch nie gegeben – oder sollte gerade sie die Ausnahme sein?"
Seine Stimme klang dumpf unter der Kapuze. Der Gast, noch immer auf seinem Fleck, wandte sich nach dem Haken an der Tür um, doch der war nun leer.
„Sie brauchen kein solches Kostüm", beruhigte Pavlo, „das ist nur zur Abschirmung für unsern Computer, sonst würde die Aura des Zukunftsguckers durch die von uns Apparatleuten verzerrt. Haben S' nur keine Angst, es passiert Ihnen gar nichts!"
„Und Sie, Herr Pavlo, brauchen keine Verhüllung?"
Janno lachte zum ersten Mal unbeschwert, man hörte das sogar durch die Kapuze.
„Der", sagte er, ungeniert mit dem Finger auf den Kollegen weisend, „der ist durch den Schnaps doch paralysiert! Völlig stumpf, du verstehst schon, eben verwalt. Keine einzige Zukunftssekunde biegt sich zu dem hin – der ist schon tatsächlich ein Stück Maschine. Aber nun komm noch einen Schritt näher."
Der Besucher tat's, und Janno frohlockte. „Zehn Minuten! O Materie, volle zehn Minuten! Der Traumrekord, und es hat sich fixiert! Was für ein AK-Sog! Was für eine Schleife! Mehr ist theoretisch überhaupt nicht möglich!"
„Du hast ihm alles erklärt?" fragte Pavlo.
„Wir waren grad beim AK-Begriff, da hast du uns zum Teufel gewunschen! Nun erklär's du ihm, wenn du willst. Schließlich bist du der Experimentator."
„Ich bin bloß so ein simpler Praktiker", brummte Pavlo, „meine Theorie wär in sechs Wörtln faßbar, und in elf,

wenn sie ganz explizit sein soll. Erklär's nur du ihm, du theoretische Leuchte! Ich seh dir's ja an, wie du drauf spannst!"

„Also", redete Janno unter der Kapuze, „AK, Antikausalität, Antikausalnexus, wie soll ich dir das verständlich machen? Du weißt doch, daß es zu vielen Phänomenen der Natur und Gesellschaft eine Gegenstruktur, ein Anti gibt: Körper und Antikörper, Kapital und Antikapital, Materie und Antimaterie, Reformen und Antireformen, Erotik und Antierotik, Geist und Antigeist. So ist es auch mit der Kausalität. AK ist einfach die Umkehrung des gewohnten Nexus."

„Also Wirkung ohne Ursache", präzisierte der Gast.

„O nein", erwiderte Janno mit belehrendem Eifer, „das wäre die Natur in bezug auf den Ursprung insgesamt. Auch das Gegenstück dazu, Ursache ohne Wirkung, also spezielle Kulturphänomene, auch bestimmte Beschlüsse, interessiert hier nicht, wiewohl's existiert. Diese beiden Erscheinungen sind ja nicht Anti-, sie sind nur A-Kausalität, einfach Verneinung des Kausalen, ausgedrückt eben durch das Wort ‚ohne'. Bei der Anti-Kausalität aber wird der Wirkungszusammenhang nicht negiert, er wird umgedreht; nicht gleich Null gesetzt, sondern gewissermaßen das Plus ins Minus gekippt und das Minus ins Plus. Genauso wie die Antimaterie die Umkehrung der gewohnten Materie ist: Negativkern statt Positivkern und Positivelektron statt negativem, so wäre Antikausalität –"

„– ein umgedrehter Kausalnexus", setzte der Gast fort, „aber das würde ja darauf hinauslaufen, daß die Wirkung der Ursache voranginge und sie erzeugte?"

„Genau dies, Logiker", sagte Janno, „präzis ausgedrückt: Im AK ist ein Wirkungszusammenhang so beschaffen, daß das, was wir gemeinhin die Wirkung nennen, also das Spätere, in Wahrheit die Ursache dessen ist, was früher auftritt, und was man daher im gewohnten Nexus als Ursache bezeichnet."

„Ha", wandte der Besucher ein, und nicht minder im Eifer als sein Gegner, „das wäre doch nur eine Namensvertauschung! Anderswie kann's doch nicht möglich sein. Ich stampfe mit dem Fuß auf; es ertönt ein Krachen", er tat es; es tat es; „und nun sage ich zur Ursache, also zum Aufstampfen: ‚Wirkung', und zum Schall, der Wirkung, dann:

‚Ursache' – da hab ich Begriffe umbenannt, doch der Vorgang selbst bleibt immer der gleiche!"
Er stampfte wieder; es krachte wieder.
„Stampfen – Krachen: Ursache – Wirkung; Stampfen – Krachen: Wirkung – Ursache; was ändert sich dadurch an der Realität?"
Und er stampfte ein drittes Mal auf, und ein drittes Mal erscholl das Krachen.
„Wenn es", sagte Janno, „wenn es nichts als ein Bäumchenwechsle-dich wäre, so wär's freilich töricht, so was zu spielen, aber AK ist Realität. AK ist keine Umbenennung, AK ist ein Vorgang der Wirklichkeit, genauso wie die Antimaterie objektiv und nicht bloß ausgedacht ist. Es gibt AK, daran ist nicht zu zweifeln, und auch daran nicht, daß sein Sog sich verstärkt. Dein Beispiel ist schwer handhabbar, doch wir bleiben dabei: Im AK-Nexus würde es besagen, daß dein Fuß deshalb gestampft hat, weil ein künftiges Krachen ihn dazu zwang. Das Krachen wäre tatsächlich Ursache, nicht nur so benannte, sondern ganz reale, darum folgerichtig in der Zukunft gelegene; und das Aufstampfen wäre reale Wirkung, und es liefe der Ursache real voraus!"
„Zu kompliziert!" schnaufte Pavlo. „Viel zu kompliziert!" Er begann, über den Tisch gelehnt, plötzlich zu zittern. Eine Flasche aus dem Schreibtischkasten; er trank, und sein Gast, im Dunst, dachte: Billigster Fusel!
„Das ist doch absurd", sagte er, einen Anflug von Abscheu unterdrückend, zu Janno, „ich meine das mit dem Krachen und Stampfen."
Pavlo stellte die Flasche zurück.
„Natürlich absurd, dafür ist's AK", antwortete Janno, „aber real, dafür ist es auch AK. Bloß ist das Beispiel untypisch gewählt. Das Überzeugende wirst du schon noch erleben ..." Und leise, unter der Kapuze fast unhörbar: „Es sei denn, daß du die Ausnahme bist."
„Natürlich", fuhr er nach einer Pause fort, die sein Gast zum Überlegen nutzte, „natürlich gilt auch hier die Regel des normalen Nexus, daß ein Danach nicht unbedingt ein Darum sein muß; hier entsprechend umgekehrt: ein Davor nicht unbedingt ein Darum. Und mehr noch: es wäre falsch, zu glauben, daß der AK das allgemein herrschende Verhält-

nis sei, so wie es ein Irrtum ist, zu glauben, daß nur die Vergangenheit uns bestimmt. AK existiert nicht ausschließlich, vielleicht noch nicht einmal überwiegend, doch es existiert *auch*, und dies Auch ist furchtbar. Es ist ein Sog zukünftigen Geschehens, der das Handeln schon heute mitbestimmt. Ein Krakenmaul; unsichtbare Arme; wir werden gezogen. Wir glauben, freien Willen zu haben, und handeln auf das hin, was jetzt noch nicht da ist, doch einst Ursache gewesen sein wird."

„Erlaube mal", sagte der Gast, „das ist unbeweisbar. Es läuft doch und dennoch und trotz dem allem bei dir auf die Namensumnennung hinaus. Wie willst du mir denn beweisen können, daß das Spätre Ursache gewesen ist? Zuerst das Stampfen, dann das Krachen, das bleibt auch in deiner AK-Welt so. Niemals wirst du beweisen können, daß ich oder daß mein Fuß deshalb stampfte, weil einmal später dann Krachen erscholl. Ich erkläre es schlicht auf die übliche Weise: Ich stampfe, es kracht, Ursache und Wirkung, und wenn du die Namen auswechseln willst, ist das unverbindliche Spielerei. Mit Wissenschaft hat es nichts zu tun."

„Das Kriterium", sagte Janno, „ist auch hier die Praxis. Du hast noch nicht erlebt, was in diesem Raum schon alles geschehn ist. Du würdest es auch nicht anders erklären."

„Aber du hast mir's berichtet, und das genügt vollauf, um Ursache und Wirkung walten zu sehen, und zwar in gänzlich unmystischer Weise. Einer hat sich den Fuß verknackst und ist deshalb schräg auf den Sessel gesunken –"

„– aber er hat nicht sitzen wollen, versteh doch! Er hat sich dagegen gewehrt, und es hat ihn gezwungen! Daß er *saß*, sitzen *würde*, gewißlich sitzen, das eben war die in der Zukunft gelegene Ursache, das Stolpern war die vorauslaufende Wirkung, deren Modalitäten natürlich nicht von der Ursache allein bestimmt werden. Wohl aber ihr Wesen, nämlich das Sitzen."

„Pah, Selbsthypnose, weiter gar nichts!" Der Besucher schlug mit der Faust durch die Luft. „Befangen ist er gewesen und deshalb gestolpert!"

„Aber das stützt doch *auch*, ja gerade meine Theorie! Wodurch denn Selbsthypnose, wodurch denn Befangenheit? Durch das Geschaute! Und das Geschaute ist nachweisbar in der Zukunft gewesen, es war das Spätere, das erst Kom-

mende, und dies Spätere wurde Ursache für die Wirkung, die zeitlich *vor* dieser Ursache lag. Du magst es ruhig Selbsthypnose nennen – entscheidend ist, daß etwas Späteres etwas Früheres hervorgerufen hat. Und eben das ist reales AK!"
Der Besucher stutzte, dann sagte er: „Aber die Schau war doch vor dem Stolpern."
„Die Schau schon", sagte Janno, „die Schau gewiß. Aber die war ja nichts Objektiv-Reales, die war ja nur das Gedankenabbild des Kommenden. Das reale Ereignis trat erst später ein."
„Zum Teufel ...", sagte der Besucher.
„Entweder", so scholl es unter der Kapuze, „du akzeptierst dies Später-Früher, oder du mußt den Materiebegriff ändern, und zwar wesentlich!"
„Viel zu kompliziert", brummte Pavlo, „viel zu kompliziert."
„Ganz einfach", sagte Janno, „ganz einfach: AK heißt: Spätres bestimmt Frühres – die Zukunft wirkt auf die Gegenwart. Ich glaube, das ist einfach genug."
„Schon besser", sagte Pavlo, „und immer noch zu geschwollen!"
„Und das Vergangene?" fragte der Gast.
Janno zögerte.
Pavlo trank.
Im Raum der Dunst sauer kratzenden Fusels.
„Verzeih", sagte Janno schließlich mühsam, „doch das fällt in unsere Geheimhaltungspflicht – die Institutsordnung, du verstehst doch..."
„Natürlich", sagte der Gast, „ich versteh das sehr gut!"
Er überlegte, dann fragte er, halb Erkundigung, halb Konversationston: „Also eine Art Teleologie?"
„Etwas Verwandtes", erwiderte Janno erleichtert. „Teleologie ist Wachsen zu etwas hin, Entfaltung von etwas schon Angelegtem; AK ist Wachsen von etwas her, Entfaltung von etwas im Kommenden erst angelegt sein Werdendem, das zu uns zurückwirkt. Die Grammatik kann das schlecht fassen. Am besten vielleicht: Anti-Teleologie."
„Unfug, und damit basta!" sagte der Gast entschlossen. „Ihr zappelt im Netz der Selbsthypnose und macht daraus noch ein Theorem. Ich erhöhe die Wette auf eins zu zwanzig."

„Jetzt spielt er den Faust", lachte Pavlo, „doch unterschreibt er mit Blut?" Und, da der Besucher zusammenzuckte, gleich darauf: „Um was wollen S' denn wetten? Um Wodkabons?"
„Um ganze Pfunde", sagte Janno.
Die Flasche klirrte auf dem Tisch. „Mensch", sagte Pavlo, „o Mensch!" sagte er.
„Wir dürfen's nicht machen", redete Janno, „aber wenn er nun doch die Ausnahme wäre?"
Er trat von dem Gestell zurück, und plötzlich sah der Gast das Kästchen, das bislang von Janno verdeckt worden war. Es leuchtete in reinem Grün, mild, ein Juwel mit der Seele eines Apfels, und alles Grau des trostlosen Raumes schien sich schirmend um diese Substanz zu schmiegen.
„Wie soll denn die Wette ausschaun?" erkundigte sich Pavlo. – „Wie üblich", sagte Janno, „die Hybris natürlich. Es gibt ja doch immer nur *diesen* Pakt."
„Wir haben Sie also gewarnt, Herr!" sagte Pavlo, die Hand über den Tisch ausstreckend. „Daß Sie sich hinterher ja nicht beschweren." Doch der Besucher schlug noch nicht ein.
„Sie sagten etwas von ‚Faust' und ‚Blut'", meinte er zögernd, „wie wäre das denn zu verstehen? Ich bin, wissen Sie, ziemlich schmerzempfindlich. Wollen Sie mir am Ende doch noch…"
„Nein, nein", beruhigte ihn Pavlo, „nur keine Angst. Das ist nur was aus einem Papierbuch, ganz unwissenschaftlich, verstehn Sie, aber – na ja!"
Der Besucher zögerte noch immer.
„Also was is nun?" drängte Pavlo, „schlagen S' ein? Sie spüren nichts. Außerdem dürfen S' jetzt näher treten."
Der Gast schien sich einen Ruck zu geben.
„Gut", sagte er geradezu fröhlich, als löse er sich aus einem Traum. „Einverstanden! Eins zu zwanzig. Und jetzt werdet ihr alle beide erleben, wie dieser Spuk vom AK zerstiebt. Ohnmacht – na schön, doch die Ohnmacht des Andern! Ich erkläre dem Zukunftsgespenst den Krieg!"
„Ich wünschte, du siegtest", sagte Janno langsam. „Es würde meine Theorie zerstören; und dennoch –"
Und heftig, fast schreiend: „Ich wünsche es!"
Die Hände lösten sich voneinander.

„Nun nehmen S' Platz!" lud Pavlo ein.
Der Besucher ging zum Gestell, und nun sah er, daß auf dem apfelgrünen Computer zwei Skalen mit zwei Zeigern angebracht waren. Der Zeiger der größeren Skala stand vorm äußersten rechten Ende der Zahlenleiste auf dem Wert Zehn; der Zeiger der kleineren, einer halbkreisförmigen, höchst viel- und dünnstrichigen, zitterte um seinen Ausgangspunkt.
„Belieben S' jetzt einzutunken!" befahl Pavlo.
Der Besucher nahm auf dem Drehstuhl Platz und senkte den Kopf in das Schüsselrund. Pavlo befestigte – der Gast sah es höchst mißtrauisch aus den äußersten Augenwinkeln –, Pavlo befestigte einen bislang unentdeckten dritten Draht, der aus der Schale lugte, mit einem Klebestreifen am Hinterkopf des Sitzenden. Der spürte nichts, und er sah auch nichts andres als das Schüsselinnere und darunter die Umwelt, und doch war seine Unruhe spürbar groß.
„Es wird nicht weh tun, nicht ängstlich sein!" beruhigte Pavlo den Sitzenden. „Nur ein bissel ein Surren, müssen Sie wissen, das ist alles halt nur so ein Aushilfsgelump! Ein echtes Kupfer täten wir brauchen, oder gar ein echtes Holz für das Schaltbrett, denn manchmal klemmen die Knöpfe ganz elendig – doch woher sollten wir so was Schönes kriegen? Echtes Holz – nicht dran zu denken! Wir sind ja bloß ein Orange-Institut, und ich sitz dazu noch im simplen Rot-Flur, da werden keine Umstände gemacht. No, Sie wissen ja sicher, wie das so ist; die Logik wird auch in der Violett-Zone siedeln. Doch unser Effekt ist trotzdem verläßlich. Und nun geh ich zum Tisch und schalt Sie ein!"
Er werde also zehn Minuten weit sehen, vergewisserte sich der Besucher aus der Schüssel, und Pavlo bejahte: Ja, zehn Minuten, aber davon nur die letzten Sekunden, und wieviel das sein würden, erfahre man gleich; er schätze so fünfundzwanzig bis dreißig.
„Die Ausnahme", flüsterte Janno, „die Ausnahme!"
„Den Kopf schön in der Schüssel lassen, nur keine Sorge, ja so ist's brav! Eins zu zwanzig, um ganze Pfunderln; versteht sich, daß da ein Film mitläuft!" Pavlo drückte auf den obersten Knopf, und auf der Zementwand neben dem Fenster erschien ein Quadrat aus hellerem Grau. – „Auf geht's!" sagte Pavlo, einen zweiten Knopf drückend, und der kleine

Zeiger sprang mit einem ungestümen Ruck knapp vor das rechte Skalenende.
„Dreißig Sekunden!" meldete Janno.
„Na also", sagte Pavlo, „ganz gut geschätzt. Sie sehen also dreißig Sekunden weit, vom Augenblick des Einschaltens wäre das die dreißigste Sekunde der neunten Minute, und die Schau läuft genau bis Minute zehn Sekunde null."
„Nein", sagte Janno, „bis Minute neun, Ende Sekunde neunundfünfzig!"
„Unsinn, bis zehn Komma null null!"
„Neun neunundfünfzig!!"
„Zehn null, null!!!" – „Egal!" klang es aus der Schüssel. „Alles dasselbe! Ich rekapituliere nochmals meine Wette: Seh ich mich laufen, bleibe ich sitzen. Seh ich mich sitzen, werde ich laufen – also stets jeweils konträr zum jeweilig Geschauten, und ich gebe das, was ich tun werde, unzweideutig vorher bekannt! Und nun fangt an! Ich bin bereit!"
„Uhrenvergleich noch", schlug Janno vor.
Der Gast schaute durch den Schüsselgrund auf sein Handgelenk. „Elf Uhr einundvierzig".
„Stimmt, noch vier Sekunden – drei – zwei – eins – null!"
Pavlo drückte den mittelsten Knopf, und mit schnarrendem Surren wölbte sich über dem Apfelgrüngrund ein ovaler Himmel von flirrendem Blau, in dem der Kopf des Zukunftsschauers gleich einem riesigen Kronoshaupt stak. Zugleich erschien im Quadrat der Zementwand der Schatten eines Laufenden, der sich frontal ins Labor bewegte. Da sie es wußten, erkannten die Gelehrten im verwaschenen Abbild ihren Besucher.
„Ich laufe die Eichenallee hinunter!" rief der Gast, der sich selbst, und gestochen klar, verzerrten Gesichts auf sich zulaufen sah; „ich laufe die Eichenallee hinunter, also werde ich hier am Tisch sitzen bleiben! Ich werde –", und da machte der Schatten des Laufenden vor dem Schatten eines schwarzen Kolosses eine jähe Wendung, wobei ihm über die rechte Schulter ein im Rücken sitzender Speerschaft wippte, und während es aus der Schüssel aufschrie, erschien im Quadrat verschwommen und wacklig die Vorderfront eines der dortigen Reihenhochhäuser, und ein Fenster im fünften Stock wurde groß. Im Quadrat sah man, daß

sich etwas bewegte, da brüllte es auch schon aus dem Flirren: „Das Kleine von Biebls im offenen Fenster!“, und da rannte, mit wippendem Speerschaft im Rücken, im Grau und im Blau, ein verzweifelter Retter, und der Gast sprang vom Stuhl, und der Draht zerriß.
Der kleine Zeiger, indes um neunundzwanzig Sekunden zurückgeschnurrt, blieb erzitternd stehn, und der große schien es ihm gleichzutun, der Computer war ergraut, das Flirren erloschen, doch der Besucher beachtete nichts.
„Ein Telephonbuch, habt ihr ein Telephonbuch?“ schrie er, und Janno stürzte hinaus.
„Hier gibt's doch kein Telephon“, knurrte Pavlo, „wir sind doch nur Rot-Flur!“ und: Telephonbücher habe nur die Zentrale und dahin dürfe man sowieso nicht, doch da rannte der Gast schon Janno nach. Er sah ihn eine Tür im Gelb-Gang aufreißen; „ein Telephonbuch“, sagte der Laborant dorten, „da habt ihr Glück, es liegt grad eins herum!“
Der Logiker riß ihm das Buch aus der Hand; es war zwar die Ausgabe von vor sechs Jahren, allein da wohnten Biebls schon dort, und die Veränderungen der Distriktziffern am Anfang waren allgemein bekannt. Der Logiker wählte; das Amt war frei; der Ruf ging ab; niemand meldete sich.
Natürlich: Arbeitszeit; das Tuten verstummte; ein Knacken, und das Besetztzeichen kam.
„Das unterbricht oft hier“, sagte der Laborant, „wenn ein Blauer die Leitung braucht!“
„Es hat keinen Sinn!“ rief der Logiker nach neuem und diesmal vergeblichem Wählen, „versucht's weiter und meldet's der Feuerwehr, es ist das Haus mir gegenüber. Eichenallee 98c!“
Er rannte aus dem Zimmer.
„Deinen Schein!“ schrie Janno, „deinen Passierschein! Sonst kommst du nicht durch!“
Der Gast war schon fort.
„Die Uhrzeit fehlt noch“, sagte der Pförtner, da Janno ihm schließlich den Schein aushändigte.
„Elf Uhr dreiundvierzig“, sagte der Logiker, Schweiß auf der Stirn. „Zwei Minuten vorüber! Doch es sind nur drei Querstraßen von hier, ich schaffe es!“
Der Pförtner durchlas aufs neue den Zettel, und dann sah er zur Uhr und nickte; er hätte auch ein Kurzprotokoll auf-

nehmen können. Die Stahltür glitt auf; ins Freie; zur Kreuzung, Rotampel; hinüber; ein Polizist pfiff. Die Fußgängertransportbahn rollte quer; nicht hinüberzukommen; lieber zum Bürgersteig zurück: Die Ampel kann höchstens dreißig Sekunden auf Rot stehen, und wenn ich die abwarte, geht es schneller, als wenn ich mich in ein Verhör verwickle! – Grün; er sprang auf die Fußgängertransportbahn, und das gleiche tat der Polizist.

„He, Sie", sprach er, an den Helmschirm tippend, „Sie sind vorhin bei Rot –"

Der Angehaltene stürzte fort.

„He, Bürger!" Der Polizist hatte den Magnetstab nach dem Rückenschild des Flüchtenden geworfen und spulte ihn mittels der Mikrowinde schnell und mühelos zurück; „he, Sie, Nummer Siebzehn-Eins-Dreizehn-OR, Sie sind doch bei Rot über die Straße –"

„Lassen Sie mich laufen!" schrie der Festgehaltene. „Das Kind stürzt sonst ab!"

„Was für ein Kind?" fragte der Polizist, den Speicher seines Protokollcomputers einschaltend, doch zur Vorsicht auch seine Schreibtafel zückend.

„In der Eichenallee 98 c, Stock fünf, das zweite Fenster von links!"

„Das können Sie doch gar nicht sehen!"

„Ich sah's", seufzte Siebzehn-Eins-Dreizehn-OR, „in der Zukunftsschüssel, im Blauen Flirren, verstehen Sie doch!"

„Blau, ja, das versteh ich sehr gut", sagte der Polizist, der, durch ein Knacken im Computer gewitzt, mit dem Griffel hantierte, „Intelligenzler, viel Geld, Normalfarbe, wissen wir! Und nun mal schön langsam eins nach dem andern!"

Der Logiker stöhnte. „Hören Sie – ich war im Zet-Es ..."

„Wo?"

„Im Institut zur Erforschung von Zukunftsstrukturen."

„Aha!!" Der Griffel knirschte auf dem Schiefer. „Und bei wem?"

„Achtundzwanzig-Drei-Vierundsiebzig-OB!"

„Das ist welche Abteilung? Ich kenn mich dort aus! Mich beschwindeln Sie nicht, merken Sie sich das!"

„Registratur und Informationsüberwachung."

„Mann der Erde, das müßte ja Blautüre sein! Haben Sie

denn da den Berechtigungsschein?“
Er pfiff durch die Zähne.
„Und jetzt diese Eile“, sagte er langsam.
Ein verzweifelter Blick auf die Uhr: noch fünf Minuten. Die Nummer Siebzehn-Eins-Dreizehn-OR schlug dem Polizisten hart mit der Handkante auf die Magnetstabwinde, und zugleich trat er ihm in den Bauch. Zusammensacken; der Magnetstab, speergleich dem Nummernschild verhaftet, wippte samt Winde fedrig zurück. Er wog flaumenweich. Die Passanten sahen nicht hin, oder sie sahen weg.
Wieder Grün, und der Logiker rannte.
Ein Angriff, dachte es dabei in ihm, ein Angriff auf eine bewaffnete Kraft ist etwas vollkommen Unerwartetes; etwas vollkommen Unerwartetes löst langsame Reaktionen aus, also fällt unter langsame Reaktionen auch das, was durch meinen Angriff ausgelöst werden wird, und er dachte, da es dies dachte: Schon wieder Schema Bamalip! Dabei dachte es: Die Zukunft ist *doch* offenkundig! und gleichzeitig, und alles beherrschend, er: Keine Panne, o Gott, bloß keine Panne, hier fällt das Fußgängertransportband oft aus!
Das Fußgängertransportband rollte störungsfrei.
Der Bürgersteig; Menschen strömten zusammen; ein Martinshorn heulte; Pfeifen weit hinten, und nun pfiff's auch, und durchdringend, vorn. Jungmädchenwehr zog die Straße herunter, dem Schall nach ein ganzes Regiment. Querflöten; Langflöten; Blockflöten; Pauken; der allbeliebte Marsch Nummer sieben: Unser Weg geht gradaus in das Morgen hinein, und das Morgen ist hell und schön!
Die Tambourmajorin schwenkte den Schellenbaum; die Passanten blieben stehen und klatschten. O Materie, dachte der Logiker, wenn die jetzt den Stock wirft, kommt Straßenkonzert! – Die Tambourmajorin warf den Stock, die Soldatinnen traten auf der Stelle und bereiteten sich zur Schwenkung vor. Der Stock stieg ein zweites Mal; Paukenschlag; Schwenkung, und der Logiker, den Magnetstab im Rücken, schraubte sich durch die Uniformen.
Ein vieltausendstimmiger Schrei der Entrüstung; die verwirrten Soldatinnen schwenkten weiter; eine fiel hin; die Menge tobte. Am Bürgersteig jenseits bereitete ein Polizeianleiter sein Fangnetz vor. Das Martinshorn heulte auf und verstummte, offenbar durchbrach es nicht das Konzert.

„Kamerad Volksschützer!“ schrie der Logiker und rannte direkt auf das Fangnetz zu, „Kamerad, fang nicht, es geht um ein Kind! Ein Kind in Gefahr – in der Eichenallee!“
Die Stimme des Logikers klang so beschwörend, daß der Polizeianleiter sein Fangnetz mit einem Druckgriff zusammenschob und wortlos den Weg zur Eichenallee freigab.
„Danke, Kamerad!“ rief Siebzehn-Eins-Dreizehn-OR schon im Rennen. Die Straße zur Eichenallee war, was er wußte, aufgerissen; doch was er nicht wußte, war, daß die Tiefbauleute, zum Straßenkonzert drängend, die Plastübergänge als Tribünen abbauten. Das Konzert begann wie stets mit der Hymne, die Blockflötenklänge ergriffen die Herzen; der Logiker kletterte durch den Baugrund. Kabel; Teer; Phosphoreszieren; ein Gasrohr zischte. Er wagte nicht, auf die Uhr zu schauen.
Nicht neun Minuten neunundfünfzig Sekunden, mußte er denken, nein, zehn Minuten weit war die Schau! Die eine Sekunde, die eine Sekunde! Er stieg in die Eichenallee; keuchte, rannte. –
„Er rennt“, sagte Pavlo, der mit dem zurückgekehrten Janno den Film der geschauten dreißig (in Wahrheit, wegen des Abbruchs, nur neunundzwanzig) Sekunden nun konform mit der Gegenwartszeit ablaufen ließ; „natürlich rennt der jetzt“, brummte der Gelehrte, „der hat's doch gesehn, daß er rennen wird!“ Das Martinshorn, ein Feuerwehrwagen; der Logiker sprang jäh zur Seite. – „Was hat ihn bloß so erschreckt?“ fragte Pavlo. „Das im Rücken könnt ein Magnetstab sein – ui je, da ist er ausgerissen, also sitzt er am Ende doch!“
Der Logiker sah auf das Hochhaus, drin Biebls wohnten.
„Jetzt hat er das Hochhaus gesehn“, sagte Pavlo.
Im fünften Stock ging ein Fenster auf.
Janno biß sich auf die Lippen.
„Das Fenster“, sagte Pavlo, „das Fenster geht auf.“
Ein Kind kroch auf die Fensterbank.
„Jetzt krabbelt's“, sagte Pavlo und griff zur Flasche.
„Nein!“ schrie der Logiker, „nein!“ und sprang in fast hüpfenden Sätzen der Feuerwehr nach, die eine bis zur Haustür geführte Grube mühsam mit dem Sprungtuch durchkletterte.
Der Film brach ab; jähes Flimmern; „jetzt fallt's“, sagte

Pavlo, und da brüllte Janno: „Du Vieh, o du Vieh, o du stumpfes versoffenes verwaltes Vieh!", und dann sprang er zum Waschgestell und trat es mit dem Fuß in die Ecke, und dann lief er brüllend hinaus.
„Als ob das was ändert!" sagte Pavlo kopfschüttelnd, die halbvolle Flasche am Mund. „Als ob das irgendwas ändert! Ich glaub, der kapiert das auch nie, der Janno. No ja, Blautürentrakt, da denkt's gern in Wünschen..."
Er schob mit dem Fuß die Scherben zusammen. „Dabei könnt man's in sechs Wörterln sagen, dem seine ganze AK-Theorie: ‚Da kann man halt nix machen!' – das ist alles. Und meinethalben noch fünf dazu: ‚Und 's schlaue Apparaterl weiß das!'"
Jannos Brüllen war noch zu hören. Pavlo warf die leere Flasche zum Blech- und Scherbenschutt in die Ecke. – „Was kommen muß, kommt!" wiederholte er leise; dann ging er zum Fenster und stieß es auf. Achtzehnter Stock; fern das Straßenkonzert. Er stemmte sich auf die Fensterbank; stürzendes Grau; er fiel zurück.
„Es soll nicht sein", sprach er, von der Frischluft benommen, schwerzüngig, und dann, unbeweglich und steif wie ein Mann stehend, der gleich zu Boden stürzen wird, sprach er laut und das Lallen noch niederringend: „Nun bin ich aber wirklich gespannt, ob der die verlorene Wette zahln wird!" – und er fügte, auf eine Drahtspule starrend, langsam hinzu: „Ich tät einen Kranz für das Kinderl kaufen, fürs ganze Geld einen Kranz, ja, fürs ganze –", und dann, kopfschüttelnd, schon schwankend: „– also gut, fürs halbe", und dann fiel er in den zerstörten Computer; und im Flur Jannos Brüllen war längst verstummt.

Der Haufen

Nachdem sich sein Freund, der Diplomkausalitätler Janno, wider alle Gewohnheit schon die fünfte Woche nicht bei ihm hatte blicken lassen, beschloß der Diplomneutrinologe Jirro, den Säumigen während der Arbeitszeit aufzusuchen. Er traf Janno im Labor bei einer seltsamen, mit den übli-

chen Vorstellungen vom Treiben eines Kausalitätlers schwer zu vereinenden Tätigkeit.
In der Schüssel des Waschtischs vor der Schreibplatte und dem Schrank mit der Dienstkleidung, dieser Grundausstattung all der mit niederer Arbeit befaßten Labors im Philosophieinstitut, lag, der Linse eines kastenförmig auf seinem Stativ hockenden Photoapparats entgegenblitzend, ein Haufen Schräubchen, und Janno nahm, da Jirro eintrat, gerade ein Schräubchen aus der Schüssel, warf es in einen Schuhkarton unterm Waschtisch zu einigen andern, ging zum Photokasten, drückte den Auslösehebel und drehte den Film zur nächsten Einstellung, um dann, Jirro mit dem flehenden Blick eines überforderten Mannes und dessen seufzendem Hallo! begrüßend, erneut in den Haufen am Waschtisch zu greifen.
Bei der heiligen Materie, was er da treibe?
Er arbeite, knurrte Janno und warf eine Schraube.
Ob er auf diese aufwendige Weise den Prozeß des Subtrahierens festhalten wolle, fragte Jirro ratlos.
„Eigentlich umgekehrt", erwiderte Janno, warf wieder ein Schräubchen in den Karton und knipste die mittlerweile um drei Elemente verminderte Menge, vielleicht ihrer fünfhundert, erneut.
Wie viele denn in diesem Haufen seien, erkundigte sich der Besucher und fühlte sich, kaum hatte er das gesagt, jäh am Ärmel gepackt und herumgerissen.
„Es ist doch ein Haufen?" fragte Janno fast hilflos.
„Natürlich. Ein Haufen Schrauben. Kein Wunder, daß die woanders fehlen!" Jirro hatte es verärgert gesagt. „Der arme Pavlo kann nicht die zehn Stück auftreiben, die er für seine neue Erfindung, einen Zeitenumwender, braucht, und du aast hier mit dem Zeug herum! Fehlt noch, daß es echte Stahlschrauben sind!"
Es seien echte, erwiderte Janno.
Jirro überzeugte sich. „Allmächtige Materie, es sind Stahlschrauben!"
Er wollte zehn Stück für Pavlo abzählen; aber Janno widersprach: „Die sind quittiert, mach keinen Ärger! Auftrag vom Chefphilosophen, höchste Dringlichkeitsstufe!"
Sein Besucher pfiff durch die Zähne: Eine neue Linie? Zwar ging die höchst selten vom Philosophieinstitut aus,

doch man konnte nie wissen. – „Mann der Erde, so red schon!" drängte er.
An Jannos Miene war abzulesen, wie mühsam er, aus der Arbeit gerissen, seine Gedanken ordnete, und gar nicht für einen, den er als schieren Praktiker ansah. Dennoch konnte der Besucher den Eindruck gewinnen, als tue Janno es für sich selbst.
Ob Jirro, fragte der Kausalitätler, dem Haufen das vierte Schräubchen entnehmend und über der bald folgenden Antwort des Neutrinologen, die „dunkel" lautete, das fällige Photographieren eine Weile sistierend, ob Jirro sich noch der Philosophiegeschichte entsinne, der alten Griechen, der Eleaten und deren Entdeckung der Dialektik, und da eben erwiderte Jirro „dunkel", und zwar in einem derart abwinkenden Tonfall, daß Janno, das Schräubchen zwischen den Fingern, die Geschichte seines Auftrags in einem neuen Ansatz zu erzählen begann:
In diesen Wochen tobe, was Jirro ja wisse, wieder einmal eine Schlacht des Überzeugens durchs Land, den Idealcharakter der realen Gesellschaft, der im Alltag nicht so offen vor Augen liege, als Realgehalt des sozialen Ideals zu beweisen, welche Zielsetzung mit anderen Führern der Innen- und Bewußtseinspolitik auch den Chef der Philosophie ans Rednerpult dränge, wiewohl der, was Jirro ja bekannt sei, erst kürzlich nach pausenlos aufeinander erfolgten, zur allerhöchsten Zufriedenheit und also mit glänzendstem Erfolg durchgeführten Sondereinsätzen nun zur philosophischen Front beordert worden sei und daher durchaus verständlicherweise noch nicht ganz mit allen Einzelpfaden dieses schwierigen Geländes vertraut sein könne. Dieser Mangel – und nun endlich warf Janno das Schräubchen in den Schuhkarton und photographierte –, dieser Mangel an Kenntnis habe ihn, den Chef, verführt, auf die respektlose Frage eines Zuhörers solch einer Debatte, wieweit die Voraussage der Kameraden Klassiker vom Lösen aller überlieferten philosophischen Probleme durch die Wahrhaft Befreite Gesellschaft denn erfüllt worden sei, statt der einzig korrekten Antwort eines allesenthaltenden „bestens" die zwar an sich, der Tendenz nach, richtige, in der Konkretheit ihrer Vorwegnahme aber letztlich doch etwas ungenaue: „Ganz und gar vollständig!" zu geben. Ja, von einer

nachstoßenden Frage jenes Zuhörers bedrängt, wo das Lösungsregister einzusehen wäre, habe er sich sogar zu der Antwort hinreißen lassen, dieses Register sei schon im Druck und werde in einer der nächsten Nummern des zuständigen Fachorgans, der „Kampfschrift für philosophische Gewißheit“ erscheinen, womit er, Janno, endlich bei der Erklärung dieser seiner – sicher etwas befremdend anmutenden – Tätigkeit angelangt sei: Der Chef (und nun warf, zur Verwunderung Jirros, Janno das inzwischen ergriffene fünfte Schräubchen nicht in den Schuhkarton, sondern in die Waschschüssel zurück und schritt, seinen Bericht in einer trotz Ironie wie Belehrungseifers zerquälten Art szenischer Nachahmung fortsetzend, bald in der Rolle des wütenden Chefs, bald als unfreiwillige Persiflage aller philosophischen Schulen zwischen Waschtisch und Schreibplatte hin und her), der Chef habe also nach jener Debatte das von ihm nicht nur als existent gesetzte, sondern tatsächlich auch existent geglaubte Register der gelösten Probleme verlangt und sei, seinen kürzlich vollzognen Vorbereitungsschnellkurs der Philosophiegeschichte repetierend, in diesem – da natürlich nicht vorrätig gewesen – erst in höchster Eile angefertigten Schriftstück nicht nur bei den alten Sophisten, sondern auch bei den Ioniern und Pythagoreern, den Platon-, den Peripatet-, den Sto-, den Kyn-, den Orph-, den Gnost-, den Patrist-, den Scholast-, den Empir-, den Skept- und anderen Agnostikern sowie den Rationa-, den Irrationa-, den Sensua-, den Spiritua-, den (natürlich!) mechanischen Materia- und den sub- wie objektiven dialektischen Idealisten auf solch klaffende Lücken gestoßen, daß er, der Chef, in sprudelnder Wut und mit dem striktesten Auftrag, sie bis zum Quartalsschluß als endgültig gelöst abzuliefern, die vakanten Probleme von viertausend Jahren im Institut persönlich dergestalt reihum verteilt habe, daß der Kausalitätstrakt die gesamte Sophistik samt Eleaten, Megarikern und ähnlichen Fangschlüßlern und er, Janno, davon das leidige Haufenproblem der Herren Zenon und Eubulides, mit dem sich sogar ein Hegel herumgebalgt habe, den sogenannten SORITES, erhalten, welch Problem man, vereinfacht, etwa so darstellen könne:

Es werde gefragt, was ein Haufen sei, zum Beispiel ein Haufen Getreidekörner oder Reiskörner oder eben – und da war Janno wieder zur Waschschüssel zurückgekehrt und legte die Rechte fast zärtlich auf ihre kostbare Fülle –, oder eben, wie hier, auch ein Haufen Schräubchen: Ihrer zwei seien noch kein Haufen, ihrer drei auch nicht, auch noch nicht ihrer vier, hingegen, wie Jirro ja selbst festgestellt, ihrer fünfhundertzweiundsechzig seien dies durchaus, woraus die Frage resultiere, wieviel ihrer genau einen Haufen ausmachten, oder anders: wann, mit dem wievielten Element, ein Noch-nicht-Haufen beginne, ein Haufen zu sein; oder auch so: wann ein Haufen ende und ins Stadium des Nicht-mehr-Haufens schwinde, was wiederum nichts andres bedeute, als mit einem Noch-nicht-Haufen identisch zu werden: Dies SORITES-Problem scheine nämlich auf zwei Wegen lösbar, dem der Vermehrung vom Nochnicht *bis* zu einem, aber auch dem der Verminderung zum Nichtmehr *von* einem Haufen, auf welch zweitem Weg er, Janno, sich gegenwärtig befin-

und da, als der Philosoph, und nun demonstrierend, ein fünftes Schräubchen zum zweiten Mal der Waschschüssel entnehmen wollte, fiel ihm der Physiker scharf ins Wort: Es sei ihm jetzt alles hinreichend klar, er habe nur die eine Frage, wer eigentlich all die Filme bezahle, die Janno da massenweise belichte, und als Janno gestand, dies tue er selbst, da in der Materialverwaltung des Philosophieinstituts schon lange keine Filme mehr vorrätig seien, schüttelte Jirro heftig den Kopf: Das seien aber ungute Neuerungen, die Janno da einführe: Gerade als Kausalitätler müsse er die Folgen solch wahnwitzigen Treibens absehen können: Wenn die Leitungen nun, was zu erwarten sei, dies böse Beispiel verallgemeinerten und künftig jeden kleinen Diplomer die Forschungskosten aus eigner Tasche würden bestreiten lassen, dann werde man sich bei Janno bedanken, und zwar ganz unmißverständlich; und Janno, aus dem Reich der abstrakten Probleme jäh in die des Alltags geworfen, ließ das Schräubchen abermals in die Waschschüssel fallen und fragte hilflos: „Was soll ich denn tun?“
Die Schräubchen in der verbeulten Waschschüssel blitzten.
Diesen – wie heiße er doch gleich – SAURITUS lösen, ohne die Kollegen zu ruinieren, erwiderte Jirro ungerührt, und gegenüber dem tapferen Einwand, daß dies nicht gehe,

bestand er darauf: Es müsse gehn.
„Laß dir erklären“, bat, mit einem Blick auf den Stapel der Versuchsprotokolle, Janno fast schon wieder in jenem nachsichtigen Ton, den alle Arbeiter der Bewußtseinsinstitute den Realwissenschaftlern gegenüber ganz unbewußt anschlagen und den Jirro an Janno nicht ausstehen konnte, „laß dir erklären –“; und er erklärte: Er habe mehr als drei Dutzend Mal vom Element eins an aufsteigend einen Haufen errichtet, doch jedesmal sei die entscheidende Grenze des Umschlagens von einem Noch-nicht-Haufen zur neuen Qualität eines Haufens einfach nicht zu fassen gewesen: Solange er, unablässig in die Schüssel starrend, den Umschlagsmoment ja nicht zu übersehen, Schräubchen zu Schräubchen gelegt, habe er mit der langsam wachsenden Zahl der Elemente nur Elemente im Auge gehabt, ihrer acht, oder neun, oder zehn, oder siebzehn, immer einzelne Schräubchen und nie einen Haufen. Doch sobald er die ob solchen Fixierens bald schmerzenden Augen nur für einen Moment zur Seite gewandt, seien ihm, als er sie dann wieder auf die Waschschüssel gerichtet, die dort versammelten Elemente nun sofort als ein Haufen entgegengetreten, so daß also eine Umschlagsgrenze nicht – was jedoch einzig interessiere – im Objektiven der Quantitäten, sondern als ausschließlich im Subjektiven, im Ermüdungsgrad seiner Augen liegend erschienen, und dies ganz extrem zwischen einundzwanzig und sieben Schräubchen. Das nun habe ihn genötigt, das objektive Moment unter weitestgehender Ausschaltung aller subjektiven Faktoren zu fixieren, was ja, wozu man halt Filme brauche, wohl nur durch Photographieren geschehen könne. Oder wisse der Freund vielleicht etwas Andres, und Jirro bejahte: Das wisse er.
Jannos ungläubig nachsichtiges Lächeln; Jirro empfand es als unverschämt, die verzweifelte Hoffnung darin entging ihm. – Was der Freund, fragte er mit langsam sich entfaltendem Grinsen, was der Freund denn dafür springen lasse?
Janno nahm die Hand von den Schräubchen und setzte sich, sorgsam die Hosenbeine mit den eingelaserten Biesenfalten hochziehend, zu den Versuchsprotokollen auf die knakkende Schreibplatte: Meinte Jirro die Lösung des Problems der Filmbeschaffung oder die des Gesamtproblems?
Jirro lachte, herzlich rabiat: Da könne man wieder einmal

sehen, wie die Herren Geisteswissenschaftler, die sonst immer so herablassend auf ihre Kollegen von der Primärmaterie als auf ungeistige Tröpfe herunterschauten, wie die Herren Geisteswissenschaftler also wider alle Methode ganz unvereinbare Kategorien als gleichgeartet zusammenwürfen: Die Auftragsfinanzierung aus privaten Mitteln der Arbeithergeber sei kein zu lösendes oder auch nicht zu lösendes abstraktes Problem, sondern ein außer jeder Debatte stehendes, auf der Stelle endendes Ärgernis, und da nun, das sehe man wohl ein, dieser SAURITUS auf empirischem Weg nicht anders als mittels Photographieren bewältigt werden könne, müsse man ihn halt auf nichtempirische, das heißt auf spekulative, also geistige Weise zur Strecke bringen (oder kenne der Kamerad Philosoph etwa eine dritte Methode?); und abermals die Frage, was dem Freund eine Lösung wert sei.

Janno war unschlüssig: Daß Jirro recht hatte, stand außer Zweifel, die Leitungen würden sich dieser Initiative mit Jubel bemächtigen, also durfte man die Photoprotokolle nie abliefern; andrerseits drängte der Termin. Aber wußte Jirro wirklich einen Weg? Und was sollte man bieten? – Der Freund sah verstohlen abschätzend den Freund an: Saß Jirro in einer echten Klemme, oder brauchte er einfach nur Geld, wie man als chronisch Unterbezahlter halt einfach nur Geld braucht? Drei Pfund, vier Pfund, fünf Pfund, sechs Pfund, was war der Preis?

Jirro sah, wie Janno sich quälte, und er sah ihn ganz ungeniert an, wie der Freund da auf seine Protokolle gestützt saß, und Jirro taxierte jetzt ungeniert laut: Dem Freund scheine es ja bestens zu gehen, eine blitzneue jener begehrten Krawatten, die mit ihrer Silbergräue so provozierend vom aschgrauen Dienstkittel abstechen; Schuhe mit echten Lederkappen; das Kennummernschild auf Revers und Rükken in mattbronzierter Luxusausführung, und nun noch der Wahnsinn eigenfinanzierter Forschung, da müsse man sich doch wirklich wundern, wo ein einfacher Diplomer solchen Wohlstand hernehme: Habe Janno etwa im Lotto gewonnen, Sieben Richtige aus Siebentausend, und verheimliche es selbst dem besten Freund?

Janno hob entsetzt die Hände: Nein, nein, was der Freund ihm unterstelle; nur ein wenig logistische Schwarzarbeit,

das Übliche, aber für ziemlich hoch oben, und darum auch mit ziemlich hohem Salär: ein bißchen Informationsharmonisieren und Erstellen dialektischer Zwischenglieder zwischen „entweder“ und „oder“, na, was halt von den Chefs so alltäglich verlangt werde.
Immer diese Privilegien der Herren Geisteswissenschaftler, murrte Jirro; den Physikern sei so was versagt, also müsse der Freund schon dem Freund aushelfen. Und da Janno, zwischen drei und vier Pfund schwankend, noch schwieg, nannte Jirro die Summe: Zwanzig Pfund!
Janno schrie auf: Mehr als zehn habe er nicht!
Der Neutrinologe schritt zur Tür und machte kurz vor ihr lässig halt: Zwölf sofort, den Rest nächsten Zahltag!
Stöhnen; Hand auf der Klinke; Janno nickte ergeben; „und“, verlangte Jirro, „zehn Schrauben für Pavlo...“
Janno wurde blaß.
Die seien doch abgezählt und quittiert, stammelte er, doch Jirro parierte: Die Unbeweglichkeit des Freundes sei zum Erbarmen, man könne doch einen Verschleiß abschreiben, eine passende Erklärung werde sich schon finden; und da es in der Türangel zu kreischen begann, willigte Janno schießlich ein.
Sein Entschluß schien ihn verändert zu haben; der Physiker hätte es vielleicht so ausgedrückt, daß ein moralisches Elementarteilchen in eine neue Umlaufbahn gesprungen sei. „Also gut“, sagte er fast frohgemut, und er schlug dabei auf den Protokollstapel und stieß sich von der Schreibtischplatte ab, im Elan des Rückwärtsfederns bis vor den Waschschüsselständer sich schnellend, darunter Jirro schon die Schräubchen aus dem Schuhkarton zählte, und dort, im ausgespülten Betongrau, überm Gefunkel der toten Materie, reckte er sich wie das Bewußtsein, das sich anschickt, sich endgültig selbst zu enträtseln.
„Des SORITES Lösung!“ verlangte er.
Jirro, seine Schätze bereits im Brustbeutel, setzte sich neben die Protokolle.
Wenn, begann er widerlich langsam und nun seinerseits mit nachsichtigem Lächeln, das Janno jedoch als Bestätigungsdrang nahm, wenn er sich recht erinnere, unterschieden die Kameraden Klassiker zwei Qualitäten der Wahrheit: eine allumfassend allesenthaltende, die vollkommene, die totale

Wahrheit, die aber nur von der gesamten Menschheit am Ende einer in die Ewigkeit mündenden Entwicklungsbahn erreicht werden könne, und eine partielle, lückenhafte, einzelfallartige, die sich im Lauf dieses Menschheitsweges immer genauer der Totalen nähere. Und solch eine partielle Wahrheit – oder anders ausgedrückt: eine partielle Lösung – könne man, ja müsse man, da die Menschheit noch keine Ewigkeit daure, auch für den SORITES reklamieren, und solch eine Teillösung habe man ja, nämlich die, daß fünfhundertzweiundsechzig Schräubchen ein Haufen seien, und mit einem ungeheuren „Na, was sagst du!" klatschte sich Jirro auf die Schenkel.

„Allmächtige Mate-", stieß Janno hervor, ein Ausbruch überwältigenden Entzückens, und Jirro, von der Stringenz seiner Gedanken auch rhetorisch über sich hinausgerissen, brachte das Kalkül wie einen Triumphmarsch zu Ende: Ein Problem, das könne durch Hinweise der Klassiker vollauf belegt werden, ein Problem, von dem eine Teillösung existiere, sei im Prinzip schon so gut wie gelöst: eine Lösung im Partiellen beweise die Möglichkeit der Lösung im Gesamten, die jedoch als Summe von Teillösungen notwendigerweise auch die Summe der Teillösungszeiten erfordere. Also könne man sowohl Vollzugsmeldung betreffs des Gesamtproblems geben wie über seiner endgültigen Lösung ein unbeschwertes Leben verbringen, und mit einem neidvollen: „O Bürger, so gut möcht ich's auch einmal haben!" setzte Jirro seinen Schlußakkord.

Janno, in sein Denken versteint, sah zum ersten Mal und, weil unbewußt, um so schärfer, wie unglaublich schmutzig das Fenster war, grauschlierige geschwungene Regengespenster, von Mörtel und Vogeldreck gesprenkelt, nie gereinigt, seitdem er hier arbeitete, und dennoch – und auch das sah er zum ersten Mal und es wurde die Folie seines Denkens –, und dennoch erfüllt mit Himmelsbläue und jenem ungeheuren Licht, das die Materie blitzen macht. Während er so zum Fenster sah und, bewährte Methode des Kontrollierens, Jirros Gedanken zurückverfolgte, überkam ihn immer stärker der Wunsch, sein Labor mit Seifenlauge zu überschwemmen, Kübel um Kübel kochender Lauge, den Fußboden, die Wände, die Decke, die Schreibplatte, den Waschschüsselständer samt der zerbeulten, schmutzrandigen Waschschüssel, darin die Schräubchen wie eine Kristallblume lagen, und er hätte nicht sagen können, weshalb er dies wünsche, ja er begriff es nicht einmal als Wunsch. Es geschah ihm einfach, dann war es vorüber, nur die Folie eines verwaschnen Blaus, und davor, als ob eine Schriftrolle reiße, das jäh endende Abspulen der Konklusionen, und da, ernüchtert, sah Janno Jirro.

Es gehe nicht, sagte er tonlos, und auf Jirros verwundert unbefangnes Warum: „Da ist doch ein logischer Sprung – wie will ich's beweisen?"

Jirro ahnte, was Janno meinte, und fragte trotzdem: „Was beweisen?"

„Daß fünfhundertzweiundsechzig Schräubchen ein Haufen sind!"

Der Freund, um seine zwanzig Pfund zwar noch nicht bangend, aber doch schon sorgend (die Schräubchen würde er auf keinen Fall mehr hergeben), winkte lässig ab: Das sage doch jeder!

Janno fuhr auf: „Das ist doch, Mann! Das hat doch unausdenkbare Konsequenzen! Seit wann lassen wir denn eine Definitionsbildung via Umfrage zu? Wenn irgend jemand bestimmen kann, was ein Haufen ist, dann könnte ja ebensogut irgend jemand bestimmen wollen, was Wahrheit ist, oder Gerechtigkeit, oder Wohlstand, oder –"

und Janno sprach leise aus und zu Ende, was Jirro in diesem Moment ebenfalls dachte: „Oder die Wahrhaft Befreite Gesellschaft!"

Adieu, Pfunde! durchfuhr es Jirro, doch sofort darauf sprang er, vom Genius dieses Ortes beflügelt, von der Schreibplatte in die Mitte des Labors, wo sich, quer zu Waschschüsselständer und Photoapparat, die beiden nun gegenüberstanden, zwei belebte Rhombusecken gegen zwei unbelebte, und über ihnen das trübe Blau.

Irgend jemand, bestätigte Jirro beflügelt, irgend jemand, das gehe tatsächlich nicht, das wäre wirklich ein Präzedenzfall falsch verstandener Befreitheit, den kein Chef durchgehen lassen würde; also –, und da erhob er die Stimme –

„Also –?"

„Also –", und nun wieder Triumphmarsch: „Also darf's nicht ‚irgend jemand' sein!"

Ob er denn glaube, entgegnete Janno, daß der Oberste Kamerad (und kein Andrer wäre ‚Nicht-irgend-jemand') sich zu solch einer Frage äußern werde; und: Nein, gewiß nicht, *der* habe wohl andere Sorgen, aber die Kameraden Klassiker...

So Jirro; Janno winkte ab: Damit habe er ja angefangen! Natürlich habe er alle bezüglichen Stellen bei den Klassikern überprüft, alle, nicht nur ihre philosophischen Schriften, doch sie hätten sich nirgendwo zum SORITES geäußert, nicht einmal zu den Sophisten, es gebe verläßlich dazu kein Zitat.

Jirro kannte Jannos Beschlagenheit zu gut, um ihm nicht aufs Wort zu glauben, also wechselte er im Beharren: Wenn sich kein direkt passendes Zitat finde, dann müsse halt ein indirekt passendes her!

Und er kommentierte, ehe Janno noch fragte: Man schaue eben nach, wo sie das Wort „Haufen" mit einer konkreten Zahl verbänden; sie hätten doch auch Militärisches abgehandelt, da müßten sich doch Wendungen wie „ein Haufen von soundso viel Landsknechten" fin-

und Janno, aufseufzend, ging an Jirro vorüber, zog die unterste Akte aus dem Stapel Versuchsprotokolle und präsentierte: Hier, bitte sehr, das lückenlose, selbstverständlich alphabetisch geordnete Register des von den Klassikern gebrauchten Lexems „Haufen", aus allen ihren Schriften gezogen, und Janno las vor, und Jirro lauschte: „‚Wie ein Haufen Aasgeier stürzten sich die Verleumder –'; ‚ein Häuflein Abenteurer kann niemals die eherne –'; ‚mit einem Haufen Achs und Wehs ist gar nichts getan –'; ‚ein Haufen Adressen ist noch keine Organisation –'; ‚ein schäbiger Haufen Agenten –' (dies zweiundvierzigmal in einer Fülle von Varianten, darunter auch ‚Häufchen', ‚Häuflein' und einmal ‚Häufelein'); ‚welch ein Häuflein Ahnungsloser –'; ‚solch ein Sauhaufen von Akademikern –' (dreimal); ‚dieser todesmutige verlorene Haufe nubischer Freiheitskämpfer –'"

und: „Halt!" unterbrach Jirro, „halt, das ist es doch schon!"

Ein dritter Triumphmarsch? Jirro verzichtete; er entwickelte seine Gedanken so sachlich wie ein Lichtstrahl im Prisma sein Spektrum: Die Bemerkung zum nubischen Freiheitskampf beziehe sich doch (und Janno nickte) auf ein ganz konkret benenn- und datierbares Ereignis, allen Gegebenheiten nach wohl auf eine Schlacht, also müsse auch die exakte Kopfzahl jenes „verlorenen Haufens" aus Unterlagen rekonstruierbar sein; es müsse, zumindest bei der Kolonialtruppe, doch Bataillonstagebücher gegeben haben, Kampfberichte, Folterprotokolle, Nachweise verbrauchter Munition, die Ansätze zu Folgerungen erlaubten, und wenn, was durchaus anzunehmen, der „verlorene Haufe" vernichtet worden sei, dann müßten sich doch die Gebeine finden, ein Massengrab in der Nähe des Kampforts, all dies könne man recherchieren und analysieren, für den Computer programmieren und schließlich die genaue Stärke des Haufens als jene Teillösung des SORITES erklären, die in sich schon die Lösung des Ganzen sei. Natürlich könne das kein einzelner leisten, da müsse ein Komplexteam ans Werk: ein Diplomarchäologe, zwei oder drei Gerichtsmediziner, eine Auswahl geeigneter Fachhistoriker, dazu acht oder neun Hilfssoziologen und über dieser Truppe Janno als Leiter, was für ihn durchaus bedeuten könne, in eine höhere Gehaltsklasse aufzurücken; dazu noch eine Dienstreise in die Sahara und – (und da Janno ihn abermals unterbrechen wollte, hob Jirro die Stimme, und nun wurde seine Rede wenn auch kein dritter Triumphmarsch, so doch eine Hymne): Und hoch über allen diesen Erfolgen das leuchtende Beispiel ihrer Freundschaft, das, ein Neutrino wahrer Moral, noch die Materie fernster Zukunft durchdringen werde: Er, Jirro, verzichte feierlich, die einmal abgemachte Summe zu erhöhen – was er durchaus könne –, er begnüge sich ein für allemal mit den ausgemachten zwanzig Pfündlein, deren zwölf er allerdings jetzt sofort –

und er streckte die Hand aus, und Janno ergriff sie, und so standen sie quer zu den Apparaten, und dann, da ein Weilchen gar nichts geschah, sagte Jirro, dieser Händedruck, der den Pakt besiegle, könne als Symbol zwar nicht lang genug dauern, aber allmählich müsse er wieder an die Arbeit, und so rechne er nun mit der ersten Rate, Halbwertszeit gewissermaßen, und Janno, mit dem Lächeln erzitternder Trostlosigkeit, löste langsam die Hand aus der des Freundes, und er schaute ins Fenster und sagte: „Ach!" – Was: Ach?

„Es ist nicht die echte Lösung!"
Nun verschlug es Jirro doch die Sprache.
Er sei sein Freund, sagte Janno, den Blick im Fenster, als trete eine Botschaft aus den Chiffren des Schmutzes, er sei sein Freund, darum gestehe er ihm, was er sonst keinem Andern gestanden hätte: Dies improvisierte Kalkül sei sicher bestechend, eine Meisterleistung der Implikationskunst, doch wenn er, Janno, es nicht schon längst selbst vollzogen, und zwar genau dieses Kalkül, so nur deshalb, weil er, seitdem er eine Ahnung –
Er stockte, von diesem unwissenschaftlichen Terminus betroffen, aber das Licht, das durch das Fenster sich quälte, machte nun auch seine Augen blitzen.
Jirro blickte besorgt.
„Ich will die echte Lösung!" schrie Janno; plötzlich schrie er: „verstehst du das nicht, die echte Lösung, die Lösung des Problems!"
Jirro, jäh erschauernd, zwang sich zur Ruhe: In untergeordneten Labors wie diesem war sicher kein Abhörgerät installiert; dennoch – rascher Blick: Keine Bilder an den Wänden: gut! Kein Telephon: gut! Das Fenster geschlossen: der Materie sei Dank! – Der Freund, nach diesem Ausbruch, stand leise keuchend, seine Hände flogen – auch das war gut: Nichts ärger als die stille Gefaßtheit, die sich zu Unvorhersehbarem sammelt! Doch auch ein Koller barg Risiken genug, und andersartige Risiken, man sollte sich besser vergewissern!
Den Freund beherrscht im Auge, zog Jirro den Gehirnprüfer aus der Tasche, diesen bleistiftgroßen Bewußtseinsdetektor, der zur Dienstausrüstung aller von der zweiten Rangstufe an aufwärts gehört, aber Janno stieß ihn zurück.
„Was fällt dir ein! Ich bin normal!"
Jirro ließ die schon ausgefahrene Haarsonde zurückschnurren und sprach, das Gerätchen in die Tasche versenkend: „Mann der Materie, ruhig, ruhig, so hat's in der Physik doch auch einmal angefangen, und das baden wir Enkel noch heute aus! Unsre Ahnen von Galilei bis Einstein haben drei Jahrhunderte lang auch nur echte Lösungen gesucht, *nur* die Lösung ihrer Probleme, nichts weiter, und was daraus geworden ist, wissen wir ja: die beiden Atomkriege, und da-

nach unsre Achtung, und die Eltern warnen seitdem ihre Kinder: Sei hübsch fleißig und ordentlich, sonst mußt du einmal freiwillig Physik zwangsstudieren! Seitdem sitzt ein Kamerad vom Befreitheitskontrolltrupp in jedem Labor und wacht, daß wir nur mehr Schon-Bekanntes entdecken, immer reihum Schon-Bekanntes, und glaube mir, es ist weise so! Entschuldige, wenn ich dir eine Elementarlektion halte, aber du hast dich wirklich verrannt! Du willst den SORITES zweckfrei erforschen, statt den vorgegebenen Nachweis zu erbringen, daß die Prophezeiung der Kameraden Klassiker auch in diesem Punkt erfüllt ist (denn darauf läuft doch dein Auftrag hinaus) – weißt du denn, was bei deinem Egoismus am Ende herauskommt? Du weißt es nicht, so will ich's dir sagen: Die Atombombe hat auch einmal so begonnen, genau so, mit dieser Fragestellung: Wann schlägt Quantität in Qualität um, wann wird eine Menge friedlich daliegenden Stoffes eine Masse, die sich selbst zersprengt? Die ‚kritische Masse' des Qualitätssprungs – da hast du doch dein Haufenproblem! Du nimmst Plutoniumatome, das liebe Plutonium 239, nimmst ein Atom und noch eines und noch eines, und immer noch ist's keine kritische Masse, aber einmal dann kommt das eine Atom, das den Umschlag bewirkt; photographieren wirst du ihn allerdings kaum mehr. – Nun gut, mit deinen Schräubchen wird dir das *so* nicht passieren. Atomkerne von Eisen können nicht zerfallen, doch dieser SORITES ist ja viel ärger als einer aus Plutonium: Bei der Atombombe hat man gewußt, was herauskommen wird, du aber denkst, du legst hier Schräubchen zu Schräubchen, doch du legst ja nicht nur Schräubchen zu Schräubchen, du legst auch Gedanken zu Gedanken und Verlangen zu Verlangen und letztlich Aufruhr zu Aufruhr und glaubst dich im philosophischen Raum zu bewegen, dieweil du dich längst im sozialethischen bewegst! Dein SORITES kann *auch* ein Sprengstoff werden, ein gesellschaftspolitischer Sprengstoff, und mit deinen Theorien *ist* er schon einer: Du sprengst damit die Gesellschaft ins Nichts einer nicht mehr zu kalkulierenden Zukunft! Freiheit ist Einsicht in das Notwendige, Entschuldigung, das weiß heute jedes Kind, aber du willst eben das Notwendige sprengen, die Ausrichtung allen Denkens auf Vorhergewußtes, weil als heilsam für die Gesellschaft Bewährtes,

doch mit dem Notwendigen sprengst du die Freiheit, und die darf nie zur Disposition stehn!"
Und ganz ruhig, Freund dem Freund: „Laß dich überprüfen! Du solltest es selbst tun! Wenn du ein entsprechendes Conscientiogramm vorweist, mit ein paar schönen Trübungsschüben, wirst du für ein paar Wochen ins Sanatorium kommen, ins Gebirge, oder sogar ans Meer, dort kannst du dann gemütlich Sandkörner zählen."
Janno schüttelte den Kopf.
„Nein", sprach er, und er redete zu dem Blau im Fenster, „nein, Jirro. Ich will nicht. Ich will einfach nicht mehr!"
Er griff in die Schüssel und ließ die Schräubchen durch seine Hände rinnen, reiner, blitzend versiegender Strom. Janno drückte die Handschalen enger gegeneinander, nun tropften die Schräubchen, blitzend im kümmerlichen Licht, zum Haufen nieder, der sich blitzend wölbte, und während auch das Tropfen versiegte, sprach Janno leise, wie erschrockene Gewißheit: „Wir können uns nicht mehr verstehen, Jirro. Es ist, als hätte ich in dieser Stunde einen Sprung in ein anderes Dasein getan: Daß man plötzlich nicht mehr so weiter will, wie man bisher gewollt hat, ganz egal, was danach geschieht. Und ich will nicht mehr und ich will nicht mehr! Ich kann das einfach nicht mehr hören: ‚Kamerad Diplomkausalitätler Nummer 180, untersuchen Sie, daß sich dies soundso verhält –'; ‚überprüfen Sie, daß –'; ‚erforschen Sie, daß'; immer nur: daß, daß, daß, immer und immer zu einem Resultat hin, das vor der Arbeit längst schon feststeht, und niemals ein Wie, nicht einmal ein Ob, geschweige ein Was."
Und Janno, nun schon im Begreifen des als ganz unbegreifbar Gedünkten, eigentlich: des als jemals im Denken erscheinbar bislang nie Geahnten (und eben darum so Überwältigenden), sprach es fast flüsternd aus: „Und dann jener Auftrag –", und er begann – zwar nun wieder mit gewöhnlicher Stimmkraft, doch immer noch wie im Selbstgespräch – das Besondere des Auftrags darzutun: Natürlich, da habe der Freund schon recht, natürlich sei auch bei dieser Arbeit das zu erreichende Ziel vorgegeben: Die Prophezeiung der Klassiker müsse als erfüllt ausgewiesen werden, was, da analoge Muster zur Genüge vorhanden, am verläßlichsten, wenn auch nicht sonderlich geistaufwendig, mit einem

der bewährten Deduktions-Induktions-Zirkel von einer gesicherten Gewißheit über das Exemplificandum zur gesicherten Gewißheit zurück geschehen könne –

und da es

Janno schien, als werde Jirros Miene düster, beeilte er sich, solch einen Zirkel konkret zu skizzieren: Die Kameraden Klassiker hätten immer recht; die Kameraden Klassiker hätten auch in bezug auf Probleme der griechischen Sophistik immer recht; der SORITES sei ein Problem der griechischen Sophistik; Probleme der griechischen Sophistik seien Probleme der Philosophie der Vorläufer der Kameraden Klassiker; Probleme der Philosophie der Vorläufer der Kameraden Klassiker seien durch die Philosophie der Kameraden Klassiker aufgehoben; die Philosophie der Kameraden Klassiker habe den Rang einer Wissenschaft; was in der Wissenschaft aufgehoben sei, habe seine wissenschaftliche Lösung erfahren; also habe auch der SORITES seine –

und

Jirro ergänzte: „wissenschaftliche Lösung erfahren“,

worauf

Janno abwinkend seinen durchs eigne Beispiel unterbrochenen Gedanken zu Ende brachte: Zwar werde durch solch einen Zirkelschluß der vorgegebene Auftrag erfüllt, der Nachweis nämlich, daß die Prophezeiung der Klassiker sich verwirklicht; jedoch – und nun, Hoffnung des Windes, klang in Jannos Stimme ein Nochniegehörtes –, jedoch gebe es ja auch die Möglichkeit, die Prophezeiung nicht nur als erfüllt nachzuweisen, sondern tatsächlich zu erfüllen, was heiße, den SORITES tatsächlich und nicht nur assertorisch zu lösen – und da, angesichts dieser Alternative, sei die Veränderung in sein Leben getreten, die ihn nun ins Unbekannte treibe, ins Nichtvorgewußte, ins Unabsehbare: „Das Problem, Jirro, das reine Problem, jenseits jeden Zwecks, in reiner Freiheit –“, und wieder, und sachlich konstatierend: Doch das könne der Freund ja nie verstehn.

Jirros trauriges Lächeln: Alles war vertauscht; alle Qual erschien nun auf Jirros Miene, und auf der Jannos die beinah heitre Erschöpfung jenseits der vollzogenen Wahl.

Spaltungsphänomene des moralischen Kerns, Beta-Schauer wissenschaftlichen Gewissens? – Der Physiker musterte den Philosophen, wie er dastand, ins schlierige Licht ge-

reckt: Luxusschuh und Luxusuhr, Luxusparfüm und Luxusscheitel, silbergraue Krawatte, zur Dienstkleidung passend, und nun das eitle Lächeln ob dieser Entscheidung, silbergraue Krawatte des Denkens, die er wohl für eine Einzigartigkeit hielt. Ein kleiner Stoß, dachte Jirro, und alles fällt zurück ins Jegewesene, oder versuchte Janno weiterzugehn?
„Jedem von uns widerfährt das einmal", sagte er nun ebenso ruhig wie Janno, „jeder von uns muß einmal durch diese Anfechtung hindurchgehn, aber du kennst das Entsagen noch nicht. Es ist der nächste Schritt, den du tun mußt, denn stehenbleiben kannst du nicht mehr."
Und nun auch er lächelnd: „Ich bin weiter als du."
Nein, sagte Janno, entsagen heiße zurückgehn.
Ja, sagte Jirro, es heiße zurückgehn, doch zugleich auch die höhere Stufe gewinnen: Man bewahre den Akt der Entsagung ja auf, als Einsicht in das Notwendige, die man vordem nur theoretisch, nicht existenzhaft gehabt. Es sei die Bewegung der Wendeltreppe – das Zurück zugleich das Hinan.
„Wohin hinan?" fragte Janno.
Ihre Blicke trafen sich auf dem Haufen, und da erzitterte plötzlich das Blitzen, und gleichzeitig begann das Fenster zu klirren; Schmutzspritzer platzten von der Scheibe, und durchs Labor dröhnte Marschmusik. Zugleich begann die Sirene zu heulen, dreimal, langkurzlang, Institutsappell.
Jirro war als erster am Fenster: „Der Kamerad Anführer der Hauptstädtischen Kontrolltrupps besucht euch!", und er streckte dem Freund zum Abschied die Hand hin: Über den Rest des Geschäftlichen werde man sich später verständigen; Janno müsse jetzt ja antreten, er sich verdrücken; und Janno lächelnd: Er trete nicht an.
Posaunen und Pauken.
Ob er verrückt sei?
Nicht doch – er halte sich an die Institutsverfassung, daß dringende Arbeit von solchem Appell befreie; der Auftrag sei als dringendst bezeichnet, und es gebe wirklich nichts Dringenderes als sein Problem, und außerdem: er wolle nicht mehr.
„Du bist eitel", sprach Jirro, „dumm und eitel! Du weißt ja nicht mehr, was du tust! Erst Eigenfinanzierung, dann Ei-

gendenken – Mann, du bringst Unglück über uns alle!"
Er packte den Freund an der Schulter: „Verzeih, es war nur Sorge um dich!"
Die Schalmeien schmetterten; Jirro überschrie sie: „Den Bewußtseinsmesser! Überprüf dich! Du rennst sonst in deinen Untergang!"
Ins Dröhnen der Marschmusik Trampeln und Scharren; die Philosophen traten an, traktweise, in Blocks: Affirmatoren; Kausalitätler; Syllogisten, Kategoristen, Prädikandisten; Apodiktiker, Assertoriker; leichtfüßig die jungen Moralisten, im Gleichschritt die Ästhetiker mit den ihnen angegliederten Schwärmen der Hilfsdenkerinnen, und – emsig im Bewußtsein ihrer Verantwortung auch hier die Fronten auszurichten sich mühend – die Unter- und Oberdialektiker mit ihren ein und zwei Silberstreifen auf den Arbeitshelmen, und jetzt auch die höheren Chargen, mit goldenen Biesen: Hauptoptimisten, Stabsoptimisten –
„O höchstes Vernunftswesen, euer Chef erscheint gleich! Nun mach aber, daß du rauskommst!"
Der Marsch „Wir fröhlichen Philosophen" erscholl, D-Dur-Stöße der vereinten Trompeten in Oktaven und Quarten, wohlgemut überlagert von Waldhorntriolen, und dazu die Stringenz des Paukenschlags.
„Zum letzten Mal, Mann: Raus mit dir!"
Janno schüttelte nicht einmal mehr den Kopf. – Er wandte sich zum Photoapparat, überzeugte sich, daß der Film weitergespult war, dann warf er ein Schräubchen in den Schuhkarton, photographierte, warf wieder ein Schräubchen; Jirro packte ein zweites Mal zu.
Schulterzucken: „Störe meinen Haufen nicht!"
Die Musik brach ab; Namen von Nummern wurden aufgerufen, Meldungen ob ihres Nichtangetretenseins erstattet; und: „Janno", sagte Jirro, „sei vernünftig, gib die zwölf Pfund her. Du kommst jetzt bestimmt in ein Untersuchungslabor, und abgemacht war abgemacht."
Janno, gelassen, zählte das Geld hin. Jirro sah ihn flehend an.
„De-Ka 180!" schallte der Lautsprecher über den Appellplatz, die Stimme des Chefkausalitätlers (im Rang eines Oberdialektikers), und Janno, Jirro die Scheine zuschiebend, trat ans Fenster und schlug es ein.

„De-Ka 180 bei der Arbeit!" rief er.
Das Klirren der Splitter, aus Jannos Handrücken quoll Blut. Jirro stürzte zum Schrank, natürlich kein Verbandspäckchen; Janno, die verletzte Hand wie ein Banner erhoben, schritt zur Waschschüssel, warf mit der Linken ein Schräubchen, trat zum Photoapparat, drückte (mit der Linken) den Auslösehebel, der Linsenverschluß klickte, Blut tropfte, Jirro knallte den Schrank zu, und aus dem Lautsprecher dröhnte das Schweigen.
„Es ist noch ein Haufen, nicht wahr?" fragte Janno.
Jirro tupfte ihm die Hand mit dem Taschentuch ab.
Aus dem Lautsprecher die Stimme des Chefs: „Unglaubliche Schlam-", und Knacken und Stille; dann jähes Knirschen, und der Gleichschritt einer gedrillten Abteilung; und: „Jirro", redete Janno den Freund an, der sich vergeblich mühte, mit dem viel zu kurzen Taschentuch die Hand des Freundes zu verbinden; „Jirro", und er sagte es so ruhig, daß der Schritt da draußen nur ein Geräusch war, das jeder Tag über die Höfe weht –: Er habe ihn, den Diplomneutrinologen, lange schon einmal fragen wollen, was das denn eigentlich sei, ein Neutrino – ob er's ihm wohl erklären könne?
Da er die Hand des Freunds in der seinen hielt und so nah wie noch nie, und noch nie so brennend, die Maßlosigkeit seiner Augen sah: Das könne er schon, versicherte Jirro, nun ebenso ruhig (was denn sonst konnte den Freund in seiner Friedsamkeit halten), und durch die Splitter des Fensters das reine Blau.
Wie oft war es Jirros Amt gewesen, auf solche Laienfragen eine Antwort zu geben, die das Unvorstellbare vorstellbar mache: bei Wochen der Offenen Wissenschaft, vor Kontrolltrupps, in Schulen, nun, da er das Taschentuch zerriß und, die beiden Streifen zusammenknotend, einen frohgemuten Marsch über den Platz hasten hörte, das Chaos der Stille rasch mit Ordnung zu füllen, war es ihm, als gäbe er diese Antwort zum ersten Mal, und er hörte sie mit Interesse, ja mit einem Erstaunen an, als erfahre er etwas Unbekanntes oder besser: als dehne sich ein Bekanntes in einem ihm nie zugedachten Bereich:
Es trete beim Prozeß des radioaktiven Zerfalls, ganz exakt: bei der Beta-Strahlung, ein höchst merkwürdiges Phänomen

auf, das bei seinen erstmaligen Entdeckungen die Wissenschaft vor ein schaudererregendes Rätsel gestellt: Es verschwinde da nämlich trotz genauester Messung und strengster Kontrolle eine ziemliche Menge Energie, dieweil doch, dem obersten Gesetz allen Seins zufolge, Energie nicht verschwinden dürfe, was sie natürlich auch nicht tue: Sie werde, das hätten Untersuchungen schon im vorigen Jahrhundert ergeben, sie werde vielmehr von einem Teilchen entführt, das keine eigene Masse besitze, auch keine Ladung, eigentlich also nicht da sei, wiewohl es notwendig dasein müsse und als daseiend auch nachgewiesen wurde, wiewohl es gar nicht nachweisbar sein könne –

und das eben, unterbrach Janno, sei das Neutrino!, und Jirro berichtigte: *Die* Neutrinos, denn es gebe ihrer mehrere Sorten, davon wieder Neutrinos und Antineutrinos, und unter diesen Sorten befinde sich eine, die absolut sicher unnachweisbar sei, weil sie absolut sicher nicht existiere –

und nun habe er, unterbrach Janno Jirro das zweite Mal, gewiß den Auftrag, das Nicht-nachweisbar-sein-Könnende nicht nachweisen zu können, um solcherart den Triumph der Physik in einer Wahrhaft Befreiten Gesellschaft –

und: woher er das wisse? wollte Jirro fragen, wiewohl die Folgerung Jannos sich aufdrängen mußte; die Tür krachte auf, und zwischen zwei Reihen Kontrolltrupplern, die sich sofort in Schutzstellung begaben, traten sie ein: der Hauptstädtische Kontrolltruppanführer und der Chefphilosoph.

Janno, statt zu melden, fragte freundlich: „Ja, bitte?"; der Chefphilosoph entfärbte sich.

Jirro trat vor.

„Ein Arbeitsunfall", rapportierte er statt des Freundes und nannte, in untadeliger Haltung, nach der Vorschrift für Meldende seinen Nummernnamen.

Ein Winken; er legitimierte sich.

Was er zur Arbeitszeit hier suche?

Es sei ihm seit Tagen schon aufgefallen, daß sein Freund, der Diplomkausalitätler 180, zunehmend an Bewußtseinstrübung leide –

das sei nicht wahr! unterbrach Janno

scharf; doch unbeirrt Jirro: an Bewußtseinstrübung leide, und da dem Kameraden De-Ka 180, soviel er wisse, ein besonders dringender Auftrag –
Woher er das wisse? Ertapptes Schweigen; der Kamerad Hauptstädtischer Kontrolltruppanführer schaute fragend auf den Kameraden Chefphilosophen, was für ein dringender Auftrag das sei und welchem Geheimhaltungsgrad er unterliege, doch bevor noch ein Messen der Blicke beginnen konnte, war der zuständige Vordenker der Kausalitätler (im Rang eines Oberdialektikers) zur Stelle und erstattete den Bericht.
Der Chef blickte düster; der Anführer hell.
Aus Jannos verbundener Hand noch Blut.
„Was?“ fragte der Kontrolltruppanführer mit munterem Ton ins graue Schweigen, „ein Haufen, wie hieß das doch gleich: SOEINRICHTFEST? Und dafür das kostbare Material?“
Pfeifen durch die Zähne: echte Schrauben; er ließ sie durch die Hände rinnen; die Kontrolltruppler schüttelten die Köpfe, in gedrilltem Takt, Aufblitzen der Helme, es war, als empöre sich aller Stahl: Echte Metallschrauben in der Abfallkiste, o Atome, ihr faßt es nicht!
„Was Wunder, daß die in der Produktion fehlen“, konstatierte der Kontrolltruppanführer fast fröhlich, das werde die Kameraden Produktioner aber sehr interessieren, das sei ja das Wochenprodukt dreier Kolonnen, das da in einer Waschschüssel der Intelligenzler verrotte, und sein Blick ins Angesicht des Chefphilosophen, das sich in dem Maß verdüsterte, in dem die Helle seines Gegenübers zur blanken Herausforderung sich steigerte, war nicht mehr nur fragend.
Jirro, mittlerweile unwichtig geworden, hatte Zeit, ihn zu mustern, wie er dastand: ohne Schutzhelm, in schwarzer Uniformhose, seine Feistigkeit wie seine Hemdsärmel aufgekrempelt, sicher seines Selbst über dem Glanz seiner Stiefel und, bei aller Aufgeräumtheit, im Backenspeck und zwischen den Brauen den tief prägenden Zug jenes Grübelns, das, durch Instinkt geweckt, durch Erfahrung gekräftigt, unterm Aspekt eignen Interesses die Wirksamkeit allen Handelns Andrer schon als Grade von Schuld wie als Möglichkeit, deren Sühne zu exekutieren, abwägt.
Jirro sah, und sah es fast bewundernd, wie dies Denken in

Aktion überging: Unmerkliches Vertiefen einer Falte durch Anheben der Lider über den gleichzeitig sich konzentrierenden Pupillen; leises Einziehn der Luft; flüchtiger Kinnruck, und das Kopfschütteln seiner Truppe erstarrte exakt im Blick auf den Chefphilosophen, auf den nun aller Augen schauten, auch die Jannos.

Der Chefphilosoph, feist wie sein Widersacher, wenngleich nicht so sehr im Fleisch eines jovialen Boxers als vielmehr in dem eines schutzbedürftigen Schlächters, wandte sich in so finsterer Jähe, daß alle Blicke dem seinen folgten, an den Untergebenen mit der Frage, ob man ihm nicht endlich erklären wolle, was diese ungeheuerliche Materialverschwendung für diesen – wie hieß das? SOKRITES? –, also für diesen Dreck da bedeute, und der Kausalitätler-Vordenker, auch er feist, klein gewachsen, fettglatt und hurtig, gab, ohne einen Moment zu zögern, die Frage zunächst auch als einen Blick, und gleich danach als ein Fingerausstrecken und stoßweise ausbrechendes Wüten, an seinen Untergebenen weiter: Filme zum Beispiel, so schrie er, was sollten Filme, nie habe er eine solche Anweisung gegeben, da solle man ihm mal die Belege zeigen, aber sofort, aber auf der Stelle –

und alle starrten den Apparat an, wie er dastand, schwarz in sein Schweigen geduckt, das riesige Auge auf die Waschschüssel geschoben, darin die Schräubchen in reiner Unschuld blühten, und Jirro gefror: Wenn Janno jetzt die Eigenfinanzierung enthüllte! Er sah sich schon alles Werkzeug bezahlen, mit dem er noch viele Jahre das nichtnachweisbare Neutrino nicht nachweisen können würde; und da, angesichts dieser drohenden Katastrophe, und gänzlich uneingedenk der andern Gefahr, daß die jähe Bewegung sein Leben aufs Spiel setzte, riß er den Bewußtseinsprüfer heraus und drückte ihn Janno auf die Stirn.

Da sich die Sonde ins Gehirn stieß, sprang, vom Prüfgerät automatisch vergrößert, den drei Chefs, die das Freundespaar nun umdrängten, jenes stetige Zittern der Zeigerspitze um den Maximalpunkt äußerster Bewußtseinstrübung entgegen, das, die genaue Diagnose des im Geräteinnern tätigen Computers als Vorwegnahme konzentrierend, den sofortigen Abtransport des Überprüften ins nächste Heilhaus als dringend geboten signalisiert.

Auch Jirro sah es; einziger Gedanke: War die Gefahr damit gebannt? Von den Feisten zurückgedrängt, schielte er auf Janno; der lächelte, schon Wirkung der Sonde, die beim Einpendeln des Zeigers in bestimmte Skalenbereiche automatisch durchs Hirninnere eine Befriedungsmusik sprüht, die den Willen freundlich, die Muskeln müde und das Denken völlig gradlinig stimmt, und da Janno, als die melodischen Rhythmen sich unhörbar verbreiteten, den Photoapparat vor Augen hatte, dachte er, daß ein Gruppenbild aufgenommen werde: er lächelte.
„Da sieht man's!" sagte der Kamerad Kausalitätler-Vordenker, das Conscientiogramm, das der Apparat im Zurückziehn der Sonde nun auswarf, mit gierigen Blicken überfliegend, „alles klar, ein Kranker –", und der Chefphilosoph fragte, unvermindert düster: Ein Kranker? Wie könne man einen Bewußtseinskranken an eine der dringendsten Aufgaben setzen, die je vor einem philosophischen Institut gestanden? Er habe, da er unlängst dies Amt übernommen, schon am ersten Tag mit Entsetzen erkannt, was für ein Haufen von Schädlingen sich auch hier (und Jirro begriff staunend die Doppelstrategie dieses Rückblicks: Absicherung wie Gegenangriff), hier, wie überall, massenhaft habe breitmachen können, doch nun werde er diesen Haufen mit eiserner Hand –
Da fiel ihm der Kontrolltruppanführer (da der Kausalitätler-Vordenker im Streit der Großen das einzige ihm Gemäße tat: lächelnd in Richtung Tür zurückschlüpfen, was allerdings nur bis hinter die Waschschüssel gelang) geradezu kregel ins Wort und schloß, das Conscientiogramm wie ein Schnupftuch in seine Hosentasche knüllend und nachdenklich auf den Vordenker blickend, mit einem Begütigungsangebot die Etappe der Positionssetzung ab: Es sei, und nun wörtlich, „eine immer erneut sich bestätigende Erkenntnis, daß ebenso groß wie die Schädlichkeit dieses riesigen Haufens innerer Feinde deren Anzahl verschwindend klein" sei, ein letztes Restchen ewig Unfreier aus längst überwundner Vergangenheit, an zehn Fingern bequem abzuzählen! Und er spreizte die Hände, jeder Finger ein Galgen für einen der wenigen, und mit der Wehrhaftigkeit dieser Gebärde zog in seine Stimme mahnender Ernst: Im Licht solch erhellender Worte klärten sich die schwierigsten

Fragen, auch die gewiß höchst komplizierten Probleme der Kameraden Philosophen, vor deren so verdienstvollem Wirken er selbstverständlich die größte Hochachtung habe.
Er schaute voll Wohlwollen über die Runde, deren höchst unterschiedlich motivierte Bewegtheit nun in einem Nikken sich vereinte: Jirro überwältigt; der Vordenker beflissen; der Chefphilosoph aus seiner Düsternis tauchend; und ringsum, und langsam, und lang andauernd, im Takt die Männer des Kontrolltrupps, ihre senkrecht niederblitzenden Helme Flammenschwerter der Affirmation, deren zwei nun zu Janno kamen, der sie wie träumend erwartete, ganz im Glück sich selbst erfüllenden Denkens, das auch die Realität sich ihm zuordnen sieht.
Und da Jirro, als jäher Erkenntnisschauer, die Lösung des SORITES traf, rief, als ob er Jannos Gedanken errate, der Kontrolltruppanführer: „Bitte recht freundlich!" und sprang zum Photoapparat und hielt sie im Bild fest: den Chefphilosophen, noch ehe der ausweichen konnte, tief im Hintergrund den Kausalitätler-Vordenker, den Diplomkausalitätler 180 mit den Kameraden des Kontrolltrupps, die ihn umarmten, und – Blume zum Erinnerungsphoto – in der Laborschüssel ein Haufen Schrauben.
Dieweil der Kontrolltruppanführer im Geist schon eine mögliche Schlagzeile zu diesem Dokument formulierte *(„Unglaubliche Verschwendung von Produktionsvermögen im Philosophieinstitut entlarvt!")* und der Chefphilosoph, auch er diese Schlagzeile im Hirn, ergebungsvoll die Hand hinstreckte und namens des gesamten Instituts für die begeisternden Worte dankte, ging Jirro wie ein Stern der SORITES auf, daß nämlich ein Haufen – oder exakter: die Quantität seiner Qualität – genau immer das sei, was im Interesse der Wahrhaft Befreiten Gesellschaft jeweils als die Quantität eines Haufens zu gelten habe, in diesem Fall, dem des Haufens innerer Schädlinge, also: eine riesige Anzahl, doch ihrer ganz wenige.
Im Stahllicht dieser Erkenntnis, und während der Kontrolltruppanführer in die Rechte des Chefphilosophen einschlug und sie, auch mit der Linken noch zupackend, aufs herzlichste schüttelte, und draußen der Hof der Philosophen in eine neu intonierte Weise, das Lied von der Sichren Gewißheit, einfiel – da: im Glück des gelösten Philoso-

phems und zugleich in der jäh wachsenden Qual der Betrübnis, daß Janno nie mehr dessen Lösung erfahre (denn es war davon auszugehen, daß die Heilbehandlung mit einem Löschen aller Erinnerung zumindest des letzten Jahres begönne) – da also, im Wechsel von Triumph und Trauer, die einander bis zur Erschöpfung durchdrangen, erkannte Jirro das ärgste Problem dieses schwierigen Tages: seinen Haufen von zehn Schrauben aus dem Philosophieinstitut hinauszubringen, vorbei an den Magnetbügeln der Kontrolltrupps, die geringste Mengen Metall wahrnehmen.

Diese Erkenntnis war in der Unabweisbarkeit ihres Entscheidungszwangs derart vernichtend, daß sie, eine andere Art Befriedungsmusik, Jirros Entschlußkraft vollständig lähmte und ihn, indes sich im Lösen des Händedrucks die Kameraden Kontrolltruppler schon formierten und deren einige, Jirro im Auge, einsatzfordernd zu ihrem Anführer blinzelten (der jedoch scharf kalkulierte, ob es klug sei, sich jetzt mit dem Physiktrust anzulegen) – daß diese Erkenntnis also den von ihr geschlagenen Wissenschaftler unfähig selbst noch zu der simplen, wiewohl dringend gebotenen Erkundigung machte, ob er, der Diplomneutrinologe 476, sich zu seiner Arbeit entfernen dürfe (ganz zu schweigen von einer Entscheidung darüber, an wen er diese Frage zu richten hätte).

In diesem Moment alles Unentschiednen (denn auch der Chefphilosoph überdachte, Schuldzuschiebungen zu dem Eindringling erwägend, die Folgen einer Belastung seines Verhältnisses zum Physiktrust, dem er vielleicht morgen schon präsidieren mußte), in diesem problemdunklen Augenblick also, da alles Denken an Wegverzweigungen stockte, auch Miene und Haltung aller Anwesenden zu unergründbarer Gelassenheit zwingend –: in diesem Moment reiner Innenwendung drängte mit den Rhythmen der Befriedungsmusik Jannos Denken zielstrebig nach außen: Er blickte mit gänzlich offnem Gesicht auf den Kontrolltruppanführer und sagte in der Unschuld seiner sichren Gewißheit: „Der ist aber auf dem Photo nicht drauf!" –

und er versuchte, indes draußen die fröhlichen Philosophen im Refrain ihres Zunftgesangs die Erprobung aller Theorie in der

Praxis priesen, einen Arm aus der Umarmung zu lösen, um den, der auf dem Bild noch fehlte, in die Gruppe zurückzuholen.

Allein der mißverstand Wort und Bewegung: Sein Lächeln barst, sein Wohlwollen platzte, eine Zornader drängte aus seinem Stirnfett, ein Brüllen brach aus, daß nun aber Schluß sei; und: „Schluß! Schluß!" kreischte auch der Chefphilosoph, nach dem wahrhaft Schuldigen an diesem Skandal, dem Kausalitätler-Vordenker suchend; Schluß! dachten die Kontrolltruppler; Schluß! dachte auch Jirro, und da, mit einem Ruck, riß Janno sich los und trat zu dem Mann hin, zu dem hin er dachte, und der, da Janno sich ihm nahte, erstarrte: Sein Gesicht wurde Kalk, sein Schrei Grimasse, sein Blick nackte, hautlose Angst; er riß beide Hände den Augen entgegen, die, unverhüllter Spiegel der Seele, sich jäh zum Tod hin schon weiteten, den er als Fleisch geheimster Ängste in dem Attentäter auf sich zukommen sah, und der Chefphilosoph sah dieses Erschrecken und erkannte in ihm die Angst seines Feindes, und da er nun dessen Schwachheit wußte, blitzte der Sieg durch seine Augen, und Aufblitzen auch der Kontrolltrupplerfäuste, geballt um den Stahl der Beta-Brownings, die aus den Achseltaschen flogen, und Jirro sah sie als Glanz der Gewißheit, daß jetzt niemand auf die Magnetbügel achten und sein Sichentfernen verhindern werde, und in diesem Moment reiner Offenbarung erschien auch in Jannos Auge ein Leuchten, das Seligkeit der Erkenntnis war.

Wir können nicht wissen, was sich ihm da zeigte, wahrscheinlich, daß er das Gruppenbild schaute, Haufen all der lieben Kameraden, vielleicht auch die Lösung des SORITES, vielleicht nur die Sonne in ihrer Freiheit, vielleicht den Schmutz auf den Splittern der Scheibe, von den Farben des Regenbogens umrandet, aber das wissen wir nicht mehr.

Das Denkmal

Wäre – was aber nie geschah – der Diplomneutrinologe Jirro gefragt worden, was er, der als einer der wenigen Erwählten im Rahmen eines Austauschprogramms siebzig Wochen in Libroterr arbeiten durfte, dort, in der anderen Hälfte der Welt, als wesentlichste Einsicht gewonnen, hätte er durchaus antworten können: Die beßre Erkenntnis der eigenen. – Wahrscheinlich hätte er etwas ganz Anderes gesagt, doch wir kennen zumindest einen Fall, da ihm das fremde Libroterr die Wesensstruktur der eigenen Gesellschaft so blitzhaft vors Auge und Erkennen gebracht, daß er überwältigt in sein Tagebuch eintrug: Wenn es ein Denkmal für Uniterr gäbe, so müßte es die Bergfabrik des Moritz Cornelius Asher sein.

Die Eintragung Jirros in ihrem Konditional ist für einen Wissenschaftler, zumal einen diplomierten, schandbar ungenau: Uniterr hat ja für Uniterr wahrlich Denkmäler genug errichtet. – Jirro hätte etwa formulieren müssen: Wenn ein architektonisches oder plastisches Zeichen das Wesen einer Gesellschaft so auszudrücken vermöchte, daß es als deren Denkmal stehen könnte, dann jene Fabrik für Uniterr. – Geschenkt. – Sie wurde, die Fabrik des M. C. Asher, in Jirros Austauschzeit erbaut, und daß er ihr Werden vollständig erlebte, vom geheimnisumwitterten Beginn des Bauens bis zum schließlichen Produzieren, trug erheblich zu seiner Eintragung bei.

Die Fabrik, ein Quader aus blendendem Weiß – auch darin, in Farbe wie Kompaktheit, mancher Grenzbefestigung Uniterrs entsprechend –, war, im Felshang eines Hochgebirges zwischen der Baum- und der Eisregion auf einer Platte reinen Siliziums lagernd, solchermaßen massig gefügt, daß es nur zwei Öffnungen zur Außenwelt gab: das Rohr, aus dem sich vom Gebirge reines Quellwasser als Rohstoff ergoß, und das Tor, das die Arbeiter ein- und ausließ, und da bedurfte es doch einiger Einbildungskraft, auch diesen nicht sehr schwer passierbaren Durchgang als Gleichniszug eines Landes zu sehen, das zu betreten wie zu verlassen nur Auserkorenen möglich war. – Jirro nahm es, das Tor, als Durchgangsort der Generationen: Geburt und

Tod; mag es denn so hingehn. – Sonst: glatte, fugenlos blendende Wände; keine Fenster, keine Pforten, kein Schornstein, kein Abfluß, und wiewohl es in ihren Tiefen toste, gab die Fabrik auch keine Geräusche ab. Sie lag wie das Schicksal über den Dächern: stumm, und ungeheuer dauernd, und niemand hätte sich vorstellen können, daß sie jünger als das Gebirge sei.

Die Fabrik war einzig in ihrer Art: Sie produzierte recht eigentlich nichts, oder wenn etwas, dann eine neue Physik, oder besser: deren materielles Substrat; sie diente, wie Jirro es auszudrücken pflegte, der Erzeugung von Gesetzen in einem Bereich, worin sie von Natur aus gar nicht auftreten konnten. – Etwa wie wenn man Säugetiere den Gesetzen der Moose unterwerfen wollte und dazu eine neue Botanik entwickelt: man müßte dann auch neue Säugetiere erschaffen. – Nein; jede Analogie ist von Grund auf verfehlt: da ist eine Fabrik, und sie wird schon produzieren. – Ihr Schöpfer, Moritz Cornelius Asher, einziger Sohn des legendären M. C. Asher I., des Spielautomatenkönigs von Libroterr, war – fasziniert von der frühen Erkenntnis, daß die zauberhaften Zusammenpralle der bunten Stahl- und Elfenbeinkugeln in der väterlichen Flipperstadt sich als berechenbar erwiesen – von Kindheit an derart mechanikbesessen, daß er eher als Lesen und Schreiben die Gesetze von An- und Abprall beherrschte. Kein Spiel, das er nicht berechnen konnte, ja Rechnen ergötzte ihn mehr als Spielen, und er blieb seinem Kindheitsenthusiasmus auch treu, als er – nun schon M. C. II. genannt – auf Anraten des Flippermanagements wie der Schule mit zehn Jahren Physik studierte und, Besitzer eines Teilchenbeschleunigers, in die Mikrobezirke der Materie eindrang. Als er entdeckte, wie es dort zuging, war er entsetzt und dann empört, und sein Wille wurde wach, jene Welt zu verändern.

Was ihn empörte, war die von den Physikern behauptete Unmöglichkeit exakter Berechnung von Ort und Impuls des einzelnen Teilchens und damit der Chance, seiner geliebten Mechanik auch im Mikrobezirk zu begegnen. Er war nicht gewillt, sich damit abzufinden. – Man verwies ihn auf ein Naturgesetz, das solche exakte Erkenntnis verwehrte, eine „Heisenbergsche Unschärferelation“; sie bestärkte nur seine Entschlossenheit, solche Liederlichkeiten nicht hinzuneh-

men. Wer gab denn Gesetze: der Mensch oder die Natur? Und wenn es bislang die Natur sein sollte: Mußte dies darum immer so bleiben? Oder mußte es überall so bleiben? Und gar im Wesensgrund aller Substanzen, im innersten Innern der Atome? Auch dort – so des M. C. II. Gewißheit, die sich nicht so sehr auf stringente Ableitungen als auf die Kraft unbeugsamen Wünschens stützte –: auch im chaotischen Treiben der Elementarbausteine (als die man vorerst endgültig die „Puddings" genannten Unterteilchen der „Quarks" erkannt haben wird) mußte es menschlicher Schöpferkraft möglich sein, das Durcheinanderwimmeln niederster Körper in die berechenbare Ordnung mechanischer Verhältnisse überzuführen.
Wer macht denn Gesetze: der Mensch oder der Pudding? wiederholte er bei der nächsten Vorlesung und bewarf den Professor mit Puddingpulver, worauf ihn die Kommilitonenschaft jubelnd zum „Dr. phil. pudd." promovierte. – Der Rektor wagte, sich zu beschweren; M. C. I. wiegte bedächtig den Kopf: Die Mechanik auch im Mikrobereich, das bot völlig neue Möglichkeiten: Elektronenmikroskope in jedem Heim, und in ihrem Sichtfeld Flipperspiele: Neutronenwettrennen, Elektronengefechte, Mesonenbillard, Protonenpoker, und dies im Kristallgitter von Atomen – ein ungeahnter Markt tat sich auf! Er nahm seinen Sohn von der Universität und hieß ihn seine Theorie entwickeln; M. C. II. tat es und nannte sie „Mikromechanik". Sie schlug in ihrer Einfachheit – und alle genialen Ideen sind einfach – jeden Widerlegungsversuch: Im Mikrobereich sei die Mechanik, wenn auch, zugegeben, nicht als Potenz, so doch gewiß als Latenz vorhanden, als Anlage ihrer Möglichkeit – wie könnte sie sonst im Makrobereich wirken, was sie unleugbar dort doch tat? Also komme es nur darauf an, die Latenz zur Potenz zu verdichten, was durch einen noch nie dagewesenen Druck als Ordnungskraft machbar sein müsse; diesen Druck könne ein Kessel erzeugen, dessen Wände hinlänglich kompakt sein müßten; dieser Kompaktheitsgrad sei berechenbar; Berechenbares sei konstruierbar; Konstruierbares sei realisierbar; ergo sei die Mikromechanik bewiesen.
Dies war in seiner Einfachheit genial, und M. C. I. rieb sich die Hände; doch nun, aus nie geklärten Gründen, geschah

etwas Verhängnisvolles: M. C. II. wurde Moralist. Wie er die Atomphysik der Mikromechanik unterwarf, unterwarf er die Mikromechanik der Ethik und verdarb sie so für das Marketing. – Jirro versuchte sich diese Entwicklung aus der Empörung ob des Verschwindens der geliebten Mechanik zu erklären; Psychologen sprachen von einer Verspätung und daher dann besonders rigorosen Verdrängung der analsadistischen Entwicklungsphase; ihre Erklärung kam der Jirros nahe und stützte sich vor allem darauf, daß die Wörter „rein", „Schlacken" und „läutern" in der Mikromechanik – oder genauer: in deren ethischer Programmierung – bevorzugt auftraten. – Andere erklärten es wieder anders; befriedigend war dies alles nicht, vor allem nicht für den Flipperkönig, der die verheißungsvolle Theorie seines Sohnes sich ins Abstruse verlieren sah. Oder soll man es etwa nicht abstrus nennen, wenn – was ja in Libroterr jedem möglich – M. C. II. Traktate herausgab: Er habe seine Mikromechanik der Welt geschenkt, um „die Stoffe der rohen Natur zu dem zu formen, was sie sein könnten", sie „auf ihr reines Sein auszurichten", ihnen „die Möglichkeit ihrer selbst zu verleihen", die „Natur auf eine höhere Stufe zu heben" und was derlei Schwärmereien eines Moralisten, oder sagen wir dreist: eines Manikers mehr sein mochten. – Sein Vater dingte die besten Psychiater; die befragten in uralter Tradition den Patienten nach seinen Träumen und erhielten die Antwort, er träume nichts. Das war noch nicht einmal eine Notlüge: Seine Imaginationskraft ging ganz in Tagträumen auf, exzeßhaften Gedankenspielen von einer Umgestaltung der Erde durch mikromechanisch geordnete Stoffe, die er einen nach dem andern seriell fabrizieren würde: geordnetes Helium; geordneter Wasserstoff; geordnetes Lithium, und so weiter bis zum geordneten Bikinicum (Ordnungszahl 169).

Es war eine Neuschaffung der Erde als Erhebung zu ihrem wahren Sein, die M. C. II. denkend träumte und träumend dachte, und da er sie aus der rauchigen Stadt zu den Firnen der Berge träumte, brach er aus dem Gehäuse methodologischen Schemas und träumte in sinnlicher Konkretheit: Wasser aus dem Gletscherquell – er war besessen, daß dies sein Initialstoff sein müßte. – Eine Taufe des Geists und der Phantasie, und plötzlich, eine Morgenvision, sah er das mikromechanisch geordnete Wasser in seinem konkreten Anderssein: Wasser in vollkommener Reinheit. Ein Wasser, das es bis jetzt noch nicht gegeben; er sah es verzückt. – Bis dahin mußte ihm das noch unreine genügen, und wie in der Kindheit die Kugelgestalt, begann er nun Wasser zu entdekken; er wanderte die Gebirgsbäche aufwärts, lief nackt durch die Regen, sammelte Schneeflocken und Wolken, und das Wasser dankte es ihm: Einmal, über einem Eichenblatt, zeigte ihm ein Tropfen Tau im vergrößerten Adergeflecht die Grundkonstruktion des Umwandlungstriebwerks seiner zukünftigen Fabrik; ein anderes Mal, in einer Pfütze, die ihn die Welt auf dem Kopf stehend sehen ließ, entdeckte er die beiden hängenden Essen, jenes geniale Prinzip zusätzlicher Schwerkraft-, also Energiegewinnung, das dann die gesamte Industrie übernahm. – Er begann auch Schriften über das Wasser zu lesen, dabei stieß er notwendig einmal auf Thales, und in der Lehre vom Wasser als Ursprung allen Seins gewann er die philosophische Stütze, die ihn befähigte, standhaft zu bleiben und den Heeren der Psychiater zu trotzen, die M. C. I. unermüdlich ins Feld warf. Einige überzeugte er auch; sie erfanden die Psychohomöopathie.

So allen Widrigkeiten trotzend, hatte M. C. II. seine Fabrik im Kopf und, tief in einem Safe aus Platin (einem Geschenk des Managements zu seinem zwölften Geburtstag), schließlich auch auf dem Papier, als

(er explodierte bei dem Versuch, ein Elektronenbillard dennoch zu produzieren; man glaubte allgemein an einen Racheakt seines Sohnes, wiewohl es ein Trick der Schmutzkonkurrenz war)

sein Vater gerade so rechtzeitig starb, daß er nicht mehr dazu kam, den Moralisten zu entmündigen, der nun, Alleinerbe unvorstellbaren Vermögens, in der Blüte der Mannesjahre seinen Lebenstraum verwirklichen konnte. Daß es ein Wahnsinnsprojekt war, tat nichts zur Sache, baupolizeilich war nichts zu beanstanden; der Baugrund, das Gebirge, gehörte zum Erbe, und andere Beschränkungen kennt Libroterr ja nicht. – Die Baufirmen rissen sich um den Auftrag; man nutzte ihn zur risikolosen Erprobung neuentwickelter Techniken; mit dem Wachsen des Werks wucherten die Gerüchte, und da der Bauherr be-

harrlich schwieg, hatte die Presse ihre Sensation: *„Verwandelt die Bergfabrik Wasser in Erdöl?“* fragte Libroterrs größte Zeitung, *„Spielhölle unterm Gletschereis??“* das Konkurrenzblatt.
Jirro war bei der Grundsteinlegung dabei, und er wird nie vergessen können, daß der Grundstein ein „Pudding“ war und daß ein reiner Gedankenakt die Acht-Wasserstoffbomben-Zündung auslöste, die diesen „Pudding“ solcherart in das Urgestein stieß, daß keiner der Anwesenden etwas merkte.
Selbst für Libroterr war das Projekt grandios: Allein der Überdruckkessel (der nötig war, die Latenz der Mikromechanik, falls es sie gäbe, zur Potenz zu verdichten) maß, um einer Kraft standzuhalten, die genügt hätte, einen Berg umzuwälzen, im Durchmesser zwei Kilometer, und dies bei einem Fassungsvermögen von noch nicht einem halben Liter. – Die Essen hingen zweihundertzwanzig Meter tief in eine Grube zehnfachen Umfangs; das Zahnrad im Herzen des Umwandlungsgetriebes, einer purgoldenen Möbiusschleife, durch die der Rohstoff zum Kessel hinab- und, mikromechanisch geordnet, vom Kessel heraufstieg, war ein kindskopfgroßer Brillant. Das Aufwendigste der Anlage stellte jedoch ihr Apparat zur Säuberung des Rohmaterials dar: ein in die Schräge der Felsen und Gletscher gestaffeltes System von Rastern und Sieben biologischer, chemischer und physikalischer Sperrung, darunter – will sagen: im Zentrum des Kessels – ein Sieb aus Anti-Materie, selbstverständlich in der Substanz von Anti-Wasser, das, wiewohl es das Wasser nicht berühren durfte, als Katalysator des Umschlagens der La- zur Potenz dem Schöpfer als unerläßlich galt.
Ein Wunderwerk menschlicher Willenskraft; man baute ja auch sechzig Wochen daran, länger als an einer künstlichen Sonne, und jeder Tag dieser sechzig Wochen bot so viele Feste für das Auge, daß, da der Bauplatz nicht abgeschirmt wurde, Jirro ernsthafte Konflikte zwischen seinem Austauschauftrag (dem Nachweis praktischer Nichtnachweisbarkeit eines bestimmten, theoretisch inexistenten Neutrinos) und dem Drang kam, täglich zum Staunen zu gehn. Wo gab es in Uniterr Felsabschmirgler in der Handlichkeit einer Taschenlampe? Wo Mondreflektoren? Wo Transportsicherungen durch klebriges Gas?
Wie schon gesagt: auch Libroterr staunte; die Zubringer-

bahn brachte so viele Gaffer, daß sie zum Schichtwechsel für Betriebsfremde gesperrt werden mußte. Die Touristikkonzerne richteten Parallelbahnen ein, natürlich auch FLOTELS, fliegende Hotels; für Jirros Spesensatz unerschwinglich.

Das Sensationellste jedoch war, daß auch über den Zeitraum von fast fünf Quartalen (in dem allein die Pharmaziemode siebenmal wechselte) die Spannung unvermindert anhielt: Man wußte auch am Einweihungstag vom Produkt des Werkes nichts außer dem, daß dank einer von der Fachwelt verlachten sogenannten Mikromechanik sich mit dem Rohstoff reinen Wassers eine unerhörte Wandlung begeben sollte; doch wie und in was, das blieb unausgeforscht. Zwar sprach M. C. II. immer wieder von seiner Neuordnung der Natur und der Selbstgewinnung der Elemente zur höchsten Daseinsform ihres Wesens, doch was das konkret hieß, erklärte er nicht. So wurden, von der Presse gestachelt, die Gerüchte immer ausschweifender; ein findiger Lotteriebetrieb sicherte sich das Wettbüromonopol für Prognosen über das Endfabrikat; eine Sekte der „Mikro-Mechanosophen“ entstand, um sogleich eine Opposition abzuspalten; in bestimmten Theologenkreisen verhöhnte man die Rückkehr des Volks zu längst überwundenem Köhlerglauben, in bestimmten Mathematikerkreisen sprach man vom kommenden Kanaan-Wunder.

Jirro verstand diese Anspielungen nicht, und er scheute sich auch, danach zu fragen, er fürchtete eine neue Blöße. Kurz zuvor war nämlich seine Anregung, die Theorien des M. C. Asher mathematisch zu überprüfen und ein Modell seiner Mikromechanik von einem Computer simulieren zu lassen, um endlich über Wert oder Unwert dieses Projekts entscheiden zu können, mit einem Kopfschütteln bedauernden Mitleids bedacht worden: Ob denn ein Auftrag der Industrie dafür vorliege? Na also!

Solche Belehrungen machten Jirro hilflos: Libroterr in seinen Widersprüchen, nicht zuletzt dem zwischen Monstrosität und Beschränktheit, wurde ihm immer unfaßlicher; er fand keine Regeln, sich zu orientieren, und wenn er dann noch da auf Ironie stieß, wo er Zustimmung erwartet hatte, und wieder einmal mehr erkannte, daß seine und seiner Kollegen Gedanken windschief liefen, ohne sich je zu tref-

fen, sehnte er sich nach Uniterrs Einlinigkeit. Wie war doch dort alles so wohlgeordnet, so faßlich gelenkt, so berechenbar!
Vollends unerklärlich war Jirro die Rolle der Industrie, die einerseits, von niemand gehindert, Wahnsinnsprojekten sich hingeben konnte, ja offenbar Wahnsinniger bedurfte (Libroterrs Zeitungen priesen M. C. II. als „rettenden Beleber der Konjunktur", ja, die Gewerkschaftspresse schlug vor, ihm – worauf 872 auftragslose Bildhauer noch am selben Abend Entwürfe einreichten – bereits zu Lebzeiten ein Standbild zu errichten) und andrerseits Leistungen erzielte, die, verglichen mit Uniterrs Kümmerlichkeiten, ihn einfach überwältigten. Daß es, zum Beispiel, fliegende Hotels gab; und daß man sie in acht Stunden montierte; und daß man staunte, daß einer darüber staune. Jirro pflegte dann bitter zu werden; bisweilen schämte er sich seines Landes, und einmal, als er den Komfort der Zubringerbahn zur Bergfabrik entdeckte (er hatte zuerst nicht gewagt, sie zu benutzen, weil er ihre graduierbare Polsterung nur für leitende Beamte bestimmt hielt), tat er dies in solchem Maße, daß er einem seiner Kollegen ob eines Witzes über Uniterrs Straßen ins Gesicht schlug, was ihm die Anerkennung des neubestallten Attachés für Mikromechanik an der uniterranischen Botschaft einbrachte. – *„Heldenhafter Einsatz für unser geliebtes Vaterland!"* und: *„Ungeheuerliche Hetzaktion des Feindes gebührend widerlegt!"* und: *„Unsere Wissenschaftler in ihrer Bewährungsprobe!"* so würdigte Uniterrs Zeitung diesen Ausfall und veröffentlichte zahlreiche Zuschriften von Lesern, die übereinstimmend ihren Stolz beteuerten, Bürger eines Landes zu sein, das Neutrinologen wie Jirro hervorgebracht hatte. Der Attaché für Mikromechanik verfaßte einen Bericht an seine Regierung, in dem er Jirros patriotischen Eifer seinem, des Attachés, erzieherischen Einfluß zuschrieb; er wurde zum Oberattaché ernannt. – Daß er bei jenem Vorfall erst drei Tage im Amt gewesen, war unerheblich; als Jirro dann davon erfuhr, entdeckte er sein Talent zum Zynismus.
Zur festlichen Eröffnung der Bergfabrik (Eintrittskarten in Form von Kleinaktien wurden zu Wucherpreisen gehandelt) war der Oberattaché für Mikromechanik mit seinem zwölf Köpfe zählenden Stab von M. C. Asher persönlich ge-

laden; der Diplomat bestand auch auf Jirros Begleitung; und als, der Zubringerbahn entstiegen, die Bürgerschaft aus Uniterr das Werk unter dem Gletscher erblickte, auch am Einweihungstag ohne Fahne und Spruchband, ohne Girlanden, ja sogar ohne Richtkranz, nur weiß auf dem nackten Siliziumsilber und noch nicht einmal von einem Rauchwölklein überflattert, bemerkte der Oberattaché, dies sei, wahrlich, ein rechtes Sinnbild für Libroterrs menschenfeindlichen Charakter wie für sein historisches Überholtsein. Er sagte nicht, weshalb, und alle nickten.

„Die sterbende Hälfte der Welt", sprach der Diplomat. Es sei dies höchst treffend bemerkt, bestätigte Jirro. Dann schloß sich hinter ihnen das Tor.

Die Produktion, noch immer geheimnisumwittert (die wichtigsten Wetten standen: eins zu anderthalb für Erdöl, eins zu zwei für Gold, eins zu fünf für Plutonium, eins zu achtzehn für Kunstblut, eins zu achtzehneinhalb für Naturdünger; Wetten à la baisse aufs Mißlingen waren nicht angenommen worden), begann mit einer Ansprache des M. C. II.

Er stand, gänzlich in Schwarz gekleidet, um den Kopf eine funkelnde Krempe, auf einem Podest aus schlichtem Platin.

Er wisse, so begann er bedächtig – in der Redeweise eines Mannes, der gelernt hat, lange zu schweigen und seine Gedanken reifen zu lassen –, er wisse, wie begierig die Menschheit dies- wie jenseits trennender Gren-

(und da improvisierte er eine leichte Verneigung zu den Vertretern Uniterrs, die, verlegen, unisono mit einem breiten Lächeln erwiderten)

-ze diesen Moment erwartet habe, den Moment des Triumphes der Mikromechanik, die berufen sei, die wüste Natur durch eine reinigende Ordnung erst zu ihrer Bestimmung zu führen. Und er wisse auch, sagte er nach einer Pause, in der sein Blick zugleich mit den Blicken der Gäste langsam durch die Werkhalle glitt, deren Innen ihrem Außen entsprach: Reihen blendend weißer Quader und Kuben, alle verkleidet, keine Apparaturen, unsichtbar auch der Verdichtungskessel mit den hängenden Essen, keine Fenster, keine Pforten, und alles Innen in schattenlosem Licht; auch das Umwandlungstriebwerk war verkleidet, doch hier war die Hülle so transparent, daß noch durchs Gold der Möbiusschleife das Brillantenzahnrad sichtbar blieb –: er wisse also, daß gewisse Kreise (und da, zur erhobenen Stimme, erhob sich ringsum ein Geraun der Entrüstung, das er zu genießen schien) ihn einen Wahnsinnigen nennten, ja manche sogar einen Scharlatan, der ohne Voraussicht eines Resultats ins Blaue hinein Projekte träume, weshalb er (und da erhob er die Hand, die Entrüstung zu dämpfen, die sich zu einem Murren verstärkte), um all diese Stimmen zum Schweigen zu bringen, zu einem unfehlbaren Mittel gegriffen: Er habe hier (und da stampfte er leicht auf sein Podest), hier in seinem Safe eine genaue Voraussage dessen, was nun, durch die Mikromechanik, dem Was-

(und da schaltete er einen Scheinwerfer ein, dessen Licht, die Fabrik- und Felswände durchstrahlend, tief im Granit die Quelle zeigte, die nun, vom Willen des Menschen geleitet, sich durch alle die Siebe und Raster bis zu einem Schieber vor der Möbiusschleife ergoß)

-ser, und zwar reinem Wasser, oder genauer: bislang als rein gewähntem Wasser, durch elementare Ordnung geschehen werde.

Und da er nun auch den Schieber hochzog (und wieder durch einen Gedankenakt), legte ein zweiter Scheinwerfer den Blick in die Tiefe der Bergfabrik frei, darin – dieweil im grünglühenden Plasma die absolute Finsternis des Anti-Wassers zu wallen begann – das Wasser im Kessel malmte und toste; und während vor den Augen der überwältigten Gäste purpurner Rauch den hängenden Essen entstürzte, durch die Kraft seines Falls den Verdichtungsdruck zum letzten notwendigen Grad zu steigern, sah Jirro den Schöpfer verzückt ins erschauernde Wasser schauen, als ob der mit einem inneren Auge die Ordnungskraft am Werke sähe, die nun im Molekül die Atome, im Atom die Ionen, im Ion die Quarks, im Quark die Puddings auszurichten begann: eine Billardpartie von Mikrobällchen, berechenbar bis zur fernsten Zukunft.

Und M. C. II. *schaute* die Ordnung, rein in ihrer vollkommenen Reinheit, und ein Pergament entfaltend, das sich aus dem Podest zu ihm hochschob, gab er bekannt, daß – was notariell beglaubigt – dieser vor sechzig Wochen geschriebene Text die genaue Voraussage dessen enthalte, was sich mit dem Wasser des Gletscherquells von seinem Eintritt ins Umwandlungstriebwerk bis zum Verlassen ereignen werde; und

(und dieweil ringsum auf den Wänden die Beschreibung dessen projiziert war – einschließlich der Farbe des Rauchs aus den hängenden Essen –, was die Besucher gesehen und weiterhin sahen)

während das nunmehr geordnete Wasser langsam, gemessen, weihevoll, würdig die Möbiusschleife wieder hinanstieg, schritt, umstrahlt von der funkelnden Krempe, die, als ob alles Licht der Halle sich um das Schöpferhaupt versammle, immer gebieterischer zu leuchten begann, der Erträumer des Werks zu einem Becken am unteren Ende des Umwandlungstriebwerks, in dessen transparentem Rohr langsam das reine Wasser nahte, und dieses Mal mit eigenen Händen einen Hahn zum Grund des Beckens auftuend, sprach Moritz Cornelius Asher II. die Worte, die zugleich in flammend schwarzen Lettern an der Wand erschienen:

ES WERDE ORDNUNG!
ES WERDE REINHEIT!
DIE WAHRE ÄRA DES ALLS BEGINNT!

Und dieweil auf dem Grund des Beckens das Endprodukt zu erscheinen begann und das Tosen im Ordnungskessel in Orgelgedröhn hinüberschwoll, sprach er, im gleißenden Strahlenkranz und die eine Hand zum Zenit erhoben, indes die andre ins Becken zeigte, mit schlichter, wie Selbstverständliches referierender Stimme, es sei der Mikromechanik gelungen, ohne den geringsten Zusatz, nur durch dessen eignes Sich-Ordnen zu klaren berechenbaren Verhältnissen, bislang als rein angesehenes Wasser zu absoluter Reinheit zu läutern, zum eigensten Wesen seiner selbst: frei –

(und im Becken erhob sich, stoßweis quellend und durchdringenden Modergeruch ausdünstend, eine graue, schleimige Brühe)

frei

von jeglicher Fremdbestimmung, für menschlichen Genuß und menschliche Nutzung vollkommen unbrauchbar zu sein.

(Nach einem Motiv von Alfred Jarry)

Die Straße der Perversionen

Für Klaus Schlesinger

Als, vielbeneidet, der Diplomneutrinologe Jirro im Rahmen eines wissenschaftlichen Austauschprogramms für siebzig Wochen Uniterr verlassen und in Libroterr weilen durfte, schlenderte er nach den Mühen des Tages gern, gleichgültig in welcher Stadt, die Rückseite der Magistrale, in der Hauptstadt die des Großen Ringes entlang: nicht nur, weil ihn dort keine Fangwerbung behelligte (es war dies eine in Uniterr unbekannte, in Libroterr übliche Art erpresserischen Bauernfangs, durch eine jähe optische Sensation, etwa die Spiegelung eines leibhaftigen Pferdes, den Blick Unerfahrener anzuziehen und sie – gewöhnlich Touristen – dann mit der Frage, ob man Gefallen an dem Gezeigten gefunden, bei Bejahung zu einem Entgelt zu nötigen, das zu verlangen oder gar zu erzwingen es keine gesetzliche Handhabe gab und das dennoch, da den Betroffenen vor lärmenden Disputen graute, meist widerstandslos entrichtet wurde; die einfachste Art, dieser Lästigkeit zu entgehen, war Nichtbeachtung oder ein Nein).
Also nicht nur deshalb, oder aus ähnlichen Gründen (die Magistralen wimmelten von vielerlei Gaunern), mied Jirro die Fassade von Libroterrs Straßen: Es entging ihm dort auch ein Hörtheater, das ihn wie kein anderes faszinierte, wie kein anderes seine Phantasie anregte und dazu noch nicht einmal Eintrittsgeld kostete: die Synakustik von Libroterrs Fernsehn. Das nun pflegt man im Wohnzimmer zu empfangen, und man wohnt ja, zumindest in Libroterr, schon längst nicht mehr zur Fassade hinaus, dort werden die technischen Räume liegen: Fahrstühle, Rollkorridore, Toiletten, Zuliefer- und Abraumschächte, Physio- und Psychoklimaanlagen und die Einfahrten für die Hubschraubertaxis, deren Surren doch recht störend wirkt. Sich am Fenster zu zeigen ist nicht ungefährlich; den Blick auf Paraden, Raubüberfälle, Entführungen, Sporte und andre Sehenswürdigkeiten liefert das Nahinformationsvideo um vieles prompter, exakter und augengünstiger als eigener Ausblick,

und so wohnt man zum ruhigen Hinten hin. Und da dort, wo man wohnt, die Fernsehapparaturen montiert sind, und da sie auch zur Nacht nicht abgestellt werden, und da – worüber Jirro nicht aus dem Staunen herauskam – es in Libroterr einige zehntausend Fernsehsendeanstalten gegenüber der einen Uniterrs gab (denn auch die mit ihren jeweils drei Wochenstunden Lokalprogramm von Uniterrs Statistischem Rat noch immer als „selbständig" geführten neun Regionalsender Liechtenstein, Schliersee I und II, Vatican, Nanking, „Stimme der Antarktis", Nagyszentbalatonhúzenketökisvasarhelyifüröd, Uganda und Gizeh sind ja im berühmten Verschmelzungsjahr 2001 dann sehr schnell zusammengelegt worden und schließlich – Schliersee I als letzter 2054 – im Einheitssender „Freies Uniterr" aufgegangen) –: da es also in Libroterr mehrere Fernsehprogramme gab und diese – in Libroterr natürlich! – allerorten empfangen werden konnten, hörte man aus den zumeist offenstehenden Fenstern wenn zwar nicht alle, so doch so viele Programme, wie Mietsparteien im Hause wohnten, und mitunter auch noch einige mehr.
Nun hätte – was er ja oft genug tat – Jirro natürlich auch in seiner Wohnung oder in irgendeinem Club fernsehen können, und es hätte ihm auch, ebenso natürlich, dort die Wahl jeden Programms freigestanden, aber darauf kam es ihm nicht an. Sein Hörtheater war mehr als Fernsehn, wiewohl es, nur aufs Hören beschränkt, des Bildes ermangelnd weniger schien. Gerade das aber reizte Jirro: Musik und Wort im Geist zu ergänzen; und dann traf ihn wie ein Blitz die Erkenntnis, daß hier, in den firmamentlosen Schluchten, sich ihm die Seele der Stadt eröffne, ja die Seele einer Hälfte der Welt.
Seitdem nannte er jene Hinterfronten nur seine „Straßen der Offenbarung".
Da Libroterrs Fernsehn sich inhaltlich von dem Uniterrs doch recht unterschied, gab es anfangs für Jirro Verkennungen. Er entsinnt sich noch genau des Schocks, als er, vor einem Fangwerber fliehend, hinter der Fassade des Großen Rings aus einem Mietshaus zu milder Musik den Schrei vernahm: „NICHT IN DIE NIEREN STECHEN"; und ein Klirren von Stahl, und Höllengelächter. Es spricht für Jirro, daß er seine Furcht überwand und, zu helfen bereit, in das

Haus hineinstürzte; daß, wie sich dann herausstellen sollte, dieser Schrei einer populärwissenschaftlichen Sendung für Kinder – einem Grundkursus Anatomie in Gestalt einer beliebten Kriminalserie – entstammte, ändert nichts an Jirros Mut. Der Schrei, die Musik, das Satanslachen, und die Auflösung ins Triviale: auch eine Straße der Offenbarung; und von da an blieb Jirro fasziniert. Zuerst von der Vielfalt überhaupt, dem Schwelgen im schieren Überfluß (einmal hörte er gleichzeitig dreiundfünfzig Programme); dann von der Vielfalt der Variationen jener beiden Grundstrukturen, die er in der Fülle ständigen Wechsels immer wiederkehrend zu erkennen glaubte (und bald, voll Stolz, auf die Formel brachte: Lust der Gewalt – Gewalt der Lust; oder simpler: Schläger und Schlager); und schließlich, und dies anhaltend, von den verblüffenden Kombinationsgeflechten, die der Zufall aus den – an sich rasch uninteressanten – Variantendetails von Fenster zu Fenster und von Etage zu Etage wob. – Jirro war Wissenschaftler genug, diese Kombinationen festzuhalten, um sie einmal systematisch zu analysieren (gäbe es auch im geistig-moralischen Raum so etwas wie Mesonen und Neutrinos?), und wiewohl er seine Tagebücher und Kassetten vor der Rückkehr nach Uniterr zerstrahlte, wirkte das Gehörte so nachhaltig weiter und war sein analytischer Eifer so fordernd, daß er, noch nach Jahren, in der Heimat diese Kombinationen rekonstruieren konnte.

Die – wiewohl sie vielleicht die subtilste und eigentlich gar nicht so auffällig gewesen – von Jirro zuerst wiederhergestellte Hörszene hatte als die eines Zusammentreffens von Beifallsklatschen aus einer höheren und hastigem Laufen aus einer niederen Fensterebene begonnen und sich – da das Laufen plötzlich abbrach, indes der Beifall weiterschallte – als Applaus zu einer an sich unwahrnehmbaren, doch für den Wisser des Vorgangs zermürbenden Stille fortgesetzt: Es war ein Laufen der Angst gewesen, ein Hasten zweier nackter, flüchtender Füße durch einen niedrigen, hallenden Korridor, und sein Abbruch war nicht das Gewinnen der Freiheit, da hätte man ein Verhalten gehört, und es war auch nicht ein Szenenwechsel auf dem Jirro ja nicht sichtbaren Bildschirm, denn ein Grundton des Schauderns und des Todes, der dem Fliehen angehaftet, dauerte auch im Unhörbaren fort und schuf die Ahnung einer Sperre, die den Flüchtling aufgehalten; und im heftiger werdenden Beifall der Zuschauermasse auf den Rängen spürte man, überspült von jener Musik, die in Libro- wie Uniterr stetig daherrinnt und die man nur wahrnähme, wenn sie verstummte, unabwendbar den Verfolger nahen. Im Beifall nun Bravorufe, Getrampel, gellende Pfiffe des Entzückens; und da Jirro, stehengeblieben, die Entwicklung der Stille zu verfolgen, schon überlegte, ob er fragen dürfe, wohin jene Füße geflohen und ob sie wohl doch gerettet wären (denn ihr Laufen hatte, ihm noch nicht bewußt, das Erinnern an einen Alptraum geweckt):

während also Jirro noch überlegt, ob er an die Wohnungstür klopfen könnte, heult, wieder ein Stockwerk höher, ein Sturm auf, Klatschen von Wolken, Peitschen von Wipfeln, und drunten nun Faustschläge auf eine Stahlwand, dumpf im Korridor widerhallend, durch den, und darüber Rasen des Beifalls, die anderen, die dröhnenden Schritte nahen; der Beifall bricht ab; nur das Sausen des Himmels, das, ins Unerträgliche wachsend, endlich einen Schrei entbinden muß, und der Schmelz einer betörenden Stimme: STEIG EIN IN MEIN TRAUMBOOT STEIG EIN STEIG EIN.

Das Weitere, in Einzelstücke auseinanderfallend, war als Gemengsel unwesentlich: ein zweiter Schlager und eine Werbung für Airspray und ein Gespräch über Türen und Hunde und noch ein Schlager und noch irgendwelche Wörter und Donner oder noch was –: Jirro lernte sehr schnell begreifen, daß alle Konstellationen, die ihn faszinierten, dies als Illusion *einer* Handlung taten und darum nur von kurzer Dauer sein konnten; diese hier hielt im Verhältnis zu anderen bereits lange an. – Eine nächste Kombination war dann wesentlich kürzer: ein Wellenrauschen, weithergezogen ins Überschäumen der Brandung mündend, und aus einem Fenster gegenüber das Stöhnen zweier koitierender Leiber exakt im Rhythmus des rollenden Meeres, und plötzlich das Gebrumm eines Nebelhorns. – Solche Gleichklänge, gar humorvolle, waren selten; am häufigsten, eigentlich alltäglich und die überwältigende Mehrheit aller Konstellationen ausmachend, kehrten Zusammenpralle und Überlagerungen der beiden Grundmuster wieder, etwa das

Brüllen Gefolterter zum Schmachten eines Liebesliedes. In der erstgeschilderten klang dies ja schon an.
Im Verfolgen einer äußeren Entwicklung entging Jirro die innere. Es dauerte nämlich nur kürzeste Zeit (Jirro kam nie zum Bewußtsein, wie kurz sie gewesen), bis er die krassen Obszönitäten, und krassen Brutalitäten, und krassen Monstrositäten, deren allgegenwärtige Inständigkeit in Libroterr ihn anfangs bestürzte, als dermaßen selbstverständlich hinnahm, daß er sein biederes Vaterland darüber vergaß, wie man im Wachsein Geträumtes oder als Erwachsener seine unmündigen Jahre vergißt. – Aus den Augen, aus dem Sinn – wie man so sagt? Auch, gewiß; und andere Sorgen; doch es war nicht nur so, daß die Erinnerung ausblaßte, sie verband sich dabei mit dem Gefühl, aus einem Reich des Irrealen ins Wirkliche hinübergewechselt zu sein. – Freilich: nur Gefühl, keine Reflexion. Daß mit all seinen Abnormitäten Libroterr zu Uniterr ihm als das Normale (vielleicht: Gemäße?) und Uniterr als Schemen erschien, darüber dachte Jirro nie nach; er ahnte nur manchmal, daß da ein Problem war, etwa wenn er sich bei einem Lachen über groteske Grausamkeiten ertappte. – Dann mitunter auch Scham; eine Art Aufbegehren, und dann allerdings auch verblüffend heftig.
Einmal allerdings kamen Jirro doch Skrupel: Er lief wieder einmal hinterm Großen Ring; diesmal, vielleicht zu einem Rendezvous unterwegs, in ziemlicher Eile, er nahm das Hörangebot nur so im Vorbeigehn – gewohnheitsgemäß, mit halbem Ohr – wahr, da alarmierte ihn ein Geräusch. Es war ein böses, durchdringendes Zischen, wie wenn aus einer lecken Psychoklimaanlage das unter enormem Druck stehende hochgiftige Hypnocyanamylnitrit ausströmt, und wären die üblichen Dialoge nicht gewesen, darin ein Opfer einen Überwältiger anfleht, ihm statt dieses gräßlichen Todes ein schmerzloses Zerstrahlen zu gönnen, hätte Jirro an eine reale Katastrophe geglaubt. – So war es nur ein Kriminalfilm (328. Folge der in der Hauptstadt allerdings wenig bekannten Serie „Was auch dir heute nacht noch zustoßen kann“), und wider Willen mäßigte Jirro den Schritt. Der Foltertod durch Gas war ihm neu, doch wiewohl er dies war und Jirro nur hörte, stand ihm jedes Detail vor Augen, denn der Mörder schilderte höhnend dem Opfer, das sich offen-

bar in einem Glaskasten befand, welcher Anblick sich ihm bot, und zwar in dem Grad, in dem das Gas seine Schuldigkeit tat. Es ist nicht nötig, die Details weiterzugeben; was Jirro hörte, war eine minutiöse Beschreibung der sich bis ins Weiße verdrehenden Blicke und eines in Krämpfen sich wölbenden Brustkorbs, darunter die Lunge in dem Maß gieriger ihr Verderben in sich hineinsaugen muß, in dem es sie zu zerstören beginnt. – Das wurde als Augenweide geschildert, und Jirro, wiewohl ihn ein Gemisch von Grauen, Gebanntsein und Würgen ankam, blieb stehen und sah hörend die Szene und sah, obwohl es dafür kein ausreichendes Indiz gab, das Opfer in Gestalt einer Frau; er hörte die Stimme des Mörders flüstern, eine Huldigung an zwei sich verfärbende Lippen, da –

jähes, gellendes Fahrradklingeln; Jirro, das nackte Gesicht vor den Sinnen, schrak ertappt und mit dem durchdringenden Empfinden, daß von irgendeinem der Fenster aus ein Beauftragter von Uniterrs Gefühlspolizei sein Verhalten überprüfe, zusammen; er entlief und nahm während des Weglaufens wahr, daß (man kann mit einer wunsch-, oder besser: triebgesteuerten Auswahlautomatik ja blitzschnell durch alle Programme streifen) die verzückte Schilderung eines aufklaffenden Mundes nunmehr aus jeder Wohnung schallte. – Jirro, da er immer ärger gehetzt durch die kunstlichtflimmernde Häuserschlucht rannte, war verstört vor Scham, jener abscheulichen Szene – denn so, und nur so, kam sie ihm jetzt vor – derart lange sich preisgegeben zu haben; er nahm es, noch während des Weglaufens, als Ausdruck seines wissenschaftlichen Systematisationsinteresses.

An diesem Tag gelang ihm nichts mehr.

Als er im Labor, am nächsten Morgen, unter einem ihm unerklärlichen Zwang, seinem libroterranischen Arbeitskollegen das Begebnis zu erzählen versuchte und – was sonst gar nicht seine Art war – sich über derlei Volksunterhaltung entrüstet zeigte, meinte der lachend, was Jirro denn wolle, die Welt sei nun einmal pervers; und im übrigen seien sie Physiker. – Jirro war jenes Wort unbekannt, er ließ es sich erklären und fand es so treffend, daß er die Schlucht hinterm Großen Ring, bis dahin eine der „Straßen der Offenbarung", in „Straße der Perversionen" umtaufte.

Dieser Plural, nicht unbedacht gesetzt, deutete an, daß der Systematiker Jirro die Frage zu durchdenken gedachte, welche Arten Verkehrungen es gebe, und welche davon die ärgste sei, und welche in der begrifflich ärgsten wiederum deren konkret ärgste; allein er hatte nicht die Muße, in dieser Materie aufzugehn. So nahm er pragmatisch jene Szene so lange als die ärgste an, bis eine ärgere sie übertreffe, wobei er unter „ärger" stillschweigend einen größeren Grad von etwas verstand, das er nicht recht zu definieren vermochte, das aber mit dem Wort „Befremdung" annähernd ausgedrückt werden mag.

Lange Zeit blieb jene ärgste Szene die ärgste; weder die klappernden Gespräche zweier einen gelähmten Alten zu ihresgleichen abnagenden Skelette (wieder ein Beitrag des Wissenschaftsprogramms „Grundkursus Anatomie für Kinder"), im Zusammenklang mit einem Grundkursus Cellospiel und einer Werbesendung des Eiweißkonzerns gegen zu viele Kohlehydrate enthaltende Speisen, noch die detailliert geschilderte Liebesumarmung, mit der eine Gorillafrau einen von ihr entführten Knaben zu beglücken wie zu ermannen versuchte (Serie „Aus uralten Archiven gerettet"), konnten ihr, jener ärgsten, den Rang ablaufen, jedenfalls nicht für Jirros Gefühl. Allmählich erlahmte auch sein Interesse; ein sensationeller Industriebau (die sogenannte Bergfabrik eines gewissen Moritz Cornelius Asher) nahm seine Aufmerksamkeit voll in Anspruch, und dazu noch ein Wechsel des Freizeitverhaltens in eine Richtung, die Jirro enttäuschte: der berühmte Weiche Sommer zog auf, mit sanfter Musik und zärtlichem Plaudern, geflüsterten Schwüren, gehauchten Küssen, das schlug sich in den Unterhaltungen nieder, und so entdeckte man jene Biederkeit neu, die in grauer Vorzeit die Ahnen befriedigt: Schießpulverschüsse, Hufgetrappel, Krachen von Fäusten nur gegen Kinne in redlichen Kämpfen unter Männern, die stets mit einem Sieg der Guten und ihrem fröhlichen Lachen enden, variationslos, eindeutig, in genauer Abfolge, und dies von Fenster zu Fenster durch alle Etagen; Jirro hörte bald nicht mehr hin.

So trug denn die „Straße der Perversionen" diesen Namen nur noch als ein Erinnern, das Jirro in wachsender Wehmut pflegte. Seine Zeit in Libroterr ging unaufhaltsam zu Ende;

die letzte Dekade, das letzte Heute, und morgen schon in Uniterrs Straßen, frei von Fangwerbern, Gangstern, Prostituierten, und auch eine Straße der Perversionen würde das Vaterland ihm niemals zumuten, das sah es ja als seine Sendung an: ein Menschentum ohne Verkehrung zu hüten. – War Jirro denn auch stolz auf seinen sauberen Staat? Ach, jeder Abschied macht sentimental und verklärt den Ort, von dem man scheidet, und da, in ein „Weißt-du-noch" verkapselt, Jirro zum endgültig letzten Mal die vertraut gewordene Straße durchschreitet, verschließt er sich im gleichen Maß, in dem er sein Ohr all den Schällen verschließt, die ja weiterhin die Schlucht durchkreuzen, auch der Würdigung von moralischen Werten und denkt nicht an sein Vaterland.

Ein früher Vormittag; rosa Dämmern, und Jirro schwelgt in Erinnerungen: Da, aus dem grünvioletten (in Libroterr waren Fenster und Türen von einem Lichtstrahlgewebe verschlossen, das nur von innen nach außen durchlässig war) Fenster jener erste, so mißverstandene Schrei; von dort aus dem goldenen Oben der Donner; da links das Schmatzen der Skelette; und so selbstverständlich es sein mag (oder auch nicht), daß Jirro am Schauplatz der ärgsten Szene rasch, beinahe im Laufschritt, vorbeigeht, so merkwürdig bleibt es (oder auch nicht), daß er dort, wo die Erinnerung an die Schritte des Flüchtlings wiederkehrt, solchermaßen in sich versinkt und sich, da er nun die real nie geschauten und darum um so lebhafter imaginierten Bilder ja auch nicht mehr real hören kann, ganz der inneren Sicht hingibt –: daß ihm ist, als haste er selbst durch den Tunnel und der Verfolger hinter ihm drein. Er sieht die Wände aus grauem Beton, die niedrig gezogene Decke, die Sperrwand, er sieht ein glasig tropfendes Licht, und er sieht auch die beifallklatschende Menge wie hinter Schleiern aus wehendem Eisen –

da geschieht es, daß eine vertraute Stimme ihn jählings aus einem Fenster anruft und er wie einst bei dem Fahrradklingeln, doch nun fast zum Tod, zusammenschrickt. Einen Augenblick steht er ohne Bewußtsein, mit den Händen an eine Mauer gestützt; dann bricht der Alltag Libroterrs ein: surrender Lärm der Hubschraubertaxis, aus den Fenstern Geigen und sanfte Schreie, und begreifend, daß jener Anruf nicht ihm galt, plagt Jirro sofort die andere Frage: Wer wählt denn in Libroterr Uniterrs Fernsehn? Ist es jemand, der auch den Weichen Sommer nicht mag? Ist es ein Zufall? Oder ist es –

und Jirro bleibt stehen, gebannt von der nicht zu verkennenden Stimme der beliebtesten Schauspielerin seines Landes, eines der wenigen weiblichen Mitglieder des Obersten Befreitheitsrates, Trägerin allerhöchster Orden, Vorsitzende des Rates der Theaterarbeiter, geniale Verkörperin des Denkens und Fühlens von Uniterrs Besten, Essenz also jenes Menschentums, das vor allen Verkehrungen zu behüten Uniterr als heiligste Sendung ansah: „Seele der besseren Hälfte dieser Welt", wie Uniterrs Presse sie nennt; und Jirro hört sie jenen Satz aus einem Weiheschauspiel sagen, den kein Geringerer als der Führer des Obersten Befreitheitsrates zum „schönsten Ausdruck von Uniterrs welthistorischer Sendung" erhoben, den Satz, den jeder Bürger Uniterrs kennt und den Jirro im Traum hinsagen könnte –

und im Traum, beim vertrauten Klang dieser Stimme, ist Jirro schon in der Heimat, sie steigt vor ihm auf, wie er sie verlassen: der Tunnel tief unter Uniterrs Grenze, den als einer der Erwählten passieren zu dürfen er so unsagbar stolz gewesen, und er sieht die Wände aus grauem Beton und die Automatik der kunstvollen Sperren, die, je nach Bedarf, den Tunnel verschließen, oder verengen, oder in ein Labyrinth verwandeln, oder Falltüren zum Abgrund öffnen können; und er sieht sich langsam den Gang hinabgehn, noch die Worte der Kameraden Grenzhüter im Ohr, eingedenk Uniterrs Sendung zu bleiben; doch da dies in der Straße der Perversionen geschieht, geschieht dies alles zur Verkehrung: Just eben, da er sein Vaterland schaut und jenen vertrauten Satz vernimmt, durchschießt Jirro jählings der Gedanke, daß er ja einfach hierbleiben könnte: in diesem Land, in dieser Stadt, in dieser Straße, und da steht er abermals ohne Bewußtsein –

und der Verkehrung einen Augenblick fast bis zum Erliegen hingegeben, hört er den Satz zu Ende gesprochen und hört ihn im Lärmen von Libroterrs Alltag, und plötzlich erscheint ihm dieser Satz als das Ärgste des in dieser Straße Erfahrenen: KAMERAD

UND SOLLTE ES JAHRE DAUERN WIR WERDEN SO LANG MIT DIR DISKUTIEREN BIS AUCH DU ÜBERZEUGT WORDEN BIST –

und Jirro, aus seiner Ohnmacht erwachend, hört den stählernen Klang der vertrauten Stimme und weiß nun wie aus einer Offenbarung, daß sie ausgestrahlt wurde, mit ihm zu reden, mit ihm in der Stunde der ärgsten Verwirrung, und tief am Grund der dämmernden Schlucht, darüber sich kein Firmament wölbt, ist ihm, als ob ein Auge ihn sähe und seine geheimsten Gedanken läse, und so schnell, wie er kann, rennt er in seine Wohnung, und packt seine Sachen, und ist bereit.

Das Duell

Als der spätere Diplomkausalitätler Pavlo sich noch des Studiums der Kausalitätswissenschaften befliß, kam, wie es so kommt, ihm eines Morgens der Einfall, daß die Gesetze der Kausalität auch in der Geschichte der Menschheit hervortreten müßten, und er beschloß, was damals noch möglich war, über sein Pflichtpensum an Philosophiedisziplinen und Staatsbewußtseinsertüchtigung hinaus einige Geschichtsvorlesungen als Gast zu belegen. Er wählte einen Vortragszyklus über die Rechtsentwicklung im europäischen Hochmittelalter, weil er sich viel von einer Epoche versprach, in der ein so eminent kausales Denken wie das lateinische sich in einer gänzlich anders strukturierten Umwelt als Römisches Recht zu entfalten begann.
Anfangs war er arg enttäuscht: Der Dozent verlor sich in Einzelheiten lokaler Tradierungen und Sitten; sein Vortrag war zäh, der Stoff war es nicht minder, statt Kausalketten wurden nur Wirren sichtbar, und Pavlo gedachte schon abzuspringen, da kündigte der Lektor für die nächste Stunde eine historische Okulardemonstration mit Hilfe des Zeitzeigekastens an. Dieses Gerät war damals noch in der Erprobung, sowohl technisch als auch politisch: Der Oberste Kameradschaftsrat von Uniterr ließ, einen Beschluß über die Zulassung solcher Demonstrationen an Schulen, ja sogar,

wie einige Ratsmitglieder es träumten, zur belehrenden Volksbelustigung zu fassen, die Auswirkungen dieses Instruments auf ein ausgewähltes Publikum studieren; daß der Rat dann von jeder öffentlichen Schaustellung Abstand nahm, ist, wie man weiß, im wesentlichen der Erfahrung ebendieses Erprobens im historischen Seminar zuzuschreiben.
Technisch beruhte das Gerät auf der simplen, aber damals noch einzigen Methode, das ins All ausgestrahlte Licht vergangner Epochen durch superschnelle Gravitationswellen zu überholen und mit wachsender Beschleunigung zurückzuspiegeln, so daß der Augenschein vergangener Zeiten (wieder auf Lichtgeschwindigkeit verlangsamt) sich in einem Projektionsraum der Gegenwart als eine Art Filmbild revisibilisierte – dreidimensional, farbig, allerdings damals noch tonlos: Ein Verfahren, die ja jedem Lichtstrom angeprägten Schallwellen abzufiltern, zu entzerren und hörbar zu machen, wurde erst wesentlich später erfunden, ebenso ein analoges Verfahren zur Wiedererweckung von Gerüchen, doch damals, in Pavlos Studententagen, war jede Zeitspiegelung, wie unvollkommen auch immer, noch eine solche Sensation, daß Eintrittsbilletts beinah so hoch wie die zu Boxmeisterschaften gehandelt wurden.
Seit Ankündigung der Okulardemonstration war das Auditorium denn auch von Neugierigen aller Fakultäten und die Universität von Laienscharen belagert, doch die Campuspolizei ließ nur Stammhörer ein und fragte betreffs Pavlos oben nach; dessen makelloser Loyalitätszeugnisse und auch vorzüglicher Studienergebnisse halber entschied schließlich – wenn auch nicht ohne Bedenken – das Ministerium positiv.
Zur Demonstration gelangte die berühmte Episode des Duells zwischen dem normannischen Seegrafen Henri VII von Traulec und dessen mit einer Magd gezeugtem, als Bastard unebenbürtigem Sohn Toul, eben jenes Duell vom Mai 1409, von dessen Ausgang wir nur wissen, daß er „höchst grausam" gewesen sei. Zustande gekommen war es dadurch, daß – als Graf Henri die Klage des Sohnes gegen eine lebenslange Bescheidung zum Schweinehirten in den väterlichen Suhlen als eigner Gerichtsherr zurückgewiesen – die Favoritin des königlichen Intendanten, Jeanne Viole

du Mars mit Namen, den durchaus alltäglichen Richtspruch des Grafen zum Anlaß nahm, das Gerücht auszustreuen, Toul habe, was ihm als Halbblut zukam, den Grafen ob des Bescheids zum Duell gefordert und der Graf sei aus Feigheit abgestanden, worauf der Toul, schon unter des Vaters Schweinen, das ihm in die Ohren geblasne Gerücht auf der Stelle realisierte und durch zwei Ehrenvertreter, übrigens Schweinehirten wie er, seinen Erzeuger tatsächlich fordern ließ, der nun schlecht anders konnte als sich zu stellen, unter der Maßgabe allerdings, daß, wie das geltende Recht es gebot, die Bedingungen für die Duellanten den unterschiedlichen Bürtigkeiten entsprächen, dergestalt, daß der Minderblütige, bis zu den Hüften in einem Erdloch stekkend, als Waffe einen Spieß und einen Knüppel führe, der Vollblütige hingegen sein scharfes Schwert, und dies ohne Einschränkung freien Bewegens.

An der Klausel war nicht zu rütteln; ob die Jeanne Viole sie vorgesehen, ja aus welchen Beweggründen sie überhaupt gehandelt, darüber sind bekanntlich Bibliotheken scharfsinnigster Hypothesen geschrieben; man weiß zwar, daß sie eine Todfeindin des Grafen Henri gewesen, und munkelt auch, daß die enorme Häßlichkeit des Bastards sie hingerissen habe (er war bucklig, verfratzt, lederhäutig und hinkend); fest steht auch, daß das Duell stattgefunden hat. Sonst ist, auch vom Schicksal der Protagonisten in den inneren Wirren unter Charles le Fou, dem wahnsinnigen Sechsten Karl von Frankreich, jede weitere Kunde verschollen.

Die wesentlichen Quellen für das Duell sind die kostbaren Fragmente der „Luziferischen Jahresläufte“ von Estienne Nouvielles und die so spät, und leider auch so stückhaft, auf uns gekommenen Annalen des „Unbekannten Chronisten der Seegrafschaft“, dazu einige Briefe der Jeanne Viole und des Intendanten, ein paar Hinweise in anderen Briefen, ein paar Tagebuchfetzen; die Welt stand damals im Bann des Konzils von Pisa mit seinen drei Päpsten, des Nachhalls der Ermordung des Orleans zu Paris und der Predigten des Jan Hus in Böhmen, außerdem kündigte eine neue Invasion Englands in Frankreich sich an, was kümmerte da die Lokalintrige einer drittrangigen Maîtresse? Berühmt geworden ist dies Duell ja erst dadurch, daß von seinem Ausgang nur jenes „höchst grausam“ überliefert, an welcher sparsamen

Formulierung sich die historischen Geister entzündeten; eine Hypothese (Analogien am Hof des wahnsinnigen Charles bemühend) entwarf das Gemälde eines Feuers, in dem die Streiter umgekommen; eine andere, die viel Zulauf fand, konstruierte einen Aufstand der Traulecer Bürger. Die Lehrmeinung in Uniterr ging seit je dahin, daß der Schweinehirt den Grafen besiegt, doch die Soldschreiber der herrschenden Kaste diesen Umstand totgeschwiegen, Musterbeispiel der geistigen Knechtschaft, die in vergangenen Zeiten gewaltet und erst in Uniterr überwunden; und sie war sich, diese Lehrmeinung, ihrer selbst so sicher, daß sie in alle Schulbücher einging, als berichte sie einen Tatbestand.

Diese Verschiebung von der Fiktion in die Fakten gehört zum Geschichtsdenken Uniterrs, doch bevor wir dazu noch etwas sagen und bevor wir nun endlich die Demonstration samt ihrem tatsächlich höchst grausamen Ausgang erzählen, sollten wir etwas zum Technischen sagen: Der Projektionskasten war fast unsichtbar, aber doch deutlich als flirrender Raum wahrzunehmen und bei nicht mehr als zwei Meter lichter Höhe nur von drei Meter Länge wie Breite, so daß, bei fünfzigfacher Verkleinerung, eine Realszene von etwa hundertfünfzig Meter Breite und Tiefe bei hundert Meter Himmel erfaßt werden konnte. Die Akteure maßen demnach um die drei Zentimeter, eine Gesellschaft in Ameisengröße; selbstverständlich war es dem Zuschauer möglich, durch ein System von Vergrößerungsgläsern sich jeden beliebigen Panoramaausschnitt und jedes Detail wie unterm Mikroskop vors Auge zu führen; und selbstverständlich hielt eine Kamera das abrollende Ereignis im Naturmaßstab fest. – Daß die Projektion in ihrem Ablauf von den Zuschauern so wenig zu beeinflussen war wie etwa das Abbild des Sternenhimmels in der Linse des Auges, versteht sich von selbst.

Pavlo wurde also die Teilnahme gestattet, und da der Einlaß schon mehrere Stunden vor Demonstrationsbeginn erfolgte, verpaßte er trotz der Recherchen nichts. – Sanftes Schnurren der Oszillatoren; der Abbau der Supergeschwindigkeit des rückgespiegelten Lichtes geschah weit draußen auf einer Satellitenstraße. Hätte ein Uneingeweihter den Hörsaal betreten, ihm wäre weiter nichts aufgefallen als eine graue Plattform auf dem Demonstrationstisch, mit drei armdicken Kabeln, und über ihr ein kaum sichtbares kantiges Flimmern. – Dann allerdings kam, und rasch, die Spannung der Neugier, dies untilgbare Menschenrecht. Sie war, diese Neugier, vor allem Schaulust, ganz ungeschlacht, wie vor einem Boxkampf, wo man auf derbes Geschehen aus ist und aufgeplatzte Nasen erwartet und das Stürzen des niedergeschlagenen Mannes. In dieser Erwartung trafen sich Herren und Damen; bei Pavlo – doch davon vielleicht wirklich erst später. Das Schnurren der Oszillatoren verstärkt sich, das Geflirr der Heliumdrähte, in einen Morgen verdämmernd, wird zur erschauernden Aura der Botschaft, daß das alte Licht von zweitausend Jahren zu seinem Planeten zurückzukehren sich anschickt; an ihren Rändern zerstäuben Blitze in lautloser Demut, und Pavlo ist von einem Gefühl ergriffen, das zu benennen er keine Worte hätte; und darin ist schon alles Kommende da.

Was Pavlo fühlte, war eine Erwartung, zerrender als alle bis dahin gekannte und auch von gänzlich anderer Art als das Gefühl, das dieser Begriff sonst deckt: Es war nicht die Erwartung des Vorhergewußten (mit der etwa ein Kind sein Märchen erwartet), sondern die eines gänzlich Neuen (wenn groteskerweise auch eines Vergangnen); eines Ungekannten also, das nicht Ungekanntes im Sinne eines für den Ereignisfall noch nicht Festgelegten aus einem Vorrat an Geläufigem war, sondern ein dem Betrachter absolut Unbekanntes oder, um es endlich exakt zu fassen: die Möglichkeit solch eines Unbekannten. Sie trat nicht als Begriff ins Bewußtsein: Sie war ja in einer Notwendigkeit, die sich als das notwendig Alternativlose dargab, etwas, das gar nicht gedacht werden konnte, und dennoch machte sie Pavlo erzittern. – Ihn allein? – Wir nehmen es an; wenn es nicht so gewesen sein sollte, stehe er als Beispiel für die Schar Seinesgleichen. Doch es geschah ihm wohl tatsächlich allein.

Das Schnurren der Oszillatoren brach ab, oder besser: es ging in ein Hallen über, das, an der Grenze von Hörbarem schwingend, zwar nicht als Eigengeräusch vernehmbar, doch auch nicht leere Lautlosigkeit war. Wir sagten bereits, daß die Demonstrationen damals, technisch noch unausgereift, des Originaltons ermangeln mußten; das Hallen, trotz seiner Unhörbarkeit, bildete eine Geräuschkulisse, vor der die beklemmend spukhafte Stummheit der Geschichte ihr Geheimnis zu sagen anhob. Es wurde, dies Hallen, als Stille vernehmlich, positives statt negatives Nichts; und mit dem Hallen war auch das Geflirr nicht mehr sichtbar, oder wiederum exakter: es wurde nicht mehr wahrgenommen, da nun, in unvorstellbarer Jähe, das Vergangene über der grauen Plattform erschienen war und sich schon vollzog –: Unter dem Stahl eines Quaders von Nordmeerhimmel tausendköpfiger Tumult, so lagerte die Jahrtausendferne auf dem Katheder, und da schraubten schon, während draußen die Operateure an den Zeitstromkameras sich mühten, die günstigsten Totalen zu finden, die Zuschauer an ihren Vergrößerungstuben, das ihnen erwünschte Detail einzustellen. Die Kameras, die vom Tumult verdeckten Duellanten in den Blick bekommen, schwenkten in einen anderen Winkel; das Gewimmel brach auf. – Wir erzählen jetzt alles, wie Pavlo es sah.

Einen Augenblick schaute er die Totale: Wie ungeheuer doch Himmel ist! Eine ragende Last aus Wetter und Bläue; darunter, ihr Saum, das Menschengewese, doch in so buntverschlungenem Strudel, daß es unter der ziehenden Schwere standhielt und deren Gewalt erst sichtbar machte: im Wechsel beharrende Ewigkeit; die Feste über den flüchtigen Leben. Da schwenkten die Kameras herum, Pavlo sah Farben und Schwere im Wirbel; nun schraubte auch er an seinen Gläsern, und im Wachsen wie aus der Drehung des Bildes trat die Dame vor seinen Blick.

Sie stand vor ihm, und Pavlo stockte der Atem. Er sah sie, als spüre er ihren Anhauch; sie nahte, ein wenig zur Seite gedreht, in umbragesäumtem meergrünem Brokat, aus dem wie die Insel der Sirenen vom Ansatz der Brüste Hals und Haupt stiegen; der Scharlach der Haube stach in den Himmel, und in ihren Augen ruhte die Nacht. Sie kam auf ihren Betrachter zu; Pavlo glaubte die Milch ihrer Haut zu fühlen; er sah, als brauche er keine Gläser als Mittler, die Dame leibhaftig vor seinen Sinnen, und sie zerglitt über sein Gesicht. Hinter ihr durch den Staub einer Zwergin; sie rannte schreiend der Herrin nach. Riesig das nasse Fleisch ihrer Zunge; Pavlo rückte das Rohr; ein Eselshuf.

Jetzt faßten die Kameras die Kämpfer: Der Rücken des Seegrafen, der, breitbeinig tänzelnd, die dem Adel vorbehal-

tene Tracht des Jahrhunderts, das hochberühmte Mi-Parti trug: ein im Vorder- wie Rückenteil je in zwei Farben, hier Grün und Schwarz, gevierteltes Wams mit einem bauschigen und einem schmalen Ärmel, und ebenso geviertelt die engen Hosen und die spitzgekrümmten Schnabelschuhe mit ihren ohrgroßen grün-schwarzen Troddeln, und grünschwarz, Banner von Traulec, auch die Feder auf dem roten Barett. – Das Schwert, an langem Gehäng, sprang durch den Staub. – Schräg nach hinten die Grube, und drin der Toul, bis zur Hälfte in der krumigen Erde, die so braun war wie sein Warzengesicht mit der ungeheuerlichen Nase, die in ihrem überquellenden Fleisch eine Verhöhnung von Gottes Schöpfertum schien. Seine Waffen waren nicht zu erblicken; er hob seine nackten Hände und lachte, und Pavlo sah über der drängenden Menge den Scharlachkegel der Haube sich nahen, und er bemerkte erst jetzt, daß die Dame ritt. Sie thronte halbquer auf einem Zelter; im Tritt des Tiers schien sie zu schreiten, riesenhaft in der Farbe des Meeres, und Pavlo war verwirrt wie nie. Er versuchte, mit fahrigen Griffen, die Dame wieder in seine Nähe zu schrauben, doch er schaute, wenn die Menge sich auftat, höchstens eine Spur des Gewandes, die sogleich zwischen Stahl und Seide verscholl. Auf diese Weise sah Pavlo nur Dinge: eine Knopfreihe aus Jaspis, einen Sporn, eine Zobeltasche, doch nicht die Dame, nicht den Seegrafen, nicht den Toul, nicht den Intendanten (den, vor dem Blau um die Lilien Frankreichs, auf einer Tribüne hinter dem Kampfplatz Pavlo für einen Moment erblickt hatte).
Er ließ also die Rohre fahren und sah nun als unteren Saum des Zeitzeigekastens die Szenerie schmal wie eine Borte, die Menschen, die durch den Vordergrund trieben, gerade noch als einzelne kenntlich; und er war dennoch bis zum Wahnsinn erregt. Was ihm derart zusetzte, war nicht so sehr das verborgene Nah-Sein der Jeanne Viole, deren Scharlach weiter zum Himmel zuckte, es war – wir können es nicht oft genug wiederholen –, es war die Möglichkeit jeden Geschehens, unbegrenzt, wie Sehnen wäre, wüchse es nicht in Verkümmerung auf. – Im Gefüge des wirklichen Nur-Einen die Möglichkeit von Möglichkeiten als Möglichkeit eines Anderen: Pavlo erfuhr sie zum ersten Mal, als Betroffensein von etwas Unfaßbarem, das, sich allen Worten

entziehend, als Grauen wie Lust eines Ahnens aufdämmerte, sie könnte und könne, diese vollzogne Geschichte, sich in einer anderen Weise vollziehen, als Uniterrs Historologie sie festgelegt und man sie daher auch erwartet hat. Was aber hatte Pavlo zu schauen erwartet?

Er hätte es nicht zu sagen vermocht, obwohl er es gleich doppelt wußte, und eben darin liegt die Schwierigkeit.

Gleich allen seinen Kommilitonen teilte, selbstverständlich, Pavlo die offiziöse Hypothese, die Uniterrs Historiker vom Ausgang des Duells entworfen, nämlich der eines Sieges von Toul, den dann die Chronisten verschwiegen hätten. Dies einerseits. Andrerseits widersprach solch ein Ausgang, der Sieg eines Niederen über einen Oberen, der offiziellen Geschichtsdoktrin Uniterrs, die besagte, daß vor der Schaffung der Wahrhaft Befreiten Gesellschaft alles Geschehen nur den Oberen diente, nur ihnen zu nutzen und frommen hatte und deshalb in jeder Einzelerscheinung von ihnen im Ablauf vorprogrammiert war (wogegen, in zahllosen unterdrückten Anläufen, die Völker in wachsendem Maß sich empört und – leider bislang nur auf einem Teil des Planeten – die Wahrhaft Befreite Gesellschaft errichtet, in der es kein „Unten" und „Oben" mehr gab). Diese Lehrmeinung („Wahrhaft Wahre Geschichte") herrschte dermaßen ausschließlich, daß sie in ihrer Formulierung schon gar nicht mehr ins Bewußtsein trat, wiewohl sie es vollkommen bestimmte: Sie stellte die einzig mögliche Form dar, in die historisches Denken gerann, und dies geschah in den meisten Fällen auf Kosten jeglicher Anschaulichkeit. Demgemäß, gleich allen seinen Kommilitonen, war Pavlo der gänzlich unreflektiblen Gewißheit, daß so ein Duell, noch ehe es begonnen, als ein Kampf zwischen einem Höheren und einem Niederen schon zum Sieg des Höheren entschieden sein mußte und daß, falls der Kampf nicht von selbst dahin führe (also der Seegraf nicht auch der Kampftüchtigere wäre), dann Ordner, Sekundanten und Schiedsgericht durch betrügerische Manipulationen (es gäbe da gewiß tausendfache Erfahrung zur Ablenkung des Bastards oder zu dessen Behinderung) den Sieg des Oberen realisierten. Offiziöse Behauptung vom Sieg des Toul und offizielle Doktrin von der Vorbestimmtheit allen Geschehens durch die Oberen waren miteinander nicht zu vereinen; was hatte

Pavlo also erwartet? Wenn man das Wort „erwartet" nicht im Sinne eines (in Uniterr gänzlich ungeläufigen) konkreten, anschaulichen Sich-Vorstellens versteht, sondern im Sinn einer vorgegebnen Gewißheit des Kommens dessen, was kommen müsse – man könnte auch „Erwartungslosigkeit" sagen –, dann beides; aber eben nur abstrakt, nicht konkret, und – da nicht von Anschaulichkeit geleitet – den Widerspruch überhaupt nicht bemerkend. Das klingt unglaublich, allein es war so, oder vielmehr: Es wird so sein. Wir erzählen ja, was in der Zukunft geschehn sein wird.
In diese Erwartungslosigkeit abstrakter Gewißheit brach also das Unerwartete ein, das – um es ein drittes Mal zu sagen – die Möglichkeit aller Möglichkeiten als Wirklichkeit des Anderen war. Denn das Konkrete ist schon dadurch, daß es konkret ist, das Andere zu einem Abstrakten, das Anschauliche das Andre zum Unanschaubaren, und wo Geschichte als ein Andres sich zeigt, wird sie schon in ihrer äußeren Erscheinung das, was sie ihrem Wesen nach ist: die Daseinsform von Alternative. Das geringste Detail gewinnt da eine Bedeutung, die nur verstehn kann, wer sie erfuhr. Daß es möglich war, eine Kopfbedeckung zu tragen, deren Scharlach den Himmel ritzte –: Nicht, daß sie in Uniterr verboten sein wird; nur: daß es niemandem einfallen könnte, Ungebotnes zu tragen. – Daß es möglich war, einen Zelter zu reiten; daß es möglich war, sich in einem Kostüm zu zeigen, das einen Leib in zwei Farben zerstückte und dessen einer Ärmel eng anlag, indes der andere sich blähte; daß es möglich war, ein Schwert zu führen; daß es möglich war, Wein aus dem Tonkrug zu trinken; daß es möglich war, ein Schwert durch den Staub hüpfen zu lassen; daß es möglich war, ein Schwert zu erheben; daß es möglich war, einen Esel zu treiben; daß es möglich war, in einer Grube zu stehen und zur Obrigkeit die Zähne zu blecken –

daß es möglich war, nicht Uniterr zu sein. – Die Menge drehte sich auseinander, und plötzlich schien Pavlo selbst das Unmögliche, ja gerade das Unmögliche möglich: daß aus dem Bratrost ein Kaiser kröche, daß die Erde sich langsam zu Bergen falte, daß Fische über Land marschierten, daß Flügel aus Menschenschultern wüchsen, daß die Pferde ihr Geschirr abwürfen, daß die meergrüne Dame sich entblöße

und die Ulmen am Straßensaum sich vor ihr neigten – und die Dame, den linken Arm auf einer Rüstung, sprang ab.
Pavlo hatte sich indessen ein Diorama zurechtgeschraubt, das links vom Seegrafen und rechts vom Toul begrenzt war; die Kameras filmten halbschräg von oben, so daß man den Kampfplatz recht überblickte, und nun war zu sehen, wie die Gunst sich verteilte: Der Toul in der Grube war dermaßen umdrängt, daß der Graf, nun den Doppelhänder ziehend, in seinem Gefolge fast gemieden schien. Herolde, Trompeten an den Hüften, zogen vor dem Intendanten auf, dem huldigend sich der Adel nahte; ein Gewappneter trug Spieß und Knüppel, die Zwergin knickste bei ihrem Vorbeiziehn; und die Dame trat zu Toul.
Dieser Augenblick überwältigte Pavlo, und nun merkten es auch die Kontrolleure der Gesinnungspolizei, die (selbstverständlich) in ihrem Dienstgebäude den Ablauf der Demonstration überwachten: Seine jäh anschwellende Neurozytanausdünstung, die, bester Indikator wachsender Erregung, von den im Auditorium aufgestellten Emotiographen als scharfes und nun schon jenseits der Toleranzgrenze blinkendes Blaulicht übermittelt wurde, signalisierte einen bedrohlichen, die individuelle Bewußtseinskontrolle überwachsenden Gefühlsstau, jene hier erstmals beobachtete Störung, die seitdem unter dem Namen „Alternativsyndrom" bekannt geworden und als schizoide Anomalie rubriziert worden ist. – Eine Meldung ging vorsorglich an den OK-Rat.
Die Dame kauerte sich zur Grube; die Zwergin hinter ihr klatschte wild in die Hände, und die Dame, ihren Rocksaum raffend, knöpfte das Oberteil ihres Gewands auf, holte aus der undeutlichen Tiefe ein Säckchen aus gesponnenem Gold und fütterte den Toul mit Kandis, braungelben, grobkristallenen Brocken, sie schob sie ihm in den schnappenden Mund, und zwischen Touls Augen und den ihren lag eine Höhle aus dämmerndem Weiß. Jetzt packte die Dame Touls Gesicht mit beiden Händen an Kinn und Nase und drehte den aufgerissenen Krater so nahe an ihren Lippen vorbei, daß Pavlo meinte, der Intendant müsse Einhalt gebieten; im Auditorium zischte die Stille; lautlose Trompetenstöße, Hellebarden drängten die Menge zurück, und der zwischen den beiden Widersachern jählings klaf-

fende leere Raum schien den Himmel an sich zu saugen: In einer ungeheuren Bewegung schwang sich eine Schleife aus dunklerem Wetter durch die Gewalt des Firmaments, und ein Schwarm von schwarzen Vögeln stieg auf und verscholl fern über dem Meer. – Der Toul, nun allein, leckte grinsend die Lippen; wandernder Scharlach zur Tribüne, und die Hellebarden mit ihren Monden vergitterten schräg den Horizont.

Die Kontrolleure vor den nun wieder ruhigen Skalen, die, da Jeanne Viole vor der Grube gekauert, wie ein fiebernder Himmel im Blaulicht erzittert, atmeten auf, und während die Kämpfer über den Leib von der Stirn bis zum Nabel ehrfürchtig das Zeichen des Kreuzes schrieben, sprach, seine Hände dem Volk wie zum Kuß hinbreitend, der Intendant wohl die Eröffnungsformel: Ad te in excelsio domine clamavi; sie ist ja bekannt. – Auch seine Finger blitzten Bläue; eine Saphirkuppel, Türkise, Opale, ein Amethyst über schmalem Goldtal, der Hochmut eines Aquamarins; hinter ihm das königliche Blau um die Lilien seines wahnsinnigen Herrschers. Auch die vier Kampfrichter, die nun die Arena besetzten, schritten in tiefes Blau gekleidet. Türme des Glaubens an Sitte und Recht. – Lößbraunes Kampffeld; grün-schwarz der Seegraf; das Gesicht des Toul gleich der nahen Erde; die Menge in tausend Farben verflochten, und durch den Scharlach drang das Schwert. Der Seegraf stemmte es in den Himmel, mit beiden Händen, aus dem gebauschten und dem enganliegenden Ärmel, jeder grün-schwarz geviertelt wie Wams und Hose, zwischen deren Grün-Schwarz in ungeheuerer Wulstung der Granatapfel der schellengesäumten Braguette, der aus sieben Tuchen gewobenen Schamkapsel, lag. Da er das Schwert erhob, bog er sich weit zurück; er hielt den Stahl mit gestreckten Armen, und Pavlo meinte in der Krümmung des Rückens das Schloß von Traulec aufschimmern zu sehen, das – wie Schwärmer späterer Zeit es nannten – gezinnte Wunder des Abendlandes (das dann doch in der nur vier Millisekunden dauernden Atombefriedigung der Rebellen von Saint-Lô zerschmolz).

Da das Duell sich zu beginnen anschickte, waren die Blaulichtsignale im Kontrollraum erloschen; die Zuschauer bebten zwar in Spannung, doch ihr Erwarten verlief in gewohnten Bahnen, die Erregung floß in dem Maße ab, in dem sie sich reproduzierte, und sie tat dies auf die übliche Weise: Man wechselte die Haltung, schlug das andre Bein über, räusperte sich, lachte, auch Scherzworte erschollen; Anfeuerungen der Kämpfer, kleine Vertraulichkeiten zu den Personen des fernen Jahrtausends, die man an den Schrauben sich näher drehte, und auch da, wo sie äußerlich unartikuliert blieb, baute die Spannung sich voll im Bewußtsein ab. Sogar aus Pavlos Ecke drang nun nichts Beunruhigendes mehr (die Emotiographen gestatteten natürlich die Lokalisierung auftretender Ärgernisse; vor den Kontrolleuren lagen Sitzpläne, und beim ersten Aufzucken des Blaulichts hatten sie prompt reagiert: Also doch dieser Neue!), und so gaben auch sie, die Kontrolleure, fast unbesorgt der Schaulust sich hin. Es mag an eingefleischter Gewohnheit liegen (oder sollte man besser „eingehirnter" sagen?), daß sie mehr noch als die Kämpfer die Menge betrachteten, die vor der Würde der Tribüne gegen die Hellebarden sich drängte, farbderbes Gepränge, Leder und Barchent, rauhe Pelze, pralles Leinen, die Leiber von riesigen Gürteln umzingelt, die Hörner der Hauben ineinander verkeilt und die Gesichter in offenen Freuden schwelgend. – Den Kontrolleuren mißfiel, daß sie Waffen trugen, lange Messer oder kurze Schwerter, einige auch breitklingige Spieße, einige sogar Armbrust und Köcher mit einem Bündel gefiederter Pfeile; es sah zersetzend und schamlos aus. – Manche aßen zu ihrem Gaffen, ein Weinkrug schleppte sich durch die Runde; den Kontrolleuren mißfiel auch dies. – Was sie freute, war die erhabene Haltung des Seegrafen, der da immer noch unter der Macht seines Stahls stand; den Toul im Loch schauten sie kaum an.

Er stak braun in der braunen Erde, in der Linken den Spieß, in der Rechten den Knüppel, und starrte zur Tribüne hin, darauf sich nun um den Vertreter der Krone Silberbrokat und Seide scharte; zur Linken des Intendanten noch eine Lücke, und Pavlo, der Touls Augen gefolgt war, erwartete wie jener, daß die Dame auf der Tribüne erscheine, in der Milch ihres Fleischs und der Haut des Meeres, und mit dem verborgenen Gespinst aus Gold. Der Scharlach war vom Himmel verschwunden, den beherrschte noch immer das ragende Schwert; durch die Schleife des Wetters schos-

sen Möwen, und Pavlo begehrte über alles, die Jeanne Viole noch einmal zu sehn.
Das Duell interessierte ihn längst nicht mehr, nicht die Zeremonien um den Intendanten noch die Rituale um die Kämpfer, und vor dem Gewog der Farben des Volkes erinnerte er die unfühlbare Berührung, da sie über seinem Gesicht zerglitten, gefolgt von der Zwergin mit der nassen Zunge, und er sah nun von den beiden nichts mehr. Zwar schien da und dort ein meergrünes Schillern aus dem Knäuel auszubrechen, und Pavlo richtete dann gierig das Fernrohr dorthin: Warum hat der Mensch kein Facettenauge, warum erfand noch keiner ein Allblickgerät? Er schaute auf die Menge zwischen Tribüne und Grube, wie ein Jäger ein Kornfeld belauert, ob ein Zittern der Ähren das Wild verrate, das sich unsichtbar durch die Halme zwängt, und nun erst sah er, was die Kontrolleure vom ersten Augenblick an gesehen: daß die Menge Waffen trug, und gaffte, und lachte, und da dachte Pavlo, daß er träume und daß er die Dame erträumen könne, wenn er sie nur heftig genug begehre, und er drehte dabei an den Schrauben und Rädern, als könne er die Geschichte bewegen, und war doch unfähig, etwa jenen Wanst, der sich vor seinen Blick geschoben und dessen Massigkeit ihn verhöhnte, auch nur einen Zoll zur Seite zu tun. – Der Wanst trug einen violetten Kittel; er stand da, als ob er das Ärgernis schmecke, das seine Fülle dem fernen Betrachter bereite, und Pavlo, aus seinem Traum schon erwacht, begriff die Ohnmacht, Vergangenheit zu gewinnen. – In diesem Augenblick beschloß er, ohne es noch zu wissen, Erfinder zu werden und in die Zukunft zu schaun.
Ein Mönch besprengte den Seegrafen mit geweihtem Wasser; die Menge schrie; man hörte es nicht. – Vor der Tribüne plötzlich Gedränge; ein Krug Wein oder Bier zerschellte am Boden; nun war auch der violette Wanst nicht mehr da; hinter den Miedern, die seine Lücke schlossen, das pralle Weiß eines zuckenden Felles; die Möwen stürzten in die Tiefe, und der Seegraf senkte das Schwert. Das Sinken des Stahls mit dem Leib nachvollziehend, schien er seinen Bastard zu grüßen. Pavlo, zum Zelter durchzudringen, schraubte das Rohr auf äußerste Schärfe, und da sah er zwischen zwei Weiberhüften die Zwergin hervorspähn; sie

schaute, scharf ins Profil gedreht, aus schmalem, wässerigem Auge unter einer Stirn mit gerupften Brauen, wimpernlos, ein nacktes, nasses Auge, und Pavlo mußte jählings denken, daß hier die Geschichte selbst ihn anblicke, schamlos, offen, unergründlich, teilnahmslos tückisch im Fleisch des Alltags, und das Auge wandte sich voll ihm zu. Nur dies Auge, das schwimmende Loch der Pupille, ohne Wimpern in der Stirn ohne Brauen und Haare, und Pavlo, da die Hüften so zueinander sich drehten, daß er nur mehr das randlose Auge und dann nur noch die trübe Grundlosigkeit sah, begann, ins Oval der Leere gesogen, sein Grauen als solche Gier zu spüren, daß er nun auch die Dame vergaß. Es war, als ruhe in diesem Auge, das in nie geschauter Nacktheit ruhte, die Fülle jener Möglichkeiten, die man nicht wagen würde zu träumen, wiewohl man sie doch allnächtens träumt, voll Gier wie voll Grauen vor einer Erfüllung, die der Traum vollzieht und der Schlaf vergißt. Die Hüften schoben sich, Lila und Sämisch, zusammen und fugenlos übereinander, allein Pavlo – während ein Keil aus Scharlach schon längst den ziehenden Himmel hinaufglitt – ließ von seinem drängenden Blick nicht ab: Er glaubte die Mitte der Augentiefe noch in einem mohnkorngroßen Pünktchen zwischen den ärmelverhangenen Taillen zu schauen, reines Schwarz zum Abgrund aller Begierde, und erst, als der violette Wanst das Lila und das Sämisch wieder verdeckte, kehrte der Entrückte zurück zum Turnier, und nun sah er mit allem Volk zur Tribüne und sah neben dem Intendanten die Dame, vom Reigen der Huldigungen umwogt, und er sah erst jetzt, daß auch sie brauenlos war: gänzlich mit Glätte beschriebnes Gesicht. – Sie lächelte, und Pavlo suchte ihr Auge im Übermaß frevelhaften Vereinzelns: Es lag riesenhaft wimpernlos auf dem Katheder, und plötzlich sah Pavlo darin den Tod, schwarz, gekrümmt, mit nacktem Schädel, ein grauenvoll träumender Embryo. Er schrak zusammen; schillerndes Meergrün, daraus die Spitze eines Schnabelschuhs lugte, Scharlach wie jener in den Himmel, und der Scharlach schlüpfte unter das Meer.

Brokat und Silber ließen sich nieder, der Seegraf, sich der Tribüne nähernd, nahm mit einer Bewegung, die maßlos in den Raum griff, sein Barett ab, den fernen König zu ehren;

die Trompeten flogen an die Münder, und in all ihrer Erwartung bestätigt, sahen die Wächter im Kontrollraum mit zustimmenden Nicken, wie die nun wieder andrängende Menge sich an den beinah graziös geführten Schranken der Hellebarden brach. Da hob – und offenbar lärmend, da alles Volk sich ihm zuwandte, indes zu der Zwergin, die auf einmal vor ihr stand, die Jeanne Viole tief sich beugte und ihr ein Stück Kandis in den Mund schob und beide, Auge über Auge, dabei ebenfalls, und nun auch mit Pavlo, gleich allem Volk zum Toul hin schauten –: da hob dieser Toul sich aus seiner Grube, und Spieß und Knüppel fallen lassend, riß er, dieser Toul, mit beiden Händen den Bausch seines groben Wamses auf und reckte, gewaltig den Rücken krümmend, sein roh und rot schwellendes Glied der königlichen Tribüne entgegen, vor der wohlabgemessen der Seegraf grüßte. Und ehe noch das jähe Verstummtsein der Zuschauer des anderen, des fortgeschrittenen Jahrtausends in irgendeine Bekundung von Schrecken ob solcher Ungeheuerlichkeit umschlagen konnte, erscholl mitten aus dem Surren heraus, als ob der König von Frankreich persönlich in der Macht seines Blaus und seines Wahns die Sprachlosigkeit der Geschichte durchbreche, ein Befehl zum Abschalten der Übertragung; und da war die Szene auch schon gelöscht; Finsternis und völlige Stille; verschollen das Hallen, erloschen das Flirren.

Der Professor vom Dienst, sofort begreifend, daß auf ein Kommando des OK-Rates (er glaubte die Stimme des für Sicherungsfragen zuständigen Kameraden erkannt zu haben) die Sendung beendet worden war und er, jeder Peinlichkeit (und gewiß auch Pein) zuvorzukommen, sofort etwas zur Überbrückung tun mußte, begann, das volle Licht anknipsend, vor dem leeren Drahtgespinst auf dem Katheder das Geschaute synthetisch zu analysieren. Man sei, so erläuterte er, die Stimme zu einem der (selbstverständlich auch Schallwellen übertragenden) Emotiographen gewendet, man sei also Augenzeuge gewesen, daß Uniterrs Geschichtswissenschaft sich wieder einmal glänzend bestätigt habe, und da sagte laut eine Stimme: „Nein!"

Der Professor fuhr herum.

„Nein", sagte Pavlo ein zweites Mal, und er stand auf, da er dies sagte.

Dieweil das Auditorium nun den fremden Kommilitonen anstarrte, gleichsam als Fortsetzung des Spektakels, stand der Professor vom Dienst gelähmt wie einer, der einen Baum aus dem Boden steigen und auf seinen Wurzeln davongehen sieht. Er, der ob seiner Standfestig- wie Schlagfertigkeit in Diskussionen Berühmte (weswelcher Tugend ja gerade ihm der so ehrenvoll schwierige Wächterdienst am Tor zur Vergangenheit anvertraut worden), er fand sich von einem Wort so erschüttert wie die Lehre, die er repräsentierte. Dieses „Nein!" zu etwas, zu dem es nur „Ja!" gab, dies schlechterdings unvorstellbare „Nein!" konnte, ja mußte Unvorstellbares bewirken; es war eine Provokation ohnegleichen, und dem Professor vom Dienst wurde übel vor ihr. Er fühlte seine Knie wanken; er sah Dunkles schwingen und hörte ein Dröhnen und griff ans Katheder, nicht hinzuschlagen, und griff dabei in den Zeitzeigekasten und spürte das Geflecht der Drähte und nahm noch wahr, daß sie ihn hielten, und das einzige, was er denken konnte, war, daß die Kameraden im OK-Rat ihn sähen und also in seiner Unfähigkeit sähen, ihrem hohen Vertrauen zu genügen, und das wird wohl so gewesen sein.

Es ist uns nicht gegeben, Genaues zu wissen: vom Geschehen im OK-Rat dringt nichts nach außen. Doch wir wissen, was die Kontrolleure dachten, und die dachten, was nun auch der Professor in seiner verzweifelten Ohnmacht dachte, nämlich daß sofort etwas getan werden müsse. Das Sofort war unabweislich: Dieses „Nein!" war nicht irgendein Einwand, es war das Konzentrat aller denkbaren (nein, eigentlich: undenkbaren) Einwände, und mehr als das: es war die Abweisung schlechthin, die Verneinung allen Bejahenswerten, das sich in einem Wort konzentrierte: „Ja!" als Ja zu Uniterr. Ein „Nein!" nur für sich war so unmöglich wie etwa ein „Wie" ohne Bezugsobjekt, es war nur als konkrete Verneinung möglich: „Nein zu Libroterrs unwissenschaftlichen Irrlehren!" – „Nein zu Libroterrs Geschichtspessimismus!" – „Nein zum Ungeist des Neinsagertums!"

Und nun dieses „Nein!" in seinem nackten Anspruch, das Andre zu allem „Ja!" zu sein. – Dem Professor erfror die Milz. Er hatte Einwände nie gefürchtet, Fragen zu einer bestimmten These, Zweifel an einem Sachverhalt, Hinweise

auf vermeintliche Antinomien seines Vortrags: die ordneten, wußte man sie nur richtig zu nehmen, sich in ihrem Begrenztsein auf Einzelheiten letzten Endes dem „Ja!" *auch* unter, indem sie ihr „Nein!" ihm zur Prüfung darboten, und sie blieben mit dieser Unterordnung in der Ordnung der Wissenschaft, so wie etwa das Gift eines Impfstoffs in der Ordnung des Gesunden bleibt. Dieses „Nein!" jedoch war eine Seuche, oder noch mehr: ein Konzentrat aller nur möglichen Viren, dem unvorstellbaren Seuchen entbrechen mußten, und so ein Ausbruch von Unvorstellbarem geschah zuerst dem Professor selbst: Einen Augenblick lang, im Verebben des Dunkels, das ihn zu überfluten gedroht und nun in flatternden Bändern zurückschwang, glaubte er in den Drähten des Zeitzeigekastens Uniterrs Obersten Kameraden ganz in Blau auf einer Tribüne stehen und mit dem Finger auf ihn, den Professor, weisen und gleichzeitig einen schwarz-grünen Henker mit blankem Schwert heranwinken zu sehen; auf der Stirn der Tribüne stand leuchtend ein „Nein!", und auch er, der Professor, schrie nun ein „Nein!" und wußte nicht, ob er es wirklich geschrien und also dem OK-Rat ins Ohr geschrien.
Der Schreck ob solcher Ungeheuerlichkeiten stieß (eben da, als der Führer der Kontrolleure den Befehl zum Räumen der Aula beschlossen und in Gedanken auch schon durchformuliert hatte) den Professor in solche Wachheit zurück, daß ihm die einzige Möglichkeit einfiel, jenes „Nein!" zu paralysieren, nämlich mit dessen ureigenster Wirkkraft, und so rief er denn, aufs Katheder steigend, seinerseits mit schneidender Stimme: „Nein!"
Aller Blicke auf ihm.
„Ja?" fragte Pavlo, der nicht recht wußte, was ihm eigentlich widerfahren war. – Der Professor vom Dienst nahm es schon als Ergebung, dabei war es erst die Verwirrung eines, der, im Begriff, sich selbst zu finden, gleichzeitig entdeckt, daß er sich verliert.
Pavlo hatte nie sprechen wollen; sein „Nein!" war wie aus dem Mund eines Fremden ganz träumerisch dem Spalt entschlüpft, der seit dem Erscheinen der anderen Zeit im Gefüge der Notwendigkeit klaffte, und es war zunächst nichts als jenes Andre, das ihn bis zum Verstörtsein betroffen und von dem er begehrte, daß es daure: Anders als Uniterr zu

sein! Pavlo hatte dies sein „Nein!“ selbst als wie im Traum vernommen; es schien ihm unfaßbar, daß es jemand im Hörsaal, und unvorstellbar, daß *er* es gesprochen. Allein es war nun einmal da, und so fuhr es fort, auch den zu verändern, der es in Uniterrs Dasein gebracht: Dieses sein „Nein!“ als *sein* „Nein!“ begreifend und den Bezug zu fassen (und in ihm auch schon die Folgen zu ahnen) beginnend, den die Verneinung herstellen mußte: zum Wahrheitswert der Wahrhaft Wahren Geschichte, sah er – und dieweil er, und dies noch ganz traumhaft, sich erhob, als ob er den Sieger suche – groß den Toul aus der Grube sich heben, wie der die rasende Lust seines Trotzes allen Widersachern entgegenreckte. Und in der Sehnsucht, gleich ihm zu handeln, wie im Schauder, gleich ihm handeln zu können, hatte Pavlo mit traumsicherer Bewußtheit zum zweiten Mal sein „Nein!“ ausgesprochen, und er hatte dabei entsetzt begriffen, *daß* er gehandelt hatte wie jener, der nun im gleißenden Licht verblich, als ob er vor seinem Nachfahren weiche. Da nun, in den Blicken der Kommilitonen, die ihn – ein einziges Auge – anstarrten, hatte Pavlo den Abgrund gesehen, in den er, vom „Nein!“ des Professors gestoßen, als in sein Schicksal zu stürzen begann: ungläubig verwundert unvernichtet. So vom Traum ins Entsetzen geworfen und sein Entsetzen als Traum durchstürzend, hatte er schon beinahe außer Bewußtsein zu all den Nein ein Ja gesagt, als ob es der Halt wäre, ihn zu tragen; aber da fühlte er sich auch getragen und fühlte sich in den Blicken schweben, die nun auf ihn mit gleich roher Neugier wie auf das Fleisch der Vergangenheit starrten, daß es endlich in Kampf und Wunden aufbreche.

Hier sei von uns eingefügt, was Pavlo nicht mehr sah (denn die Zeitfilmung selbst lief weiter, das Team im All hatte keine Weisung zum Abbruch erhalten) –: Daß auf den Empfangsgeräten im OK-Rat und im Kontrollraum die Wächter den Toul in die Grube stießen; wie zugleich die Menge aus vollem Hals lachte, und der violette Wanst seine Mütze hochwarf, und ein Eselshuf an die Tribünenwand schlug, und der Seegraf mit seinem Schwert durch die Luft hieb, und die Jeanne Viole einen Hauch ihrer Hand dem Kämpfer in der Grube zusandte. – Dieweil also dies geschah, und da der Professor, und schon triumphierend, und

zur Größe eines historischen Siegers sich reckend, sein zweites „Nein!“ als „Nein zu dieser unglaublichen Frechheit!“ herausstieß, glaubte Pavlo das Verändern seiner selbst als jähe Möglichkeit zu erkennen, auch Uniterr verändern zu können, und im festen Glauben, daß solches geschähe, sagte er in selig-bewußter Verträumtheit, er beantrage einen Wissenschaftlichen Disput.
Das Weitere ist rasch erzählt, aber bevor wir damit beginnen, müssen wir unsern Lesern erklären, was ein Wissenschaftlicher Disput eigentlich ist, will heißen: sein wird.
Der Wissenschaftliche Disput (WISDIS) wird im Statut der Vereinigten Universitäten Uniterrs definiert als „hervorragendes Beispiel für die Bedeutung eines wahren Meinungsstreites zur Entwicklung der Wissenschaften“; er kann als planmäßiger oder außerplanmäßiger WISDIS geführt werden (planmäßig innerhalb jedes Studienjahrgangs dreimal); außerplanmäßige WISDISE dienen der „wissenschaftlichen Verarbeitung, Durchdringung und Aneignung hervorragender Ereignisse im gesellschaftlichen Leben Uniterrs“. Die „Durchführung eines planmäßigen WISDIS wird vom Rektor, die eines außerplanmäßigen vom Ministerium genehmigt“, außerplanmäßige WISDISE werden „auf ein Filmband genommen“ und „Kopien dem Staatsarchiv einverleibt“. Das „Ergebnis eines planmäßigen WISDIS“ wird vom Kameradschaftsrat der Universität, das eines außerplanmäßigen vom Kameradschaftsrat des Ministeriums bestätigt und „danach vom Rektor bzw. Minister als gesicherte Lehrmeinung erklärt“.
Der Kommilitone möge Antrag, Themenstellung und Thesen in der vom Statut vorgesehenen Weise in achtfacher Ausfertigung einreichen, beschied der Professor, und Pavlo sagte, das werde er tun.
Daraufhin erklärte der Professor vom Dienst die historische Okulardemonstration als überwältigende Bestätigung der Wahrhaft Wahren Wissenschaft für beendet, und die Kommilitonen gingen in ihren Wohnungstrakt, ein jeder mit gebotenem Abstand zu Pavlo und ein jeder mit der festen Absicht, bei dem Disput kein Wort zu sagen, es sei denn, man erhielte den Auftrag dazu.

Schon während Pavlo den Hörsaal verließ, versuchte er das

Thema seines Antrags zu formulieren, allein er fand keinen Ansatzpunkt. Was sollte ein „Nein!“, wenn es nicht konkret war, bezogen auf ein zu Verneinendes, doch zu wem hatte er sein „Nein!“ gesagt? Zu Uniterr? – Das war unmöglich. – Zur Wahrhaft Wahren Wissenschaft? Diese Frage löste sich sofort selbst auf: Wollte er die Wissenschaft denn nicht als wahr? – Sein Denken glitt ab.

Es war ein heller Maientag, in den Pavlo gleich seinen Kommilitonen hineinschritt, der Himmel über ganz Uniterr blau und von Schwärmen gesprenkelter Vögel durchzogen. Wozu hatte er sein „Nein!“ gesagt? – Pavlo dachte die Frage in dieser Gestalt und entdeckte die Doppeldeutigkeit des Wortes „wozu“: als „zu welchem Objekt?“ wie „zu welchem Ziel?“, und da er nun das Ziel bedachte, wenigstens dort einen Halt zu finden, wußte er auch das Ziel nicht zu sagen, und das Objekt war so fern wie Charles le Fou.

Dieweil sich Pavlo dergestalt in sein Fragen verlor, bekam der Professor vom Dienst die Weisung, sich im Kontrollraum einzufinden, wo – was der Professor insgeheim zwar ersehnt, aber niemals erwartet hatte – die Okulardemonstration weiterlief, und zwar just in einem so spannenden Stadium, daß die Kontrolleure sich nicht abwenden wollten. Da sie keine Fragen stellten und ihr Gast jede Äußerung vermied, war also von Anbeginn Übereinstimmung da, zunächst – anstatt sich Pavlo zu widmen – dem Sprung des Seegrafen zu folgen, mit dem offenbar das Duell begann: Der von Traulec springt, wie vom Schwert unbehindert, mit zwei schnellenden Schritten der Grube zu und haut, sich im Schlag um sich selber drehend, dem Toul nach dem Hals, doch der duckt sich nieder; der Seegraf fährt an der Grube vorbei, und der Knüttel des Toul trifft ihn so an der Ferse, daß er mit dem Schwert zu Boden fällt. Der Toul ihm nach, brauner Blitz aus der Erde; die Wächter werfen sich ihm entgegen und stoßen und treten ihn zu seiner Grube, doch sie verwehren auch dem Seegrafen den Schlag, mit dem er dem wütend sich Sträubenden die Nackenwirbel zertrennen will.

So wenigstens sahen es die Kontrolleure durch ihre Vergrößerungsapparate; der Professor jedoch von der Tür her (er wagte nicht, sich unaufgefordert zu setzen) sah, wenngleich winzig, die Totale, mit dem Himmel und der Ahnung des

Meeres, und so sah er die Bewegung des Volkes, Wellen, die durch das Geschehen liefen, Strömungen, Wirbel, Linien, Kreise, unablässig im Wechsel von Formen und Farben sich ballend und auseinanderlaufend, und diese Sicht faszinierte ihn derart, daß er tatsächlich Pavlo vergaß.
Der indes grübelte immer noch. Wozu hatte er sein „Nein!" gesagt? – Er vergegenwärtigte sich ein x-tes Mal die Worte des Professors vom Dienst, und da es die üblichen Worte waren, entsann er sich auch jedes ihrer Wörter, und eben die waren unangreifbar. So versuchte er die Schau zu erinnern, den Toul und den Seegrafen, den Intendanten und die Dame, das Volk und die Wächter, die Lilien und das Schwert und den Knüttel, doch er dachte all dies, anstatt es zu sehen, er dachte Namen und dachte Begriffe, und wenn er seine Lider schloß, sah er die Zwergin, ihr leeres Auge im glatten, entschwindenden Gesicht. – Er gab es auf: Erst einmal schlafen! Er fühlte sich unsagbar müde; er hoffte nicht einmal auf einen Traum.
Der Professor sah auch nahe der Kampfstatt das Volk sich verschnaufen: um die Weinfässer sich drängend, um Roste mit Würsten und Buden mit Broten, offenbar gibt es Speise und Trank unentgeltlich, und vielleicht ist für das Volk das Duell nur Beigabe zu sorgloser Sättigung. – Der Kegel aus Scharlach beherrscht die Szene; er steht genau über der Mitte des Kampffelds, wo das Duell, einmal in Unordnung geraten, nun auf seltsame Weise stockt: Der Seegraf hat sich, von den Wächtern genötigt, ein paar Schritte zurückgezogen; der Toul in der Grube schüttelt Faust und Knüttel und scheint dabei zum Volk zu reden, das sich vor Lachen schier ausschütten will; auch die Wächter lachen nun mit dem Volk, hüpfend an den Schäften der Hellebarden, und da stemmt sich der Toul wieder halb aus dem Erdloch und schreit etwas zur Tribüne hinüber, auf der daraufhin auch Bewegung zu schaun ist: vor dem Blau des Lilienhimmels eine langsam sich verdichtende Wolke aus Stahl. – Einer der Kontrolleure, ein Spezialist, versuchte die Lippenbewegung des immer maßloser sich gebärdenden Toul ins Akustische umzusetzen, doch da er nicht Frühfranzösisch verstand, entzifferte er nur sinnlose Phoneme.
Die Wolke schiebt sich nun auch vor das Meergrün, und bald ist nur mehr der Scharlach zu sehn.

Der Professor, der einen Tisch mit Vergrößerungsgläsern, die seit seinem Eintreten unbenutzt geblieben, keinen Augenblick außer acht gelassen, überlegte, ob er bitten dürfte, an-diesem Tisch Platz nehmen zu dürfen, und er hatte auch schon die Begründung parat: das wissenschaftliche Interesse im Dienst und zum Wohle Uniterrs. Doch da er eben den Mund auftun wollte, begriff er an einer Bewegtheit der Kontrolleurschar, daß sie zu stören nun höchst untunlich wäre, und so beherrschte er sich und suchte das, was mittels der Linsen sich offenbarte, durch Anspannung des Blicks zu erzwingen, vermutlich ein Vorgang auf der Tribüne, wo nun der Scharlachkegel fehlte. Allein die Kontrolleure sahen nicht auf die Tribüne, sie sahen auf die Wächter am Rand der Grube, der sich ihrer drei aus dem Volke nahten: Ein Mann, zwei Weiber, Wein, Brezeln und Brüste, sie nötigten auch die Wächter zu trinken, und die sträuben sich nicht lange, vielleicht ein Verbrüdern, vielleicht ein Bestechen, vielleicht ein Anschlag auf den Vertreter des Königs. Der Toul redet fort, ein Wächter trinkt, ein zweiter mit ihm, ein dritter greift unter einen Weibsrock, Drängen gegen die Hellebarden; nun wird ein Faß herangekarrt, um das sich das Volk wie ein Lanzenblatt sammelt; Verdichtungen auch an den Flanken des Seegrafen; durch die Menge vom Innenrand schmale Rinnen, die sich wie dunkle Strahlen ausbreiten; tief im Hintergrund zeigen sich Feuer, die Wolke auf der Tribüne wird düster – es sind alles seltsame Zeichen, weitläufig wie die Vogelzugchiffren, die wieder im grauen Gewölb erscheinen, aber auch in Pavlos Traum.

Er hatte auf keinen Traum gehofft, ja insgeheim das Träumen gefürchtet; der Schlaf war rasch und ruhig gekommen, gleichmäßig sich niedersenkendes Dunkel, durch das dann langsam Schleier wehten, die im Maß eines Erblassens der Nacht sich verfinsterten, immer schwärzere Züge entstehender Botschaft, aus der sich plötzlich ein Rabe löste und auf den Träumenden niederstürzte, der aufschreien wollte und es nicht konnte, und Rabe um Rabe stürzte so nieder, und Pavlo schrie stumm, bis der Himmel leer war, und dann sah er, daß der Himmel sich höhlte, eine nach oben gestülpte Grube, in der sich, da sie langsam sich senkte, langsam oben ein Spalt auftat, noch nichts als ein Spalt, und da graute es Pavlo: dies trübe Grau der leeren Höhlung, er wußte, was sich aus dem Spalt schieben würde, und da hörte er endlich seinen Schrei.

In dieser Zeit war es geschehen, daß – da die Kontrolleure mit einem Mal allesamt zischend den Atem einzogen und der Professor, nunmehr entschlossen, die Bitte um den Platz am Tisch doch zu stellen, plötzlich wieder den Scharlachkegel übers Getümmel hin zur Grube erblickte (wo eines der Weiber die Hellebarde dessen ergreift, der ihr unterm Leinen in den Leib dringt) – die Übertragung zum Kontrollraum abgebrochen wurde, diesmal mit förmlicher Ankündigung. Dieser Abbruch brüskierte die Betroffenen derart, daß sie – es waren ihrer vier – ihren Mißmut, ja selbst ihr Überraschtsein vor dem Geladenen nicht zu verbergen suchten. – Sie ließen, was sonst nicht ihre Art war, den Professor, da sie ihn nun unterwiesen, weiterhin bei der Türe stehen; doch der, da er zum zweiten Mal an diesem Tag und in seinem Leben die Stimme eines der Allerhöchsten in intimster Nähe letztinstanzlichen Entscheidens und also sich vollziehender Geschichte gehört, nahm diese Mißachtung in ein höheres Bewußtsein als das eines Abwägens von Umgangsformen: Er, Ohrenzeuge der Notwendigkeit selbst, erkannte in bestürzendem Schauder, daß ja auch *er* Geschichte gemacht hatte und noch weiterhin würde machen dürfen, so daß er im nie so gefühlten Willen, seinem Maß an Verantwortung für Uniterrs Zukunft in Zukunft noch besser gerecht zu werden, den Mißmut der Kontrolleure als eine Art Sühne für sein anfängliches Versagen ansah.

Man habe ihm, begann der Führer der Kontrolleure, sich im Sessel vom Empfangsgerät abwendend, man habe ihm hiermit zu eröffnen, daß der außerplanmäßig beantragte WISDIS keinesfalls abgewürgt werden dürfe, sondern in strengster Ordnung gemäß dem Statut stattfinden werde.

Selbstverständlich, sagte der Professor.

Man habe ihm weiterhin mitzuteilen, daß über den Gesamtverlauf dieses WISDIS ein besonderes Protokoll geführt werde, beginnend mit den Unterlagen, wie sie das Statut verlange: Antrag, Themenstellung, ausführliche Thesen.

Wann er die Unterlagen vorlegen solle?

Man möge da nur nichts überstürzen.

In zwei Tagen? fragte der Professor.

„So spät nun auch wieder nicht!“
Da er, der Professor, zu Pavlo – wohin sonst? – ging, bemühte er sich, das Duell zu Ende zu denken, aber es gelang ihm nicht. Was ihn störte, war die Haltung des Volkes, die keiner Verhaltensnorm entsprach.
Eigentlich, dachte der Professor, unterm Maihimmel wandelnd, der sich strahlend blau über Uniterr wölbte, eigentlich war das Geschaute gar nicht Geschichte, sondern nur ein Bündel Wirrnis, als Häufung von Zufällen des Beachtens unwert, im Grunde genommen wissenschaftlich inexistent und für die Theorie ohne jede Bedeutung: Daß der Erkenntnisgehalt des Geschauten gleich Null war, stand ja wohl unzweifelhaft fest. Doch wenn es nicht Geschichte gewesen, was sie mit Augen gesehen, was war es dann? Einen Augenblick fiel dem Professor ein, es könnte zwei Arten Geschichte geben, eine, die zu Uniterr, und eine, die zu Liboterr führe (wobei er Andorra, den dritten Staat, wie stets außer acht ließ), da entsann er sich auch schon, daß das Gebiet der Seegrafschaft ja heute zu Uniterr gehörte. Also doch Geschichte, wenngleich nicht recht geschehen, und da wußte der Professor auch schon, daß er ja gar nicht urteilen könne, weil ihm der wichtigste Umstand entgangen, nämlich jener, der die Oberste Führung zum Abschalten des Kontrollraums veranlaßt – was mochte das gewesen sein? – Die Hetze des Toul? Die blieb ja unhörbar. – Unsittlichkeiten? Darob war zwar – und richtig! – die Übertragung zur Universität, doch nicht zum Kontrollraum abgebrochen worden; außerdem waren gröbere Unziemlichkeiten als eine Entblößung des Mannsgliedes wohl nicht gut denkbar. – Was aber sonst? Aufruhr? Der Professor stutzte: Wäre das, als Aktion des Volkes, nicht eigentlich positiv zu werten? Abstrakt gewiß; konkret durchaus nicht; und da hörte er wieder dieses Lufteinziehen der Kontrolleure, vier zischende Atemzüge in einem, gierig in einer Lust der Erwartung, darin Lust am Verbotenen sehr wohl mitschwingen konnte –

und es spricht nun für die Erziehung, die der Professor genossen, daß er einer jählings aufgeschoßnen Lust am Erkennen nicht erlag. – Begreifend, daß er zum Abgrund hin trieb, stand er auch schon in der klaren Einsicht der Verwerflichkeit seines Grübelns: Wenn der Oberste Kameradschaftsrat sogar diesen standhaften Wächtern einen historischen Einblick verwehrte, würde er seine Gründe haben, gute Gründe, triftige Gründe, dem Wohle ganz Uniterrs dienende Gründe; mußte man es da nicht doppelt und dreifach begrüßen, vor einem Schaden bewahrt zu werden, den man durch einen Einblick nähme, dessen Wirkung ein Unbefugter gar nicht beurteilen und abschätzen kann? Das gute Glück des Behütetseins, das den Professor nun wieder durchwärmte, was zählte dagegen das Irrlichtflackern flüchtiger Erkenntnislust? Der Professor begriff so tief wie noch nie, daß nicht das Jagen nach subjektiver, sondern das Sich-Einordnen in objektive Erkenntnis dem Wissenschaftler Uniterrs ziemte, daß also das Geschaute nicht in seiner Konkretheit, sondern nur als Lehrmeinung wichtig war, und die lag ja gesichert vor: der Sieg des Toul als Sieg des Volkes. – Dorthin war also der WISDIS zu führen, auf dieses Ziel waren die Thesen zu richten, die bis morgen mittag fertig sein mußten –;

und da fiel dem Professor voll Schrekken ein, daß dieser Termin ja nicht seinen, sondern den Thesen Pavlos galt, von dessen Gedanken er bislang nichts kannte als jenes ungeheuerliche „Nein!".

Abermals verwirrte sich alles, und so dachte vor Pavlos Tür der Professor trotz seiner Erkenntnis an den WISDIS so ratlos, wie, eben aus dem Schlaf gefahren, hinter der Tür Pavlo an ihn dachte: beide ohne jede Ahnung, wie er, dieser WISDIS, ablaufen könnte, doch beide im unentrinnbaren Zwang, auf ihn, diesen WISDIS, zu bestehen, wiewohl beide noch nicht einmal wußten, um welches Thema er eigentlich ging.

Doch als der Professor dann Pavlo erblickte, die Ratlosigkeit dieses offnen Gesichtes, wußte er jählings, was zu tun war; und in der Selbstsicherheit des Professors kam auch Pavlo endlich zu sich.

Er habe, sagte der Professor fast noch in der Tür, dem Kameraden Studenten mitzuteilen, daß sein Antrag vom zuständigen Gremium genehmigt und dort Übereinstimmung erreicht worden sei, den WISDIS möglichst bald, gewissermaßen noch unter dem überwältigenden Eindruck der Okulardemonstration durchzuführen, was – und der Professor staunte nicht einmal über seine Gewandtheit, mit der

er nun die Entscheidung fällte, die aus allen Schwierigkeiten half –, was allerdings, doch hier vollauf gerechtfertigt, außerordentliche Mittel verlange, nämlich das Abstehen von einem förmlichen Antrag samt allen Formalien von Begründung und Thesen, denn man werde den WISDIS schon morgen mittag durchführen, in frischem, ehrlichem Kräftemessen, auf das er, der Professor, sich jetzt schon freue, gebe es doch nichts Erquickenderes als das wahrhaft freie Entfalten wahrhaft wissenschaftlichen Meinungsstreits! Also wacker gestritten, ohne langes Gefackel von Thesen, Referat und Korreferat! Doch damit er, der Professor, ihm, dem Kameraden Studenten, auch mit gleichen Waffen begegnen könne, möge der ihm jetzt offenbaren, worauf sich sein „Nein!" denn bezogen habe.
Pavlo schwieg; und als der Professor, immer noch in der Türe stehend, die völlige Hilflosigkeit Pavlos erfaßte, fuhr er nach kürzester Pause fort: Er gehe wohl in der Annahme recht, daß Pavlo sich mit seinem „Nein!" nicht auf die Wahrhaft Wahre Geschichte, sondern auf seine, des Professors, Bemerkung von der Bedeutung der Schau bezogen habe, nämlich daß – er interpretiere jetzt also den Kameraden Studenten – das Gesehene ob seiner Seltsamkeit wenig geeignet gewesen wäre, die Wahrhaft Wahre Geschichte in ihrem Wesen zu bestätigen, so daß jenes impulsive „Nein!" sich nicht auf die Theorie als solche, sondern auf ein längst vergangnes Phänomen lediglich der Realität bezogen habe: Ob er den Kameraden Studenten so richtig verstehe?
Pavlo, überwältigt dankbar, sein „Nein!" an einem Platz zu finden, den er endlich für den rechten und richtigen ansah, sagte: „Ja!", und der Professor ging, um sofort wieder zurückzukehren und noch einen Vorschlag zu unterbreiten: Da betreffs jenes „Nein!" Übereinstimmung herrsche, scheine es wohl angebracht, wenn er gleich zur Eröffnung des WISDIS diesen Konsensus bekanntgebe; und Pavlo, damit jeglicher Vorbereitungssorge enthoben, sagte abermals sein „Ja!".
Das dritte Ja sagte er dann beim WISDIS, doch vorher erschien ihm noch einmal die Dame, gleich nachdem der Professor gegangen, sie trat aus dem Überschwang seiner Beglückung, wehendes Schimmern von Meergrün und Scharlach, und ihr Atem klärte die stickige Luft. – Ich bin deine

Dame! redete Jeanne Viole, ich bin die Dame deines Duells! Vertraue mir und deinem Mut! – Sie lächelte ihm zu; und unhörbar geblieben, entschwand sie über Pavlo hinweg ins Gemäuer.
Welch ein Tag! Pavlo, was er sonst nie getan, warf alle seine Barschaft zusammen, ging am hellichten Mittag in die Kantine und kaufte sich eine Flasche Wein, und es reichte sogar noch für eine zweite. Daß die Kommilitonen ihn mieden, störte ihn nicht; er hielt es für befangenes Staunen, er staunte ja selbst über all das Unbegreifliche, und es war ihm auch recht, daß er allein saß: Er trank und träumte seine Dame, er sah sie im Meergrün der schlanken Flasche, er sah sie im Scharlach der sinkenden Sonne, er sah sie im Umbrabraun des Abends, er sah sie als Glanz im grauen Gemäuer, und er sagte ihr all seine Argumente, die er morgen ins Feld führen wollte, und sie hörte ihm zu bis in den Schlaf.
Die Nacht verging traumlos.
Am nächsten Mittag dann also der WISDIS.
Pavlo trat strahlend in den Hörsaal, denselben Hörsaal mit denselben Hörern (selbstverständlich vermehrt um einige Gäste) wie am Vortag bei der historischen Schau; mit gleicher Spannung; in gleichem Schweigen.
Das Empfangsgerät war weggeräumt; auf dem Katheder stand der Professor; Pavlo nahm ihm zu Füßen Platz.
Er bitte, sagte der Professor, um Nachsicht, daß in Anbetracht der kurzen Vorbereitungszeit die Thesen noch nicht verteilt werden konnten; und: was für Thesen? dachte Pavlo, doch da gab der Professor schon den Konsensus bekannt, den er mit Pavlo betreffs des „Nein!“ erzielt hatte: daß es sich – selbstverständlich! – nicht auf die Wahrhaft Wahre Geschichte, sondern auf seine, des Professors, Schlußbemerkung von der überwältigenden Bedeutung der historischen Okulardemonstration als glänzendste Bestätigung der Wahrhaft Wahren Geschichte bezogen habe; und der Professor fragte Pavlo, ob er dieser Darstellung zustimmen könne, und Pavlo sagte sein drittes „Ja!“.
Er erhob sich, da er dies sagte, und setzte sich gleich darauf wieder nieder: Er hatte zwar ein gutes Dutzend Begründungen seines „Nein!“ vorrätig, doch er wollte sie nicht im vorschnellen Angriff verschleudern, sondern, im sichren Besitz verharrend, die schwächste Stelle seines Gegners

ausspähen, den tödlichen Stoß dann dorthin zu führen: überlegen; lächelnd; geschmeidig; großmütig. Es war dies alles nicht so sehr eine bewußt gewählte Taktik kalkulierter Argumente als vielmehr eine Huldigung an seine Dame, Tagtraumfiguren seines Denkens, Eingebungen bei ihrem Erscheinen, Improvisationen über den Geist der Geschichte, und so war denn auch sein Sich-Erheben und -Setzen nur eine Gebärde hin zu Jeanne Viole: ein federndes Aufschnellen, ein strahlendes Sich-Zeigen, ein Präsentieren seines Daseins im Glanz begnadeter Kondition, und das Sich-Niederlassen ein lässiger Verzicht auf ein sofortiges Vernichten des Gegners; es gewährte, dieses Sich-Niederlassen, der Schau des Zweikampfs ein Weiterdauern.
So ließ sich denn Pavlo fast sittsam nieder, und er legte, wie es der Vorschrift entsprach, die Oberarme fest an die Rippen und die im Ellbogen rechtwinklig abgebogenen Unterarme entspannt, jedoch nicht lümmelhaft auf das Hörerpult mit dem Lesegerät und dem Zitatfindungscomputer, und er hob mit dem nach Vorschrift zum Professor erhobenen Blick auch alle seine Argumente zu einer letzten Musterung hoch: blitzend geschliffener Stahl des Geistes, gereckt ins Angesicht des Gegners, den niederzustrecken er noch verschmähte, da er ihm die Chance gab, seine Position zu begründen, wiewohl deren Unhaltbarkeit doch vor aller Augen lag. Wenn die Schau etwas demonstrieren konnte, dann den Widerspruch der Theorie der Wahrhaft Wahren Geschichte zu der Realität der Geschichte selbst –

und es sah auch durchaus so aus, als ob der Professor Mühe habe, seine Behauptung zu begründen. Hoch überm Rund der Hörer stehend, das in gierigem Schweigen sich spannte, räusperte er sich einige Male; schnaubte sich umständlich die Nase; setzte wieder zur Rede an: „Kameraden und Kameradinnen Studenten, ich habe –“; und räusperte sich wieder, und hob dabei zwischen Daumen und Zeigefinger eines jener Informationskärtchen hoch, mit denen man vom Katheder aus die Lesegeräte an den Pulten bedient, ein grünbraun schillerndes Siliziumplättchen. Er schob es in die Speisung der Lesemaschine, und den Druck auf den Einschalteknopf noch verzögernd, sagte er, so lässig redend, wie Pavlo in Gedanken zu reden gedachte, er habe hier die Einschätzung vorliegen, die

der Oberste Kameradschaftsrat über die historische Okulardemonstration getroffen: Sie – und da lasen es alle im Hörsaal, und da las es auch Pavlo – sei als glänzendste Bestätigung Wahrhaft Wahrer Geschichtsbetrachtung von schier unermeßlicher Bedeutung: habe sie doch sinnenfällig, unwiderleglich und jedermann faßbar die vergangenen finsteren Zeiten, die in Uniterr endgültig überwunden, als wahrhaft finster und wahrhaft vergangen und somit endgültig überwunden gezeigt.
Der Professor, nach einem Augenblick reinen Schweigens, darin Pavlos Waffen zu Staub zerfielen, sah im Gesicht des also Überwundenen ein fahles, noch nie so geschautes Grau den Glanz des Strahlens unaufhaltsam vernichten, und von einer Art Mitleid übermannt, nicht uneigennützig, aber *auch* Mitleid, ersparte er dem so vollständig Besiegten das Eingeständnis der Niederlage und sagte, nachdem das minutenlange, zum Orkan sich steigernde Trampeln und Klatschen abgeklungen und das Auditorium sich wieder gesetzt, er nehme diese einmütige Zustimmung *aller* hier Versammelten als Antrag und Auftrag, nunmehr den WISDIS durchzuführen, den Wissenschaftlichen Disput über diese unübertreffbar exakte tiefschürfende wegweisende und alle Beflissenen Wahrhaft Wahrer Geschichtsbetrachtung zu noch höherer Leistung beflügelnde Einschätzung, und er verlese nun die Thesen, die einer der beflissensten Kameraden Studenten (er nannte den Namen; erneuter Beifall) spontan für den WISDIS ausgearbeitet; und die Thesen erschienen auf den Leseschirmen; und der WISDIS wurde durchgeführt.

Nach dem WISDIS, spät am Abend, ging, im Gedränge der Kommilitonen von einem Rund von Leere umgeben, Pavlo noch in die Kantine, Kredit für eine Flasche Wein zu erbitten; in der abweisenden Miene des Kameraden diensttuenden Ausschenkers las er die Verweigerung im voraus. Er entschloß sich dennoch, die Bitte zu wagen, er wollte noch einmal die Dame schauen, doch als, da er sich dem Tresen näherte, das Sich-Verengen des leeren Raumes ihm wie ein Schraubstock die Luft abpreßte, blieb er stehn, und nun wurde der Druck unerträglich, und als sich noch ein Murren erhob, entschloß sich Pavlo, nach Hause zu gehen; da sprach ihn ein guter Bekannter an. Es war einer der Filmoperateure; er fragte, ob Pavlo, den historisch Gebildeten, einmal vertraulich sprechen könne, er habe ihn deswegen hier erwartet; und als er sah, wie Pavlo zögerte (der tat dies, um den guten Bekannten zu schonen), lud er (sein Team hatte eine Prämie bekommen) den Freund zu ein paar Flaschen Wein.

In Pavlos Wohnzelle, vor der Reihe der Flaschen, fragte der Filmoperateur dann direkt heraus, ob Pavlo ihm erklären könne, was damals, 1409 zu Traulec, eigentlich geschehen sei: Er habe es zwar, gleich Pavlo, gesehen, er habe es auch im Film festgehalten, aber er verstehe es nicht.

Er auch nicht, erwiderte Pavlo trinkend; und außerdem sei ja die Übertragung zum Auditorium verfrüht abgebrochen worden; ob die Filmleute Weiteres gesehen?

Und nun, um strengste Verschwiegenheit bittend, erzählte der Bekannte mit gedämpfter Stimme, was die Studenten, und dann auch die Kontrolleure, nicht mehr hatten sehen dürfen: Wie, nachdem der Toul in die Grube zurückgezwungen und indes das Volk die mit Wein getränkten und von fleischlichen Reizen verwirrten Wächter wehrlos zu machen begonnen, der Seegraf mit dem Doppelhänder besessen auf seinen Sohn eingehauen hatte, der sich mit splitterndem Knüttel so lange geschützt, bis über die Köpfe der Wächter hinweg eine langleinige Schlinge geflogen und den Seegrafen wie einen Hasen gefangen, worauf das Volk ins Kampffeld gestürmt und den von Traulec in die Grube geschmissen, aus der heraus es den strampelnden Toul auf seine Nacken und Schultern gesetzt, um unter blauen Lilienbannern, die allüberall über dem Volk sich bauschten, an der Tribüne vorbeizuziehn.

„Unterm Banner des Königs: das Volk, das gesiegt hat – verstehst du das?" fragte der Filmoperateur, und Pavlo schüttelte den Kopf: er verstehe gar nichts; und er trank, und er fragte nach der Dame, doch der Filmoperateur zuckte die Schultern: Er habe sie nicht mehr gesehen, allerdings auch nicht auf sie geachtet, da habe es Andres zu schauen gegeben, da sei dem Freund aber Tolles entgangen, da habe es aber Überwindung gekostet, die Kameras noch in Ruhe zu führen! – Und in den Traum des Erinnerns versinkend, zeichnete der Bekannte mit schwingenden Gesten ein

paar Formen in die Luft. – Seliges Lächeln; reines Glück.
„Und dann?“ fragte Pavlo; der Träumer schrak auf: Ja, dann habe es wohl etwas auf der Tribüne gegeben, im Gedränge der Bewaffneten um den Intendanten, aber das habe er selbst nicht gesehen, sein Filmbezirk sei die Grube gewesen, in der – das habe er vergessen zu sagen – ein entmenschter Haufen den Seegrafen zertrampelt; und dann fragte er wieder, ob er, Pavlo, verstehe, daß ein Volk, sichtbarlich nicht unterdrückt, vielmehr lichten Tags in Waffen dahergehend, sich aus diesem Nicht-Unterdrücktsein erhebe, um das Banner des Königs zu entfalten, als ob dies ein Banner der Freiheit wäre: der Student der Geschichte müsse ihm das erklären! Und näherrückend sagte der Bekannte, er habe morgen in der auswertenden Schulung einen Diskussionsbeitrag zu bringen, da müsse der Freund ihm Hilfestellung geben: Wie denn die Wahrhaft Wahre Geschichtswissenschaft diese verrückte Geschichte einschätze?
Pavlo wollte mürrisch abwehren, da schob ihm der Freund eine Flasche zu, und da sagte Pavlo wie nebenbei, es gebe zwar eine gültige Einschätzung, die gültigste, die man nur haben könne, doch die sei, eben darum, streng intern; und als der Freund ihm die zweite Flasche zuschob, teilte, ebenfalls nun die Stimme dämpfend und mit dem deutlichen Gefühl des Unlauteren, Pavlo seinem Freund die Einschätzung mit, die der OK-Rat getroffen; und der Filmoperateur rief erlöst: das sei es! vergangen und finster, das erkläre ja alles! und endgültig überwunden, das treffe!, und dann beeilte er sich zu gehen, und Pavlo blieb allein und trank.
Er trank, daß ihm die Dame erscheine; er suchte ihr Meergrün in der Farbe der Flasche, doch er sah nur das Grün des Kunststoffbehälters um das Kunststoffprodukt W 4, das er widerwillig in sich hineintrank, und im Zwang des Trinkens, am Tisch, schlief er ein. Auch im Schlaf erschien ihm die Dame nicht; es war ein dumpfes, vergiftetes Dämmern, gefolgt von Übelkeit und Ermattung am nächsten Morgen; doch da Pavlo nicht ins historische Seminar ging – er nahm (fälschlich) an, er sei als Gasthörer gestrichen, vielleicht überhaupt schon exmatrikuliert –, trank er, um die Übelkeit niederzuzwingen, gierig den Rest der zweiten Flasche und ging dann am hellichten Tag ins Bett.

In diesem Schlaf erschien ihm die Dame, wenngleich nur einen Augenblick. Er stand in der Grube, sie schritt heran; er sah ihr Meergrün und sah den Scharlach ihrer wippenden Schnabelschuhe in ungeheurer Verheißung nahen und reckte sich, ihr Gesicht zu schauen, doch das lag unerschaubar hoch. So beugte er sich denn demutsvoll zum Saum des Meergrüns über dem Scharlach, da wallte beides auseinander, und die Zwergin stand vor ihm. Pavlo erstarrte vor Entsetzen, er wollte mit der Faust nach der Zwergin stoßen, doch er konnte den Arm nur ganz langsam bewegen, und er wollte schreien: geh weg! geh weg!, doch er brachte nur ein Winseln heraus. Die Zwergin stand breitbeinig da, die nackten Füße nach außen gedreht, und Pavlo sah auf ihre Füße, er fürchtete sich vor dem leeren Auge ohne Lid und ohne Brauen, er sah auf die nackten, gespreizten Füße, und die Zwergin raffte den Rock. Ein grüner Rock, fahltangiges Grün, Pavlo wollte wegsehn und konnte auch dies nicht und sah die Zwergin den Rock hochheben, die nackten Knöchel, die nackten Waden, die nackten Knie, die nackten Schenkel, ein bleiches, wässeriges Fleisch um die Knorpelwülste der Gelenke, und die Zwergin hob den Rock höher und höher und drehte Füße und Knie immer weiter nach außen, und Pavlo, voll gierigen Widerwillens, folgte dem unbegreiflichen Schauspiel, und nun entblößte im haarlosen Schoß die Zwergin das leere Loch der Pupille, ein saugendes Auge, es schwamm auf ihn zu, und da begann es Pavlo zu grauen, und das Auge der Zwergin schwamm in das seine, und von der Berührung wachte er auf. – Brechreiz; Schweiß; Durst; er wankte, sich zu waschen, da sah er entsetzt, daß es heller Tag war, und er schwor, nie mehr im Leben zu trinken, da stieg ihm die Übelkeit aus dem Magen und er sehnte sich nach einem Schluck Schnaps; ihm schwindelte, und er mußte sich setzen und starrte ins Grün der leeren Flaschen und grübelte, wie er sich Geld beschaffe, nur *diese* Übelkeit noch zu besiegen, und da war es halt geschehn.

Der gute Bekannte half noch einmal aus; er dachte an den glänzenden Beitrag, den er dank Pavlos Information in der Auswertungsschulung geliefert hatte, und zeigte sich dankbar, und Pavlo trank. – Keine Dame, aber auch nicht mehr die Zwergin. – Dann borgte Pavlo da und dorten, trank

Schnaps statt Wein und Fusel statt Schnaps, und so von Stufe zu Stufe sinkend, wertete er bald seine philosophischen Kenntnisse aus, geldbringende Dinge zu erfinden. So entdeckte er in der Zusammenschau der logistischen Zeichen für die Im- und Replikation, einem nach rechts und einem nach links weisenden Pfeil, plötzlich das Symbol des Einander-Haltens und erfand, diese Vision ins Mechanische wendend, die seit tausend Jahren vergessene Sicherheitsnadel neu. Er meldete sie mit Erfolg als Patent an; dann, um die Erfahrung reicher geworden, daß der Erlös nicht ihm, sondern der vorgesetzten Dienststelle, dem Kausalitätslabor, zufloß, realisierte er seine Erfindungen fortan allein: er produzierte Einzelstücke und vertrieb sie unter der Hand. Er erfand statt des üblichen eingebauten, auf dem Prinzip der Umwandlung von Wärme in Kälte beruhenden, aber nie funktionierenden Isolators an den Henkeln der Kochgeräte den Topflappen, der allerdings, einmal bekannt geworden, überall skrupellos nachgebaut wurde, woraus Pavlo die Erfahrung gewann, daß Erfindungen, sollten sie Bargeld abwerfen, hinreichend kompliziert zu sein hatten. So erfand er für die Meteorologen ein tragbares Schneeflockensortiergerät; er erfand die Geruchsbrille und eine Haarzählmaschine, er erfand, aber nur für den Eigenbedarf, einen automatischen Traumaufzeichner, der ihm aber wenig nützte, da er nur noch über zwei Träume verfügte: Im ersten fiel er, auf dem täglichen Weg zum Labor, in eine der zahllosen Baugruben und schimpfte, da ihm keiner heraushalf; im zweiten – aber nein, dieser Traum ist zu peinlich, brechen wir ab.

Schließlich, seinem Vorsatz im Hörsaal bei der historischen Okulardemonstration getreu, erfand Pavlo eine Methode, eine – wenngleich meist nur allerwinzigste – Spanne in die Zukunft zu blicken; die Methode beruhte auf der Ausnutzung des Antikausalitätsquotienten, doch das ist eine Geschichte für sich.

Er erfand den Pinsel neu (zum Aufkleben von Tapeten, da die Kunstleimaufpressung niemals klebte), den Salzstreuer, den Teewärmer, den Eierbecher und den Stiefel zum Zuknöpfen (fürs Gehen über Uniterrs Straßen), und er war, das Zuknöpfprinzip weitertreibend, nahe daran, auch den Reißverschluß neu zu erfinden (für die Gefährtin des An-

führers der Hauptstädtischen Kontrolltrupps; er hätte dann auf Lebenszeit ausgesorgt gehabt), doch da war er schon zu sehr vom Fusel zerstört. Seine Freunde, insbesondere der Diplomneutrinologe Jirro, nannten diesen Zustand „verwalt", abgeleitet von dem fabelhaften prähistorischen Meertier Walfisch, dessen Leib, laut Uniterrs Zoologen, fast gänzlich aus Tran bestanden haben soll, und Pavlo nahm diesen Namen an. Er trug ihn lange Zeit in Ehren, allerdings auch mit einer Pause: Da er an der Erfindung des Reißverschlusses arbeitete, gab er, für einige Wochen, das Trinken auf. In den qualvollen Tagen der Entwöhnung entsann er sich seiner alten Liebe, der Geschichte des Mittelalters, und im Genuß sekretierter Schriften schwelgend (die ihm der auf den Reißverschluß wartende Kunde erschloß), hätte Pavlo die Abstinenz vielleicht durchgehalten, wäre ihm nicht über den „Luziferischen Jahresläuften" des Estienne Nouvielles, die er zum ersten Mal als Text statt als Einschätzung eines Textes las, jenes Duell zu Traulec 1409 in die Erinnerung gekommen: der Toul; und der Seegraf; und die ferne Dame; und dazu plötzlich die Offenbarung, daß die Wahrhaft Wahre Geschichte mit ihrer Theorie ja vollständig im Recht war: Der Toul *hatte* gesiegt und der Chronist es verschwiegen; die Geschichte *war* so verlaufen, wie die Wahrhaft Wahre Geschichte es rückwirkend ihr vorgeschrieben hatte.
Und da Pavlo solches erfuhr, überkam ihn Beklommenheit, Schwindel und Stolz; er saß (daß er keine Abschriften mache oder – die Materie behüte! – ein Blatt entwende) auf seinem fernsehüberwachten Sessel einer Sekretzelle des Sekrettrakts der Universitätsbibliothek und erinnerte sich, wie er den WISDIS beantragt, und hörte traumfern sein „Nein!" erschallen, und da rannte er in die Kantine und warf all seine Barschaft zusammen, und da war es halt endgültig geschehn.
Allmählich vergaß er das Duell und die Jeanne Viole. Das Trinken blieb; er brach nicht mehr aus, doch er erfand auch den Reißverschluß nicht mehr. Streng – das heißt im Sinne des Produzierens – genommen, erfand Pavlo überhaupt nichts mehr; er träumte nur noch vom Erfinden und erfand also träumend die wahnsinnigsten Dinge, und träumte nachts seine beiden Träume, sehr oft den einen mit der

Baugrube, und manchmal auch noch den peinlichen, und so wollen wir ihn denn doch erzählen: Pavlo geht am Saum des Meeres und sieht im Schaum eine Qualle treiben, die ihn wie ein lidloses Auge anblickt, und er schaut sich um, ob er allein ist, dann steigt er ins Meer, die Qualle zu fangen, und da er die Hand nach ihr ausstrecken will –

aber

nein; wir brechen doch hier ab.

Bewußtseinserhebung

Als Janno, nach ruhmvollem Mittelschulabschluß, sich um einen Studienplatz für eine der Philosophiedisziplinen an Uniterrs Hochschulen bewarb, wurde ihm als erstes laut Gesetz Nr. 7 ein Termin für eine Prüfung gegeben, deren erfolgreicher Abschluß unerläßlich für jeden Eintritt in die höhere Führung, also auch für eine Immatrikulierung war. Diese Prüfung nicht so sehr der Kenntnisse als der Gesinnung hieß offiziell „Statistische Erhebung über einige ausgewählte Parameter des Bewußtseinsstandes einiger Bevölkerungsgruppen des Wahrhaft Freien Staates Uniterr", abgekürzt einfach „Bewußtseinserhebung", und vulgär „Gedankenlesen", und Janno wusch sich die drei Wochen bis dahin dreimal täglich sorgfältig den Kopf, vor allem die ein wenig tütenförmig gedrehten und in ihrer ausgeprägten Zerklüftung besonders schmutzanfälligen Ohren.

Der Zustand seiner Gesinnung machte ihm keine Sorgen. Im Fach Staatsbewußtseinsertüchtigung stets der Beste, wußte er von seinem Vaterland, daß es das stärkste und mächtigste Land der Welt war, unbesiegbar, unverwundbar, unangreifbar und eben darum in besonderem Maße eines außerordentlichen Militärschutzes bedürftig. Libroterrs Übermacht jederzeit mit einem Verteidigungsangriff entgegenzutreten und es notfalls auch vernichten zu können, was in historisch tief begründeter Weise im wahren Interesse Libroterrs selbst lag, dessen Volk im drückenden Sklavenelend zügelloser Anarchie dahinzusiechen gezwungen war, ganz im Gegensatz zu Uniterr, wo, dank wohltuend unhohem Lebensniveau und ordnungserhaltendem Mangel an jener Unfriedensquelle, die man „persönliche Rechte“ nennt, das Volk in zufriedner Geborgenheit lebte. Das alles wußte Janno gut und genau, denn das alles war die Summe dessen, was ein Bürger Uniterrs wissen muß, um würdig für Uniterrs Höhere Dienste zu sein.

Daß Janno dessen würdig war, zeigte sich nicht zuletzt auch darin, daß er nie auf den Gedanken kam, einen Studenten, der sie hinter sich hatte, nach Details der Bewußtseinserhebung zu fragen. Es war ihm klar, daß hier ein Geheimvorgang vorlag, über den man keine Erkundigung einzog, auch wenn er Millionen betraf. Schmerzhaft würde er wohl nicht sein und besonders strapazierend wohl auch nicht, wenn man ein reines Bewußtsein hatte, und Janno hatte ein reines Bewußtsein. Sein tägliches Kopfwaschen galt dem Äußeren, insbesondere den Ohren. Daß er dennoch immer aufgeregter wurde, je näher der Prüfungstermin herankam, hielt er durch zweieinhalb Wochen nur für natürlich. Dann aber traf ihn ein Ärgernis.

Am dritten Morgen vor der Bewußtseinserhebung, in der Dämmerung des Erinnerns zwischen geistigem und leiblichem Erwachen, wußte er plötzlich im wohligsten Sich-Rekeln, daß er bei der Prüfung versagen werde, und wiewohl er diesem Wissen sofort widersprach, blieb es als ein stumpfer Stachel, bedrückend von der Art Unbehagen, das, je mehr man trachtet, es unterzukriegen, um so beharrlicher zeigt, daß es nur Bote von etwas Kommendem ist, in dessen Ahnen man jetzt schon schaudert; ein höchst fataler Zustand, so wie ein Anflug einer Krankheit, die, mit leisen Belästigungen – Schnupfen, ein wenig Benommensein, ein bißchen Temperatur – anhebend, doch schon wissen läßt, daß diesen harmlosen Symptomen erheblich schlimmere Übel folgen. Einen Schnupfen bekommt man leicht, und jedermann kennt vor seiner Prüfung die Zwangsidee zu versagen; doch etwas andres als eine simple Erkältung ist ein Schnupfen als Verkünder von Grippe, und etwas andres als Lampenfieber ist jene Angst, durch die man fühlt, daß sehr wohl ein Grund besteht, sie zu haben, wenngleich man diesen Grund noch nicht kennt.

Da Janno die Angst gespürt und ahnend gewußt, daß sie eine tiefere Ursache hatte, war ihm eine Melodie in den

Sinn gekommen, einer der schmachtenden Sehnsuchtstangos, die allzeit unausrottbar sind: Schwarz dein Haar deine Lippen so rot. Er hätte diese Melodie als Zeichen genommen, daß sein Selbstermuntern jene Angst überwunden, wäre sie nicht auch ein Zeichen gewesen, daß jene Angst aus Bezirken stammte, wo man sie nicht vermuten kann. Dennoch begann er die Melodie zu summen. Es ist dies die Form des Galgenhumors eines noch nicht verurteilten armen Sünders, der, unwissend, daß er zum Galgen geht, den fernen, flatternden Flug der Raben als schwarze Augenweide schaut, die ihn sowohl ergötzt wie erschreckt. Natürlich geschah Janno dies nicht in der Form von Kalkülen, sondern als Empfinden sonst unbemerkter Empfindung, schon mehr als ein Reflex, doch noch nicht Reflexion. Janno war verdüstert und begann zu trällern, beides durchaus ein Alltagsverhalten, doch da es an seine Selbstsicherheit rührte, empfand er es als lästige Störung des beginnenden Arbeitstags.
Er gedachte daher mit einem Ruck diese mißliche Situation zu beenden, doch da er, diesen Entschluß zu realisieren, mit einem Satz aus dem Bett springen wollte, befiel ihn ein so dumpfes Magendrücken, wie er es nur nach durchzechten Nächten (deren es übrigens nicht mehr als fünf gab) gekannt. Er plumpste wieder aufs Bett zurück, saß eine Weile reglos stöhnend, erhoffte Erfrischung durch kaltes Wasser und fand immerhin jene Ernüchterung, die einem Kraft gibt, sich nicht gehenzulassen. Die Übelkeit blieb zwar fast ungemindert, die Melodie jedoch war aus dem Gedächtnis und die Angst aus den Bezirken darunter geschwunden, und so sah Janno keinen Grund, von seinem Tagesplan abzustehen, der nach dem üblichen Spaziergang ein Wiederholungsstudium in den Werken der Kameraden Klassiker, danach die Zubereitung des Mittagessens und, nach erneuter Klassikerlektüre, zum Abend einen Kinobesuch und möglichst frühe Nachtruhe vorsah.
Janno war kaum aus dem Haus, da begegnete ihm auf dem ovalen, von Wohnhochhäusern umragten Platz ein Professor der Fakultät, an der er sich beworben hatte. Sie wohnten nicht nur im selben Haus, sondern auch in derselben Etage, und so waren sie einander so bekannt, wie Etagennachbarn einander bekannt sind: man weiß Aussehen und Namen,

vielleicht den Beruf, und rümpft die Nase über irgendeine Äußerlichkeit, die man für charakteristisch hält: beim Professor einen faden Geruch nach Fisch, der stets aus seiner Kleidung strömte.

Ob er – wie war doch gleich der Name? – nicht Freitag zur Bewußtseinserhebung bestellt sei? fragte, während Janno noch grüßte, der Professor, übrigens ein berühmter Teleologe, dem Uniterr die Lehre vom Angelegtsein staatlicher Ordnung im Bau der Moleküle verdankte. – Janno stotterte mehrfach „Jawohl!" und „Janno" (seine Kennummer stand ja auf seiner Jacke) und bemühte sich, dabei zu lächeln und, trotz seiner Magenschmerzen, den Professor anzusehn. – Der Professor, so schien es, musterte ihn. Es entging Janno nicht, daß seine Antwort befangen und sein Lächeln frostig wirken mußten; die Übelkeit, an der frischen Luft abgeklungen, kehrte in alter Stärke zurück. Der Professor räusperte sich. Merkte er, daß der Bestellte die Prüfung fürchtete? Der wünschte über alle Maßen, dem Professor so frei gegenüberzutreten, wie es seinem reinen Bewußtsein entsprach, doch die Magenschmerzen krümmten ihn. Auf dem groben Beton standen schmutzige Pfützen; in einer schwamm ein totes Insekt, grau im gespiegelten grauen Beton, in dem nun auch Jannos Gesicht erschien.

Der Professor tippte ihm auf die Schulter; Fischgeruch; Janno wurde davon noch übler. Plötzlich dachte er, daß Philosophie so rieche, doch dieser Gedanke, oder besser: die Tatsache, einen solchen Gedanken denken zu können, entsetzte ihn nicht; er nahm beides hin wie sein Magendrükken, im Gefühl vollkommener Hilflosigkeit, und plötzlich kam ihn die wahnsinnige Vorstellung an, daß sein Gehirn ein Eigenleben habe, ein Tier, in seinem Schädel hockend, mit eigenem Atem, eigenem Wollen, alle Gehirne dieser Stadt, dieses Landes, eingeschlossen in knöcherne Mauern, unergründbar, böse, unersättlich. – Ein schwarzer Blitz. – Der Professor nahm die Hand von Jannos Schulter –: ahnte er, was der Prüfling da dachte? Der preßte das Zwerchfell gegen den Magen und zwang den Kopf im Nacken hoch, und da er nun in des Professors Gesicht sah, sah er jählings unterm Schädel das Gehirn des Professors, das heißt, er dachte, daß er es sehe, und daß es ein Fisch sei, und nun wand er sich in Peinlichkeit.

„Ach, nur keine Angst", sagte der Professor, „wenn man nichts zu fürchten hat, hat man nichts zu fürchten." – Warum sagt der das? durchschoß es Janno. – Er – wie war doch gleich der Name, Janno, ja? –, also er, Janno, habe doch nichts zu fürchten? – Warum fragte er das? „Jawohl!" sagte Janno, und nun war es der Professor, der lächelte, ja sogar lachte.

Janno sah wieder in die Pfütze, sein Gesicht war so trostlos wie rings der Beton. – Fischgeruch; Lachen; graue Wände. – Der künftige Studiosus, erklärte der Professor, könne ja wirklich noch nicht wissen, daß sein „Jawohl!" doppeldeutig sei, je nachdem, worauf man es beziehe, auf den Term „fürchten" oder den Term „nicht"; man könne seiner Antwort also durchaus entnehmen, er habe sehr wohl etwas zu fürchten! – Janno sah, daß auch der Himmel Beton war. – Ja, ja, die Bejahung, sagte der Professor, schallend lachend, die Bejahung habe ihre Tücken, sie müsse als erstes gemeistert werden, das werde die Logik den Studiosus schon lehren, vorausgesetzt natürlich, daß es Freitag klappe, aber daran sei ja nicht zu zweifeln! – Er ging dem Haus zu, und Janno blieb stehen; der Professor war in die Pfütze getreten, und das tote Insekt schwappte auf den Beton. – Jannos Übelkeit wurde unerträglich. Er sehnte sich nach einem Schnaps, allein als Uniterrs braver Jungbürger hatte er keinen Vorrat an Spirituosen zu Hause, und so früh wurde kein Alkohol ausgeschenkt.

Es war der Morgen, volle Zeit der Arbeit; Janno stand allein auf dem Boden der Schlucht zwischen den ragenden grauen Klötzen, und es war ihm, als stehe er zum ersten Mal so, verloren in der unendlichen Enge; und plötzlich, und das Lächerliche dieses Treibens wohl spürend, doch aus einem unbegreiflichen Zwang, bückte, wieder gewürgt, er sich trotz seiner Schmerzen, das Insekt vom Beton aufzuheben, doch da er es eben berühren wollte, kam ihm der bestürzende Gedanke, daß jemand, gar der Professor, ihn beobachten könne, und so tat Janno, als richte er seine Schuhe. Er zerrte an ihrem Verschluß herum und spähte dabei verstohlen zum Tor, hinter dem der Professor verschwunden; die Drehwand, grau im Grau, war geschlossen; es war lächerlich, sie anzustarren, ihr Material, wie auch das der Fensterscheiben, gestattete ja nur Blicke von innen nach au-

ßen, und ein Gerät gegenläufigen Durchblicks war als unmoralisch streng verboten, das besaßen nur die Kameraden Volksschützer, und wahrscheinlich auch nur besondere Ränge. – Ob sie auch ein Gerät hatten, eine feste Wand zu durchschauen? – Gewiß; und Janno dachte sofort: Warum nicht? Wer nichts zu verbergen hat, hat auch nichts zu verbergen! – Das Insekt lag am Pfützenrand, ein grauer Strich, kaum merkbar gekerbt, und schräg abgespreizt sechs hauchdünne Strichlein; wer es nicht in der Pfütze hatte schwimmen sehen, könnte es hier auf dem Trocknen gar nicht entdecken. – Warum hatte er sich nach ihm gebückt? Es lohnte nicht, es aufzuheben; es gab zwar im Betonbiotop wenig mehr als zwei Dutzend Insektenarten, darunter mehr als ein Dutzend im Aussterben begriffne, doch diese Art war durchaus gewöhnlich. Wie lange wollte er noch so hokken? Was hatte er hier überhaupt gewollt?
Ach ja, ein Morgenspaziergang.
Ach ja, ein Schnaps.
Da Janno, noch immer mit Schmerzen, sich mühselig aufrichtete, dachte er an das nahe Restaurant, in dem er fast Stammgastrechte besaß: vielleicht ließ ein Kellner mit sich reden; und kaum daß dieser Gedanke gedacht war, verringerte sich auch die Übelkeit, und zwar in so erfreulicher Weise, daß Janno das Restaurant nicht mehr brauchte. Er konnte sich wieder etwas straffen; auch kam ihm die Melodie in den Sinn, die er schon beim Aufstehn geträllert, und so ging er, ohne auf das Insekt noch zu achten, fast entspannt seine Runde vor den Fassaden, betrat sein Haus und konnte nicht widerstehen, einen Blick durch die Tür auf den Platz zu werfen. Er lag leer; und Janno stellte sich vor, daß da, mitten zur Arbeitszeit, einer am Boden hocke und ein totes Insekt betrachte, und er wandte sich hastig ab. – Auch der Hausflur war leer. Janno stieg, da der Aufwärtstransporter noch immer gestört war, ohne Murren die kurze Strecke zu seiner, der zweiundzwanzigsten Etage hinan; öffnete, wobei er automatisch den Anwesenheitsmeldemechanismus bediente, die ihm als außerordentliche Anerkennung seines Lerneifers zugesprochene Zelle (sonst wohnten Schüler in Sammelräumen), setzte sich ans Arbeitsbrett unter der hochgeklappten Pritsche, knipste sein Lesegerät (Nr. 4) an, das ihm eine völlig freie Auswahl unter allen

Texten des Lehrstoffs erlaubte, und gab sich ganz dem Studium hin.
Der Vormittag verging wie im Flug, und als auch der Mittag tätig so hingegangen, beschloß Janno in dem Erfolgsgefühl, sieben wichtige Paragraphen Staatsbürgerlehre kongruent in den Worten der Klassiker zu wissen, sich, anstatt seine Mittagskonserve zu wärmen, und zumal da er noch drei Verzehrbons besaß, einen Imbiß im Restaurant zu gönnen, und so machte er sich dorthin auf den Weg. Er gab, um die Wohnzellentür öffnen zu können, Aufenthaltsort und Abwesenheitsdauer in den Abmeldemechanismus ein, stieg die zweiundzwanzig Treppen wieder hinunter und dachte, als er aus dem Haus trat, daß der Professor, dem er morgens begegnet, möglicherweise die Bewußtseinserhebung vornehmen könnte, und er dachte sofort hinterher, und eigentlich noch im ersten Gedanken, daß man sich auch an Fischgeruch gewöhne, ja daß der in Wahrheit gar nicht so arg sei.
Da Janno das Restaurant betrat, hörte er wieder die Melodie, zugleich fiel sein Blick auf den Musikautomaten, dessen Fünfnummernrepertoire gerade ein Gast bewegte, und plötzlich überkam Janno das Gefühl, genau dieselbe Situation schon früher einmal erlebt zu haben: dieses Lokal; dieser Automat; dieser Gast; er selbst. – Janno hatte dies hundertmal gesehen, und doch spürte er diesmal im Gleichen ein Andres, das ihn tief beunruhigte. Kaum daß er am zugewiesenen Platz saß, fühlte er wieder die Übelkeit; nun hätte er einen Schnaps trinken können, aber jetzt fürchtete er sich davor. – Schwarz dein Haar deine Lippen so rot –: Es waren die angenehmsten Erinnerungen, die diese Worte wecken mußten, das erste Schmachten, die erste Erhörung, aber dennoch wankte Janno hinaus, mürb im verläßlich gewußten Ahnen, daß er bald die Ursache seiner Ängste erkennen und diese Erkenntnis ihn vernichten werde.
Und da überkam ihn ein Bedürfnis zu schreien.
Frische Luft; die Straßen belebter; die Rollbahnen wurden eingeschaltet; Verkehrslampen leuchteten durch die Schluchten; die Volksschützer mit ihren Fanggeräten, und Janno tauchte in die Menge, die den Ämtern und Betrieben entquoll. Allmählich kam er wieder zu sich, und der Abend verging ohne Mitteilenswertes. Janno aß, und gleich für

zwei Verzehrbons, also zweitausend Brennstoffeinheiten, in irgendeinem Restaurant, trank dort auch einen Schnaps, ging in ein Kino, duschte, schlief leidlich, erwachte ohne böse Vorahnung und ohne einen Traum zu erinnern und begann, auf den Morgenspaziergang verzichtend, sofort das geliebte Studium.

Diesmal jedoch kam er mühsam voran, und bald trat er auf der Stelle. Es fiel ihm immer schwerer, sich zu konzentrieren; wo er hätte Lehrsätze memorieren sollen, erinnerte er Melodien, und zwar so hartnäckig nicht jene verstörende, daß er bemerken mußte (und auch bemerkte), wie er sie unbewußt umkreiste. – Es war ein Abnutzungskampf gegen sich selbst: Janno fühlte im Mühen des Sich-Konzentrierens, daß er mehr von bereits Gelerntem abbaute, als daß er dem Gedächtnis half. Was wirkte da gegen seinen Willen, was dachte da gegen sein Denken an? Ob es bei den Kameraden Klassikern etwas über diese Erscheinung gab? Aber er kannte doch, was sie darüber geschrieben, das war völlig klar und auch ganz einfach: Der Mensch war ein denkendes Wesen, und sein Denken entweder falsch oder richtig; war es richtig, war alles in Ordnung, und war es falsch, war es durch Schulung so lang korrigierbar, solange nicht die Bösartigkeit eines bewußten Willens zum Falschen oder die psychische Anomalie starrsinniger Unbelehrbarkeit vorlag –: der erste Fall gehörte in die Kompetenz der Justiz, im zweiten Fall war es Irresein und gehörte in die Psychiatrie. Dies alles hatte er doch gelernt; was focht ihn an, daran zu zweifeln? – Aber er zweifelte ja nicht; er fragte ja nur. – Aber war dies Fragen nicht schon ein Zweifeln? Wenn etwas klar ist, fragt man doch nicht. – Janno fühlte sich in zwei Jannos gespalten, von denen nur einer der rechte sein konnte, allein welcher war *er* nun, Janno, selbst? War er der rechte, oder war er der falsche? Aber es konnte doch nur *ein* Denken geben, das Denken war ans Hirn gebunden, und Janno hatte doch keine zwei Hirne, da er doch keine zwei Köpfe trug. – Aber vielleicht war unter dem einen Schädel sein Hirn in zwei Hirne geteilt? – Nun griff Janno sich tatsächlich an den Kopf, abtastend, mit gespreizten Fingern, und da endlich rief er sich zur Ordnung. Welch ein Unsinn, den er da aus sich herausspann, er war einfach nicht ausgeschlafen, das waren ja alles Hirngespinste. Reste eines wirren Traumes, Nachwirkungen des ungewohnten Schnapses! Schluß damit, und gearbeitet!

Janno duschte eiskalt und harrte aus, bis ihm die Dusche aus der klammen Hand fiel, und begann dabei nüchtern zu rekonstruieren, was eigentlich geschehen war. – Genau besehen war es lächerlich: Ihm war gestern der dumme Gedanke gekommen, daß er bei der Prüfung versagen werde, das hatte ihn so aufgeregt, daß er deshalb Magenschmerzen bekommen – ja, das war's, und dann war ihm noch eine Melodie eingefallen, die er einfach nicht mehr abschütteln konnte (übrigens: jetzt war sie verschwunden!), und dies beides, Magenschmerzen und Singsang, hatte ihn vom Studium abgelenkt. Das war alles, und war nichts als Aufgeregtheit, und die überwand man am besten durch Ruhe und Fleiß. – Alles in Ordnung, alles klar.

Er setzte sich wieder ans Arbeitsbrett: Schwarz dein Haar deine Lippen so rot! Die Melodie schwoll jählings herauf, um Janno im Nu völlig zu beherrschen. Er war nun gänzlich außerstande, auch nur einen der Sätze aufzunehmen, die sich ihm auf dem Leseschirm darboten, Sätze über das Verhältnis von falsch und richtig, wichtige Sätze, richtige Sätze, die er gestern noch im Schlaf hätte hersagen können und die er jetzt, Buchstaben um Buchstaben, wie fremde Fabelwesen anstarrte, und plötzlich dachte Janno entgeistert, daß er beim Gedankenlesen nichts als diesen Refrain würde hervorbringen können: Schwarz dein Haar deine Lippen so rot. – O Materie, das Gedankenlesen war doch schon morgen! – Soso, also nur Schlager haben Sie im Kopf? – War morgen denn schon Freitag? Dann mußte heute ja Donnerstag sein. – Und so etwas will in den Höheren Dienst! – War heute Donnerstag? Dann war morgen ja Freitag! – Ja, morgen mußte Freitag sein, denn das Gedankenlesen war ja schon morgen! – Rot dein Haar deine Lippen so schwarz – Jannos Denken lief im Kreise, und so fiel es ihm nicht auf, daß er statt „Bewußtseinserhebung" den verleumderischen (und zudem auch obszönen) Ausdruck „Gedankenlesen" verwendet hatte, ein Wort aus dem Vokabular von Agenten, das er, der künftige Staatsamtsträger, sich entrüstet bei jedem Gesprächspartner verbeten.

Es konnte nicht mehr so weitergehen.

Janno knipste das Lesegerät aus, saß eine Weile dumpf un-

ter der Pritsche, fühlte den Druck im Magen wachsen, und da kam es ihm in den Sinn, es wäre eigentlich doch nur natürlich, jemand, der bereits ein Gedank-, also eine Bewußtseinserhebung hinter sich gebracht hatte, irgendeinen der Kameraden Studenten, um nähere Unterrichtung zu bitten. Aber wen? Zwar wohnten im Hochhaus viele Studenten, es war ja hauptsächlich für die Universität errichtet, doch Janno kannte keinen so gut, daß er ihn solch Vertrauliches hätte fragen wollen.
Und wenn er den Professor fragte?
Natürlich, das war es, den Professor! Janno fand diesen Gedanken durchaus nicht mehr abwegig. Warum denn nicht den Kameraden Professor? Hatte der ihm nicht sein Wohlwollen bewiesen, da er sich nach dem Termin der Prüfung erkundigt, ja hatte er sich durch diese Frage nicht eigentlich als eine Art Mentor empfohlen; hatte er nicht geradezu darauf gewartet, daß der Prüfling sich ihm anvertraue? Nur so war sein hartnäckiges Fragen erklärbar, in diesem Angebot lag der Sinn! Und da war der Janno schon aus seiner Wohnung; und da war der Janno schon an der Tür des Professors, doch da er eben läuten wollte, besann er sich, daß zur Bewußtseinserhebung ja auch ein Test gehören könne, ob er mit der Ruhe reinen Bewußtseins dem Kommenden entgegensah. Er drückte also nicht auf die Klingel, da fiel ihm ein, daß er beim Verlassen seiner Wohnung als nächsten Aufenthaltsort die Wohnung des Professors eingegeben hatte. Zwar waren all diese Routineeingaben in ihrer Fülle gewißlich nicht kontrollierbar, doch vielleicht würde gerade diese überprüft, eine Stichprobe, es konnte ja sein. – Natürlich würde sie überprüft; er stand vor dem Eintritt in den Höheren Dienst, da schaut man sich die Bewerber doch an! – Janno kam ein ruchloser Gedanke: Er könnte sagen, er habe geläutet und der Professor nicht aufgemacht. – Doch wenn der Professor auf dies Läuten gewartet? – Schwarz dein Haar deine Lippen so rot: die Melodie war wieder da. Und plötzlich hörte Janno, daß es hinter der Tür des Professors sich regte; er floh in den Korridor; zu spät.
Der Fischgeruch trat aus der Tür.
Nanu, sieh an, sagte der Professor, welch ein Zufall, daß er den Studiosus in spe – wie war doch gleich der Name? Janno, ja? – hier treffe, ob er zu ihm unterwegs gewesen?

Nein, stotterte Janno, das heiße: ja –

und ob er vielleicht eine Erläuterung seiner, des Professors, gestriger Bemerkung wünsche, etwa zur Bedeutung der Termes „Term“ oder zur Antinomie der Bejahung? – „Jawohl!“ sagte Janno und erschrak: War auch dieses „Jawohl!“ wieder doppeldeutig? – Offenbar nicht; denn: oder, so fuhr der Professor fort, oder habe der Kamerad Immatrikulationskandidat etwa Fragen zur morgigen Bewußtseinserhebung?, und Janno sofort: Nein, die habe er nicht! – Sah der Professor durch ihn hindurch? – Der sagte: es gebe auch gar keinen Grund dafür; die Bewußtseinserhebung diene ja ausschließlich statistischen Zwecken; und er musterte Janno; und er roch nach Fisch.
Plötzlich sah Janno das tote Insekt.
Sie stiegen zusammen die Treppen hinunter; der Professor erklärte, was ein Term sei; Janno verstand kein Wort. Ob er ihn verstanden habe, fragte der Professor, und Janno sagte sein „Jawohl!“.
Vor ihnen der Platz, leer am Vormittag; Janno wußte nicht, wo der Professor hinging; was wußte der Professor von ihm? – Wohin Janno jetzt wolle? fragte der Professor. – Der stotterte etwas von „Morgenspaziergang“ und „Wiederholungsstudium“; es gelang ihm sogar, dabei zu lächeln, und der Professor nickte: „Also noch einmal: viel Glück!“ – Er ging gradaus und ließ Janno stehen.
Pfützen auf dem Beton, da standen immer Pfützen, es nieselte ja fast alle Tage, und wenn es einmal trocken blieb, schwappte ein Reinigungswagen sein schmutziges Wasser. – Janno sah den Platz an, den er tausende Male, und den er so noch nie gesehen: die grauen Klötze der Wohnhochhäuser, in gleicher Höhe, in gleicher Breite, mit gleichen Fenstern in gleicher Größe und gleicher Gestalt und gleicher Reihung, und gleichen Türen und gleichen Simsen und gleichen Nischen unter den gleichen Arkaden; und der Platz aus grauem Beton gegossen; und aus Beton die vier Sauerstoffsprüher in der Kümmergestalt eines Baumes: ein Stamm, sechs Rohre als Äste, daran die Früchte der Düsen; und irgendwo das tote Insekt. – Der Professor verschwand in der Untergrundbahn. Janno sah ihm nach, wie man einer Spukgestalt nachsieht: Ob der, wenn er die Wohnung ver-

ließ, auch eingeben mußte, wohin er sich begebe? – Dumme Frage; selbstverständlich, er war ja ein Bürger Uniterrs! – Dumpfes Getöse tief unterm Beton: ob der Professor zur Universität fuhr? – Dumme Frage; wohin denn sonst! – Und da plötzlich sah Janno diesen Platz als eine riesige graue Falle: nur hochgebaut, daß er niederstürze und in seinem Einsturz jemanden erschlage: dieser Beton, dieses Gleichmaß, dieser Wunsch zu morden; und da plötzlich war Janno wieder er selbst.

Wie es ihm geschah, wird man nie rekonstruieren; jedenfalls geschah es ihm. Vielleicht war es die Festigkeit des Betons, diese Demonstration sicherer Insichgefügtheit, deren Anblick seine Verwirrung beendete; vielleicht zeitigte sein ernstes Wollen, sich auf die Prüfung zu konzentrieren, nun doch, und noch nicht zu spät, den ersehnten Erfolg; vielleicht war es des Professors gütige Ruhe; vielleicht auch dies alles zusammen: jedenfalls war Janno wieder er selbst. Keine Verstörung, keine Angst, keine Magenschmerzen, auch keine Bedrängnis durch einen idiotischen Schlager; und da war alles auch wieder ganz selbstverständlich: Daß ein Hochhaus wie das andere und jedes Beton war, daß auf dem Betonboden Pfützen standen, daß in den Pfützen Totes schwamm, und da war Janno auch wieder Herr seiner Zeit: Er würde in das Restaurant gehn, aus dem er gestern geflohen, und würde sich der Erinnerung stellen, mit reinem Bewußtsein reinen Gewissens; es gab nichts, was er zu fürchten hätte, und also fürchtete er auch nichts.

Wenige Minuten später betrat Janno das Restaurant.

Zur Vormittagszeit fand er unschwer Platz. Er bestellte den üblichen Tee, für den man keine Verzehrbons brauchte, bekam, als Stammgast, ein zusätzliches Stück Zucker, trank einen Schluck und ging zum Musikautomaten. Ein kubischer Kasten, betongrauer Anstrich, ein Münzschlitz, fünf beschriftete Tasten, also die: SCHWARZ DEIN HAAR. Janno tat die Münze leid, er wollte ja nicht Musik genießen, und daß man für Erkennen bezahlt, war er nicht gewohnt. Allein was half's. – Er betätigte den Automaten; der Kellner nickte zufrieden; ein Gast sagte: „Gut!“ – Schwarz dein Haar deine Lippen so rot –: nichts; Janno hörte einen läppischen Text zu einer läppischen Melodie; kein Zeichen von Erinnerung, nur das, was Janno sowieso schon wußte, also

keine Erinnerung war: Daß, als er auf die Mittelschule gekommen, er hier mit seinen Eltern gesessen, die bestätigte Aufnahme zu feiern, daß es Fleischspeise Kategorie III und hinterher die Schokoladenspeise gegeben, daß eine Flasche Weingetränk auf dem Tisch gestanden, der Musikautomat ununterbrochen in Gang gewesen und daß man dann leider allzurasch aufgebrochen; warum eigentlich? Ach ja, weil der Vater es so gewollt. – Sonst nichts? – Sonst nichts. – Janno trank aus, zahlte, ging in seine Wohnung zurück, studierte, wärmte seine Mittagskonserve (der letzte Verzehrbon würde für morgen gespart), wusch sich, überprüfte das Studierte, aß Abendbrot, und als es dunkel zu werden begann, machte er sich einen Plan für morgen.
Also der Freitag – was würde geschehen? Höchstwahrscheinlich, nein, bestimmt würde man ihm irgendwelche Elektrokabel an Schläfen, Stirn und Hinterkopf leg-; nein, nein, anfangen, wo es anfängt! Systematisch bitte: Was genau würde geschehen?
Er würde also das Universitätsgebäude betreten, beim Pförtner nach Nennung seines Namens und Überprüfung seiner Kennummer die Bestellungskarte ausgehändigt bekommen, ins zugewiesene Zimmer gehn oder fahren, und – aber halt, nicht so schnell, hier lag schon ein Problem: Wie sollte man sich während dieser Zeit geistig verhalten? Etwas denken oder nichts denken? Natürlich etwas denken; und was? Daß die Bewußtseinserhebung richtig ist, und daß man volles Vertrauen hat: eben das war's! Mit diesem Gedanken würde er schon den Tag beginnen, er würde ihn denken, wenn er aus dem Bett sprang, und er würde ihn immer wieder denken, bis er vor dem Pförtner stand.
Dann würde er also das Zimmer betreten, nach Aufruf natürlich, bescheiden grüßen, unter der Tür stehen bleiben (oder gab es da welche, die warteten? egal, dann würde er also unter den Wartenden sitzen, bis man ihn aufrufen würde), dann würde man ihn Platz nehmen heißen, ihm irgendwelche Elektrokontakte an Schläfen, Stirne und Hinterkopf legen, vielleicht auch Einstiche in die Hirnrinde machen, sicher ganz schmerzlos, wahrscheinlich gar nicht zu spüren, und er würde, was immer geschehe, denken, daß dies zu seinem Wohl geschehe, weil es zu Uniterrs Wohl geschehe, und daß er volles Vertrauen habe, und daß nur

Uniterr solche Triumphe der Wissenschaft ermöglichen könne; und einmal da angelangt, bei Uniterrs Sendung, hätte er genügend Auswahl an Zitaten der Kameraden Klassiker, diese Erkenntnis zu vertiefen, historisch zu begründen, aktuell auszulegen und abzuwandeln, das mußte sich wirklich unschwer ergeben. – Und auf gar keinen Fall vergessen, etwas gegen Libroterr zu denken, etwa daß diese verrottete Gesellschaft ganz unfähig sei, solche wissenschaftlichen Großtaten zu vollbringen, da sie, mit ausgeklügelter technischer Perfektion, Vorgänge wie Bewußtseinserhebungen, die in Uniterr dem Volkswohl dienten, am laufenden Band zur Praktizierung von schamloser Unmenschlichkeit, etwa Herumschnüffeln in den Gedanken des Volkes, mißbrauche. – Oh, das war ein guter Gedanke, den durfte er keinesfalls vergessen! Noch einmal diese Formulierung, und noch einmal, und noch einmal; das saß fest! – Das genügte denn wohl. – Aber um der Materie willen auf gar keinen Fall denken, daß er richtig denke und daß er für die Prüfung denke; es mußte alles ganz zwanglos wirken; und es war ja auch wirklich kein Zwang dabei; er tat all dies völlig aus freiem Willen.

Weiter: Wenn man ihn etwas fragte, würde er knapp und klar antworten, nicht unhöflich natürlich, nicht kurz angebunden, aber auch nicht weitschweifig überheblich oder beflissen all sein Wissen auskramend, das war sowieso nicht seine Art! Sollte ihn bei der Prozedur etwas schmerzen, würde er „aua!" sagen, ganz ehrlich und aufrichtig, nur nicht heucheln, nur nicht sich in Widersprüche verwickeln. Und wenn etwa diese Melodie wiederkehrte, wie hieß dieser blöde Text? Schwarz dein Haar…? – Aber das wäre ja auch nicht so schlimm; die Jugend Uniterrs ist im Glück ihres Behütetseins fröhlich und liebt das Leben, welches zu leben eine Lust ist, warum sollte er das nicht zeigen –; nein, das war falsch, es müßte heißen: warum sollte sich das nicht äußern?! – Was: „das"? – Na, die Fröhlichkeit des Glücks selbstverständlich, Bürger Uniterrs zu sein! – Natürlich: so kam er auf Uniterrs Sendung zurück, das war der Polarstern für sein Denken, und wenn er dessen stets eingedenk blieb, konnte einfach nichts Schlimmes geschehen.

Und außerdem diente die Bewußtseinserhebung ja ausschließlich statistischen Zwecken.

Alles klar?
Alles klar. – Die Nacht wurde groß.
Janno beschloß, noch spazierenzugehen.
Er gab in den Abmeldemechanismus die Codezahl „Erholungsspaziergang in der Wohnumgebung“ (CC_4) ein, voraussichtliche Zeitdauer „T/a_2“ (eine Stunde); die Tür auf; die Treppen hinunter; er trat aus dem Haus.
Stern und Mond über Uniterrs Hauptstadt.
Der Platz lag tief im milchigen Licht, das schwer aus dem Weltraum niedersank und spannenhoch und kaum merklich fallend über dem Beton dahinfloß. Es war Vollmond, man hörte dumpf die Exhaustoren, die allmonatlich zur hellsten Nacht den Dunst der Stadt in die Erdtiefe saugten: ein gewaltiges unterirdisches Rauschen, langsames Mahlen des riesigen Pumpwerks, das dort drunten mit den Gasen des Tages rang. Janno vernahm es zum ersten Mal. Das Saugwerk war soeben in Gang gekommen und zog durch Millionen Poren im Beton den Abend zu sich hinab; man sah seine schmutzschwarze Trübe versickern, das Licht der Nacht wallte hinter ihr nieder, und in der blauen Leere des Weltalls, die immer dunkler den Himmel erfüllte, traten nach dem Abendstern nun auch die andern Gestirne hervor. Janno kannte keines außer dem Polarstern; er schaute, wie sie aus dem Gewölbe traten, über der Mulde am Grund der Stadt, darin er stand und zu ihnen emporsah; drunten die Pumpen rauschten und rauschten, und einen Augenblick lang war Janno zumute, als geschähe dies alles nur für ihn. Da, wo er stand, war das Herz des Weltraums, und wie die Sterne sich offenbarten, war es, als träte ihr weitgereistes Licht erst in Jannos Auge ins Ziel.
Da aber brachen auch schon, mit einem Kraftpotential, das der Bevölkerung von Uniterrs Hauptstadt für eine Stunde den Strom entzog, den nichts als strahlenen Strahlen der Sterne die sinnbeladenen Laserstrahlen des fortgeschrittensten Teiles der Erde entgegen: magistralenweite, in hochhaushohen Symbolen violett glühende Botschaften an denkende Wesen ferner Welten, und dem Janno wurde nun auch der Geist weit: Er dachte an sie, die da droben in unermeßlicher Ferne durch die Kälte des Weltraums rasten: was sie wohl empfinden mochten, wenn sie diese Botschaft empfingen, Zeichen in einer Zeichensprache, deren All-Er-

schließbarkeit Uniterrs Logiker garantierten. – Ob sie wohl auch wie Menschen aussahen, schwarze Haare, roter Mund? Man war ja gewohnt, sie in Maschinengestalt zu denken, Roboterrümpfe, Antennenorgane, doch nun sah sie Janno als seinesgleichen: schön wie die Menschen seines Planeten und frei wie die Bürger Uniterrs.
Hinter dem Platz violettes Flirren, darunter das Rauschen, darüber das All, Kuppel über dem gelben Mond. – Der Rest des Tages war abgesaugt; klar floß das Nachtlicht um die Häuser; die Pfützen spiegelten die Sterne, und Janno mußte plötzlich husten: mit dem Dunst war auch die Wärme entschwunden, im Licht des Alls dessen Hauch Kälte gekommen; kein Wunder, daß Janno längst wieder allein stand. Die Wohnhäuser in tiefem Dunkel; die Exhaustoren verstummten; das Schweigen der Nacht. – Janno versuchte auszuharren, solange die Laser den Weltraum durchschossen, doch die Kälte stach in seine Lungen, und so ging er vor der Zeit ins Haus. – Zweiundzwanzig Treppen; der Aufwärtstransporter, zwar am Tag repariert, war infolge der Stromsperre steckengeblieben; zweiundzwanzig Treppen, das machte wieder warm.
Es war Janno, als steige er zu den Sternen.
In seiner Wohnzelle trat Janno ans Fenster; er wußte, daß er aus dieser Luke nur ein Teilstück eines der Zeichen erblickte (hier konkret: ein Mittelstück des linken Schrägstrichs eines nach oben weisenden Pfeiles), die Uniterrs Sendung ins Weltall sandten; und so sah er denn hinterm mondgelben Beton nichts als ein abgeschrägtes violettes Glühen, doch diesmal sah er es in seiner ganzen, wahrhaft weltraumerfüllenden Bedeutung, und je gewaltiger ihm dies alles wurde: das Flimmern, Uniterr, das Weltall, die Stunde, der er entgegenlebte, um so zuversichtlicher wurde er auch. Janno fühlte sich geborgen, und was er empfand, war Dankbarkeit.
Vorbereitet, dankbar, geborgen –: was blieb Janno da noch, als schlafen zu gehn? Janno ging schlafen und schlief in Ruhe, erwachte viermal, sah nach der Uhr und schlief wieder ein, und als er das dritte Mal erwachte, erinnerte er den Rest eines Traumes: Ein roboterähnliches Wesen hatte ihm ins Gesicht gestarrt, und da hatte Janno aufgeschrien.
Nun also war Freitag, und war ein Tag wie jeder: Wecker-

rasseln; Abschalten des Weckers; gähnendes Rekeln zwischen Erwachen und Aufstehn; Rauschen der Spülung; Rauschen der Dusche; Hochklappen der Pritsche; die Frühstückskonserve; aus dem Radioautomaten die Morgenparolen, und beim langsamen Kauen seiner Kohlenhydratetabletten dachte Janno, wie geplant, daß er volles Vertrauen habe und alles, was geschehen werde, zum Wohl Uniterrs geschah.

Mit diesem Gedanken betrat Janno die Universität, und alles geschah wie vorausgedacht: Der Pförtner in der Pförtnerloge; Janno nannte seinen Namen; die Kennummer in den Computer gegeben, dazu der frische Fingerabdruck und die mittels eines Absaugeköpfchens (in Höhe der Ohren) konstatierte Körpergeruchsspezifik, und schon warf der Computer ein Metallplättchen aus, die Bestellungskarte; der Pförtner steckte sie in eine Uhr; genau zur Minute des Bestelltseins über einer Tür ein grünes Signal; der Pförtner übergab Janno das Plättchen und dazu ein Kärtchen mit der Skizze des Wegs und der Zeitvorgabe von vier Minuten; Janno steckte das Plättchen an das Revers seiner Jacke; ein Knopfdruck; die sich öffnende Tür, und Janno, auf die Sekunde exakt, trat in das Innere des Hauses, das ihm für die nächsten fünf Jahre geistige Heimat sein würde, wenn…

Ich habe, dachte Janno, volles Vertrauen, es geschieht alles zu Uniterrs Wohl!

Die Universität, eines von Uniterrs ältesten Gebäuden, war im Zierstil der Zeit um 2000 errichtet; berühmt waren ihre Betonornamente an den Pilastern und die gestanzten Blechrahmen um die Ölporträts der Rektoren, die den Korridor zum Verwaltungstrakt säumten, aber Janno achtete nicht darauf. Er hatte dazu auch gar keine Zeit, die vier Minuten waren bindend. Den Korridor hinunter; rechts um eine Ecke; zwei Treppen hinauf, den Gang linker Hand, eine Treppe hinab, abermals linker Hand, zwei Treppen hinauf, die siebte Tür. – Da er vor ihr stand, blinkte ein Schild: KEIN EINTRITT – WARTEN! Janno blieb stehen. Die Schrift erlosch, und auf dem Schild erschien Jannos Kennzahl samt einer Aufforderung, im Identitätsfall seine Bestellungskarte in einen bestimmten Schlitz zu schieben. – Janno tat es; die Tür schlug auf. – Aus dem Raum eine Frauenstimme: „Treten Sie ein!“ – Janno trat ein; und die Tür schlug zu.

Die Frauenstimme: „Setzen Sie sich!"
Der Raum aus Beton, sechs kahle Flächen; ein Stuhl; ein Tischbrett; knapp unter der Decke die Fensterluke; unter ihr ein dreibeiniges Gestell; daneben ein Nagel; daran ein Handtuch; auf dem Gestell eine Waschschüssel aus Plast. – Janno nahm Platz. Er suchte ein Kabel, sah aber keines.
Das Wartezimmer, dachte er, und sofort danach wieder: Ich habe Vertrauen! Es geschieht alles zu Uniterrs Wohl!
Er wartete auf eine neue Weisung, doch die Stimme erscholl nicht mehr. Janno spähte, woher sie gekommen, allein er sah nur den nackten Beton. Es war eine dunkle Stimme gewesen, im Befehlston nicht scharf und im Ernst voll Ruhe, und sie klang, als komme sie nicht von einem Tonband, sondern aus einem lebendigen Leib. – Janno, beim zweiten Mal, da sie aufklang, fühlte das Zucken des Hirns, sich ihre Trägerin vorzustellen, und er blickte rasch auf den Beton. – Auch das Handtuch war grau. – Ich habe, dachte Janno, volles Vertrauen, es geschieht alles zu Uniterrs Wohl; und er fühlte dabei, wie läppisch es ihm vorkam, wie ein Automat immer nur diesen Spruch zu denken: Hatte er denn nichts Anderes bereit? Und da plötzlich fiel ihm ein unaussprechliches Wort ein, das auf die vulgärste Weise den weiblichen Geschlechtsteil bezeichnet, und es fiel ihm in sein wohlvorbereitetes Denken so ein, wie ein Feind in eine Festung einfällt, die sich für uneinnehmbar gehalten: jählings, dröhnend, ringsum Lähmung verbreitend, und in das Entsetzen des überrumpelten Hirnes brach ein zweites, noch unvorstellbareres Wort.
Janno nahm wahr, daß sein Hirn dachte: NIEDER MIT UNITERR!
Mein Gott, da sitzt er vor seiner Prüfung, Janno, noch nicht zwanzigjährig, in seiner Mittelschuluniform aus grauem Zwilch mit grauen Knöpfen und dem kleinen violetten Stern des Schulbesten in der Mitte der Achselklappe, und ist ein Feind seines Vaterlandes, des fortgeschrittensten Teils der Erde, auf den hin das Weltall angelegt ist. Er sitzt da, wie er zu sitzen hat, die gewinkelten Unterarme und gestreckten Hände auf den parallellaufenden Oberschenkeln; sein Gesicht ist so grau wie der Beton, und wir, die wir das Geschehenwerdende erzählen, wissen nicht so recht, wie wir fortsetzen sollen: mit einem hypothetischen Erklären,

wie dies Unvorstellbare sich einstellen konnte (also gleichsam mit dem Passiv des Plusquamperfekts des Futurum exaktum), oder mit dessen Präteritum, also dem, was nun weiter geschah, wenn es geschehen wird. – Um doch mit dem letzten fortzufahren: Als im Erscheinungsbild faßbar geschah nicht viel, wiewohl viel geschah: Janno blieb sitzen, wie er gesessen, sein Mund blieb geschlossen wie seine Knie, seine Haltung blieb straff, sein Blick gradaus, allein unter den jäh weitgewordenen Augen, deren klares Weiß brüchig zu glitzern anfing, war dies alles der Übersprung des Schreckens aus dem Denken auf den Leib. – Wohl eine Sekunde saß Janno so starr, dann wurde das Weiß seiner Augen trüb, und dann zitterten seine Hände.

Dabei dachte er eigentlich Tröstliches. – Doch, doch –: Er dachte, welches Glück er doch habe, daß ihm das Unvorstellbare noch vor dem Prüfungsbeginn widerfahren, vor dem Anlegen der Elektroplatten an Stirn und Nacken; daß der Feind, der da irgendwo in seinem Hirn stak, sein Geschoß gleichsam zu früh abgeschossen; und die Erleichterung, die Janno da spürte, wenngleich sein Leib noch immer bebte, deckte sofort die Frage zu, wie das Undenkbare denkbar gewesen. Er wußte, daß er daran nicht rühren durfte, mit keinem Gedanken, mit keinem Gefühl; schon dieses Wissen des Davon-nicht-wissen-Dürfens war zuviel. – Wovon „davon“? – Nichts; nichts; nichts; vorbei. – Ich habe volles Vertrauen, dachte Janno, es geschieht alles zu Uniterrs Wohl!

Und er dachte, daß er Uniterr liebe, und er dachte keine Lüge dabei.

Da sitzt also Janno, noch keine zwanzig Jahre, schwarze Haare, rote Lippen, betongraues Gesicht; er sitzt immer noch aufrecht in straffer Haltung, und daß nun alle Nerven und Poren zittern, ist nur der Schock der Erleichterung, denn Janno weiß nicht und kann nicht wissen, daß all dies schon längst seine Prüfung *ist:* Sie hat begonnen, da er den Raum betreten, und vor seinem Prüfungsrat – einem der zweihundert, die zur Bewußtseinserhebung der alle gleich Janno in gleichen Räumen auf gleichen Stühlen in gleicher Verlassenheit sitzenden zweihundert Immatrikulationsanwärter dieses Vormittags berufen sind – liegt, und schon dechiffriert, das Denken seines Kandidaten, und der Prü-

fungsrat – eine Dreiergruppe – sieht durch die Ein-Weg-Sicht-Wand hinter dem Handtuch dazu auch Jannos Physiognomie. Natürlich ist es der Stuhl des Prüflings, der die Denkströme auffängt und, verstärkt, zu den ellipsoidschalenförmigen Empfangsgeräten leitet, wo die Vorgänge im Gehirn des Prüflings als farbige Raummodelle erscheinen, während gleichzeitig ein Computer sie für ein Lesegerät sprachlich faßt. – In der Physiognomie lesen die Prüfer direkt. So deuten sie – erfahrene Spezialisten – Jannos unmutiges Augenzucken gewiß als Zeichen eines Erinnerns (das auch im Schalenmodell durch eine spezifische Färbung, vielleicht hellblau, als Erinnerungsakt charakterisiert wird), denn dem Janno, wiewohl er sich dagegen sträubt, so gut man sich eben sträuben kann, wenn man den Gegenstand seines Sich-Sträubens sich bewußt zu machen vermeiden muß, dem Janno fällt plötzlich der Musikautomat seines Restaurants ein, der graue Kasten, das Fünfnummernprogramm, die Melodie und der betrunkene Gast, der Janno nun anschaut und ein leeres Gesicht hat und irgend etwas in den Saal schreit, und Janno ahnt, was der Gast geschrien, und weiß es und müht sich, es nicht zu wissen: Jeden Augenblick kann ja die Stimme ertönen, die ihn in den Prüfungsraum ruft.
Es knackt im Beton.
Janno stockt das Herz.
Stille; kein Aufruf. – Hat man ihn vergessen?
Das kann doch nicht sein.
Sich bemerkbar machen? Das wäre unmöglich! Und plötzlich spürte Janno wieder die Angst. Es würgte ihn, sich zu übergeben, und er saß, wie er zu sitzen hatte; sein Magen hob sich; er schluckte; es half nichts, und da plötzlich dachte Janno fast schreiend, daß man das doch mit einem nicht machen könne, daß man ihn nicht so behandeln dürfe, daß er ein Recht auf eine Erklärung habe, daß es unmen-

und er brach ab; und wieder die Leere, und in der Zelle vollkommene Stille; und Janno starrte die graue Wand an: das graue Handtuch, die graue Schüssel, der Fremde am Musikautomaten, wie er dastand und schrie und schrie und schrie –: kein Ruf, keine Worte, nichts als ein Schreien, ein stöhnendes, immer mehr sich verstärkendes Schreien, das

Schreien jenes Schreis, an dem Janno würgte;

und da dachte Janno, daß es jetzt genug sei, und daß er jetzt aufstehen und hinausgehen werde, eine Erklärung zu verlangen, und Janno preßte seine Hände gegen die Schenkel, mit einem Ruck sich zu erheben, da schlug die Tür auf und der Professor trat ein. Ob der Kandidat krank sei, fragte er noch auf der Schwelle; es klang mehr als Zurechtweisung denn als Sorge, und Janno, nun im Aufschnellen vor dem Prüfer durch ein hastiges Kopfschütteln die Frage verneinend, begriff, da der Professor – nach einem Blick fast des Abscheus und ohne ein weiteres Wort – zurücktrat, und die Tür sich schloß, und der Beton weiterhin stumm blieb, daß er schon längst in der Prüfung stand.

Er hörte den Schrei des Fremden heulen und begriff, daß er verloren war.

Wir wollen die zwei Stunden – denn so lange mußte Janno noch warten – nicht schildern; es mag genügen, wenn wir mitteilen, daß es die längsten Stunden im jungen Leben Jannos waren. Äußerlich konnte man wenig merken: Er saß, nachdem er, niedergesackt, sich wieder auf seinem Stuhl gefunden, zwar von Brechreiz gewürgt und bisweilen sich krümmend und bei zu argem Drang einmal auch stöhnend, dennoch vorschriftsmäßig da, mit recht gewinkelten Armen und parallel zu den Stuhlbeinen laufenden Beinen, und blieb in dieser Haltung sitzen, bis der Anruf, er möge herauskommen, erscholl. – Was im Innern vorging, entsprach dem Äußern: die Bewegung des Schreis, der Kampf, ihn zu ersticken, und das Mühen, eine Art Haltung zu wahren. Das Ergebnis war schließlich Apathie.

Diese Apathie war nichts als ein Abschluß; die Lähmung zu Anfang war anderer Art. Als Janno auf seinen Stuhl niedergesackt und für die Ewigkeit einer Sekunde allen Denkens ohnmächtig gewesen, war dies als der Schock eines Erkennens ein Anfang, jedoch als Erkenntnis, verloren zu sein, wiederum im Anfang ein Ende, und beides vermischte sich wunderlich. – Anfangs schien nur das Ende da, und Janno erblickte es beinah dankbar: Endlich, endlich alles vorbei! Die Qual des Wartens endlich geendet, das Geschwür der Ungewißheit geplatzt, wohltätiges Erschlaffen unerträglicher Spannung, und so erwartete Janno gefaßt, und in dieser Gefaßtheit fast gierig (in welcher Gier schon ein Planen sich regte, was er danach zu tun gedenke, und so schwang auch ein Hauch von Freiheit mit) –: so erwartete Janno also den Anruf, sich aus der Universität zu scheren. Doch als die Zeit weiterhin gestockt blieb, grau und stumm wie der Beton, und nicht Anruf noch Erklärung erfolgte, begriff Janno, daß es so glimpflich nicht abgehen werde und Kameraden Volksschützer alarmiert worden seien, ihn dorthin zu bringen, wohin ein Feind Uniterrs gehörte! Der Gedanke erschreckte ihn nicht: auch das Gefängnis war ein Ende. – Nichts in Janno dachte an eine Flucht. – Der Beton blieb stumm; warum geschah nichts? Die Kameraden Volksschützer hätten längst dasein müssen: Begann das Warten noch einmal von vorn? Und mit der Angst fühlte Janno wieder den Schrei in sich steigen, und da, und ganz langsam, im Niederzwingen, wie ein langsames Sich-Auftun einer fleischblättrigen Blume, dachte Janno, sein Vater sei schuld.

Sein Vater war schuld, kein andrer als sein Vater: Warum hatte er Jannos Ohren nicht zugehalten, als dieses ruchlose Schreien erschollen? Warum waren sie in dies Restaurant gegangen? Der Vater hätte doch wissen müssen, daß dort solche Greuel geschahen! – Wo nur die Kameraden Volksschützer blieben, daß er ihnen alles gestehe; er würde sofort alles gestehen, sie sollten wissen, daß er den Feind in ihm haßte, diesen Fremden, der sich in sein Hirn eingeschrien, sie mußten ihm eine Möglichkeit geben, sein Fehldenken wiedergutzumachen, seine Liebe zu Uniterr zu beweisen –

und da endlich fiel es Janno ein, daß sein Wartenmüssen sich damit erkläre, daß sie – aber halt: was erlaubte er sich! –, daß die hochverehrten Kameraden Mitglieder des Prüf-, des Bewußtseinserhebungsrates auf eine Stellungnahme von ihm warteten und daß er in diesem Augenblick vielleicht die letzte Chance vertue, mit einem Geständnis zu ihnen zu ei-

(„Der G-S-Komplex kommt ein wenig sehr spät", bemerkte im Prüfungsrat der Professor, als das Schalenmodell von Jannos Denken die dafür charakteristischen, hellgelb eingefärbten Spiralen zeigte)

-len; und Janno wollte vom Stuhl

aufspringen, da fiel ihm ein, daß er ja gar nicht hinauszugehen, sondern sein Geständnis nur zu denken brauche, da die hochverehrten Kameraden und Kameradinnen Mitglieder des Bewußtseinserhebungsrates unmittelbar in sein Gehirn sehen konnten. Und da Janno dies dachte, erschien vor ihm das Bild seines Hirns, wie sie es wohl sahen: grau, mürb, voller Fäulnisherde, verwesend, eine abscheuliche, schmierige, schmutzige Masse, die er da in seinem Schädel schleppte; er fühlte Ekel vor sich selber, doch nicht mehr die Kraft, ihm zu begegnen; er fühlte zwar wie eine verwehende Hoffnung noch den Wunsch, daß der Unflat aus seinem Hirn geräumt und sein Denken so gereinigt werde, wie man Uniterrs Städte reinigt, mit harten Bürsten und scharfen Laugen, doch er dachte zugleich, daß sich das nicht lohne, daß es einfach zu viel verlangt sei, sich noch mit so einem wie ihm zu befassen, daß man so einen am besten vergesse und daß ebendies nun mit ihm geschehe, und Janno spürte sein Wollen entgleiten, auch der Brechreiz schwand, es blieb nur noch ein Warten, stumpf, und schon nicht mehr als Stumpfsein empfunden, und als Janno auch nicht mehr das Warten empfand und nur noch ein Zubehör des Raums war, erscholl, jetzt Stimme des Professors, Jannos Kennummer mit der Weisung aufzustehen.
Janno stand auf.
Die Tür öffnete sich.
Janno blieb stehn.
Die Weisung, auf den Korridor zu treten.
Janno trat auf den Korridor; aus dem Nebenzimmer kam, ein Schächtelchen Film- und Tonband in Händen, eine Frau und ging an Janno vorbei. Er sah ihr nicht nach. – Die Frau ging den Korridor hinab; aus der Tür rief der Professor; er sah Janno, der geradeaus sah, nicht an und rief der Frau nach, sie habe den B-Film vergessen. – Die Frau kam zurück; Janno sah gradeaus; die Frau, mit einem Schächtelchen mehr in der Hand, ging den Korridor hinab und verschwand.
„B-Film", hörte Janno, und er wußte, daß das, was die Frau da weggetragen, das Protokoll seiner Bewußtseinserhebung war, doch er hatte nichts Anderes im Hirn, als auf die nächste Weisung zu warten. – „Nun", sagte, in der Tür, der Professor, und er trat auf Janno zu, „wie war doch der Name,

Janno, nicht wahr?" – „Jawohl!" sagte Janno. – Kein Fischgeruch. – „Nun denn", sagte der Professor; im Beton ein Knacken, und plötzlich sah Janno wieder Restaurant und Musikbox, und jetzt sah er, ohne es zu hören, doch in unabweisbar sich entfaltender Langsamkeit, wie der Kellner zu dem Automaten eilte und ihn übers Schreien des Fremden hinweg auf die schmetterndste Lautstärke drehte: Schwarz dein Haar deine Lippen so rot. – Der Schall wollte Janno zersprengen. – „Kommen Sie mit!" sagte der Professor. – Keine Volksschützer? – Janno trat in den anderen Raum.

Ein runder Tisch, zwei Unbekannte; der Professor setzte sich zu ihnen; Janno blieb an der Türe stehn. – Die drei Männer sahen ihn an. – Keine Weisung. – Mein Geständnis! dachte Janno; sie warten ja jetzt auf mein Geständnis! Allein er brachte kein Wort heraus. Die drei sahen ihn an, und Janno wünschte, sie könnten auch jetzt noch in ihn hineinsehn, wie er zu gestehen sich mühte; brach es nicht aus seinem Blick? – Oder der Schrei, der nun wieder in ihm sich regte? – „Ich –", begann er; und aufs neue das Würgen; er sah groß die Spitzen seiner Schuhe. – Sie waren voll Schmutz. – Scharren eines Stuhls; ein Knistern; der Professor hob die drei Röhrchen Bänder, die vor ihm auf dem Tisch lagen, hoch. – Janno sah hin; noch immer die Blicke. – Mein Hirn in seiner Hand, dachte Janno, und er dachte es fast verwundert: Sie haben mein Hirn in ihrer Hand! Er starrte auf das matt glänzende Grau der Plasthülle um die drei Röllchen, und plötzlich sah er durch sie hindurch und sah darin das tote Insekt im Bett des trüben, schwappenden Wassers, und das Insekt hob den Kopf und schaute ihn an, ein trostloser Blick. Janno ertrug ihn nicht mehr, er schloß die Augen, da hörte er den Professor reden: Die Bewußtseinserhebung, so sprach der Professor, sei von Uniterrs Feinden zum Anlaß einer unerhörten Verleumdung genommen worden, einer schmutzigen, einer schmierigen, einer stinkenden Hetze –

(und: „schmutzig", hörte Janno; und „schmierig" und „stinkend", und er wußte, woher diese Wörter stammten)

einer schmutzigen, schmierigen, stinkenden Hetze, ausgebrütet von schmutzigen, schmierigen, stinkenden Hirnen, er werde sich nicht darüber ver-

breiten; es genüge zu erinnern, daß sie, diese Bewußtseinserhebung, rein statistischen Zwecken diene; er wolle daher die Nummer (es folgte die Kennummer Jannos) jetzt offiziell fragen, ob sie ihr Einverständnis gebe, daß diese Bänder statistisch genutzt werden dürften; erfolge das Einverständnis nicht, würden sie, selbstverständlich, auf der Stelle vernichtet.
Janno hörte die Worte; er hatte die Augen noch immer geschlossen und sah die Frau, der er nicht nachgesehen, mit den Bändern den Korridor hinabgehn; die Tür schlug auf, die Frau kam zurück. – Janno sah sie: leere Hände. – „Nun?“ fragte der Professor; „jawohl!“ sagte Janno; und, nachsichtig über ein beginnendes Murren hinweg, der Professor: da sei sie wieder, die Ambivalenz der Affirmation (und er erläuterte seinen Kollegen, er spiele mit dieser Bemerkung auf ein Gespräch an, das er kürzlich, er glaube gestern, mit dem Kandidaten geführt); und zu Janno: es sei wiederum unklar, worauf sein „Jawohl!“ sich beziehe: auf die Auswertung des Protokolls oder dessen Vernichtung? – „Jawohl!“ sagte Janno. – Die Frau lachte auf; verstärktes Murren; einer der Prüfer schlug auf den Tisch. – Beschwichtigende Geste des Professors: Es sei ja verständlich, daß (Jannos Kennummer) jetzt Schwierigkeiten habe, mit sich selber ins reine zu kommen, er wolle also direkt fragen: wie sie (Kennummer) den Stand ihres Bewußtseins denn selbst einschätze?
Das Insekt im Beton; nun war es zu spät. – Das Geständnis –; Janno wankte; er suchte Halt an der Wand im Rükken; nun lehnte er auch den Hinterkopf an. So lange also hatte die Chance gedauert, freiwillig sein Geständnis zu bringen, so lange, so unvorstellbar lange, aber nun war sie endgültig dahin! – Es war absolut ungehörig, sich anzulehnen, man hatte vor seinen Vorgesetzten frei und in grader Haltung zu stehen, das wurde schon in der Elementarschule geübt. – „Haben Sie einen Hörfehler?“ fragte einer der Prüfer. – Die Frau lachte. – Die schmutzigen Schuhe. – „Ich“, sagte Janno, und er schluckte, „ich bin ein –“, ach, der Schrei, der Schrei! – Schrie er ihn? Er wußte es nicht. – „Stellen Sie sich doch anständig hin“, sagte der andere der Prüfer, „wenigstens das werden Sie wohl noch können!“ – „Jawohl!“ sagte Janno und drückte sich von der Wand weg;

er schwankte, aber er blieb stehen. – „Ich bin – ich bin ein schmutziger", stammelte Janno, „ich bin ein stinkender – stinkender –", schrie er, und er schrie in ein violettes Dröhnen: schwarz dein Haar; einer fing ihn auf. – „Geben Sie ihm ein Glas Wasser", hörte Janno den Professor sagen, oder war es der Lautsprecher, er wußte es nicht; er spürte, daß er auf einem Stuhl saß, Beton, eine Lehne, hart, harte Beine, um ihn schwappten milchige Kreise; er fühlte ein Glas Wasser; er trank. – „Ich glaube, das ist klar", sagte jemand. „Ja", sagte der andere. – Der Fischgeruch.

Der Professor stand vor ihm. – Nun, sagte er, der Name war Janno, ja? – und nun in erstickender Nähe: Es bliebe aufs äußerste ernst zu nehmen, was da im Denken des Kameraden Jan-

(und: „Kamerad", hörte Janno ungläubig, „Kamerad – K a m e r a d – KAMERAD")

-no ausgebrochen, einfach unglaublich, was sich da angehäuft habe, unglaublicher noch der Mangel an Führung, der bislang über Jannos Leben gewaltet, und der Kamerad Kandidat werde selbst – so habe man ihn wenigstens verstanden – zu der Erkenntnis gekommen sein, daß es durchaus naheliege, seine, so könne man wohl sagen, kühne Bewerbung abzulehnen; allein –

(und Stille, und Glanz, und Gloriole, und Janno erhob sich von seinem Stuhl, und schwankte wieder, und stand, und stand frei, und stand aufrecht)

allein es gehöre zu Uniterrs Grundsatz, an das Gute im Menschen zu glauben, zumal bei einem so jungen Menschen, der ja auch guten Willen zeige, rückhaltlos sich selbst zu erkennen und – dies wolle man ihm unterstellen – in festem, hingebungsvollem Vertrauen zu einer künftigen straffen Führung durch seine Kameraden Lehrer den inneren Feind restlos auszumerzen; man konzidiere ihm denn also Bereitschaft, eine gegebene Bewährungschance mit absolutem Einsatz zu nutzen –

Und Janno, von schmerzhaftem Glück durchflutet, hörte ungläubig gläubig diese Worte und wußte, daß er dem Vaterland niemals einen Dank würde abstatten können, der Uniterrs Großmut würdig sei: trotz all des Unflats in seinem Hirn ließen ihn die Kameraden nicht fallen, reichten sie ihm noch einmal die Hand, gaben sie ihm noch einmal eine Chance; und er hörte seinen Professor reden und spürte Tränen in den Augen und sah durch den Tränenschleier seine Helfer vor sich sitzen, sie, die nur sein Bestes gewollt und, wenn sie ihn auch hart angefaßt hatten, nur in seinem Interesse gehandelt, und da sein Professor dann noch einmal fragte, ob der Kandidat einverstanden sei, die Bänder der Bewußtseinserhebung zu statistischen Zwecken auswerten zu lassen, schmetterte Janno sein „Jawohl!".

Der Professor nickte; Nicken der andern; Nicken Jannos; Lächeln der Frau. – Auf dem Tisch die Röllchen, in mattgrauer Verpackung, im milden Licht der Sonne, schön. Welch ein würdiges Ende: edel, hilfreich und gut. – So habe er denn, sagte der Professor, dem Bürger Janno mitzuteilen, daß seiner Bitte, studieren zu dürfen, bedingt positiv entsprochen werde: mit einer Bewährungsfrist und mit Bewährungsauflagen, deren Erfüllen auf eine Läuterung seines Bewußtseins in dem Maß würde schließen lassen, in welchem es, dies Erfüllen, zur Erhellung und also denn auch zu späterem Läutern des Denkens ihm namentlich noch zu benennender Kommilitonen oder anderer Bürger konkret substantiell beitragen werde –: Ob er diese Entscheidung als seine eigne betrachte?

Und während Janno, also in den Höheren Dienst tretend, beglückt beschämt von der so gänzlich unverdienten Gnade leise, aber fest noch einmal „Jawohl!" sagte, dachte er, und dachten zu dieser Stunde in diesem Gebäude ihrer tausend und in gleichen Gebäuden ihrer hunderttausend, daß in dem Wort „Bewußtseinserhebung" viel mehr als nur Statistisches stecke: Es sei wahrhaft eine Erhebung des Bewußtseins auf die lichten Höhen wahrhafter Reinheit;

und

Janno, in dieser Erkenntnis strahlend, überlegte einen Augenblick, ob er es wagen dürfe, seinen Kameraden Lehrern diese seine Erkenntnis mitzuteilen, vielleicht als ersten Beweis sich läuternder Einsicht; da sagte, etwas ungeduldig, sein Professor: „na denn!" –

und Janno, begreifend, daß er schon viel zu lange ihre kostbare Zeit in Anspruch genommen, grüßte, wie schon in der Elementarschule geübt, seine

Erzieher durch völliges Erstarren des aufrecht vor sie hingestellten Leibes, der in diesem Moment ganz eins mit dem Geist war; und während die Frau Jannos Bestellungskarte ausfüll-

aber das ist ja schon nicht mehr wichtig. Und natürlich ging er mit seinem Verzehrbon abends dann in sein Restaurant; und natürlich die Melodie aus dem Automaten; und natürlich schlief er später einmal mit der Sekretärin seines Professors. Einer seiner ersten Bewährungsaufträge galt übrigens seinem Vater. Aber das ist wirklich nicht mehr interessant.

Pavlos Papierbuch

Es ist einfach nicht wahr, daß in Uniterr Papierbücher verboten sein werden. Im Gegenteil: sie werden mit aller erdenklichen Sorgfalt in speziellen Bibliotheken bewahrt und Wissenschaftlern dort zur Verfügung gestellt, ja selbst Privatpersonen dürfen Papierbücher besitzen und lesen, sie dürfen sie sogar verleihen, es wird nur – des unschätzbaren materiellen wie historisch-kulturellen Wertes wegen – verboten sein, sie zum Handelsobjekt zu degradieren. Gegen solchen Schutz ist nichts einzuwenden, und ebenso selbstverständlich ist es, daß – Uniterrs Verfassung und Sendung getreu – alle Papierbücher destruktiven, amoralischen, das heißt uniterrfeindlichen, oder sonstwie schädlichen, oder möglicherweise schädlichen Inhalts, oder aus sonstigen Gründen, als spezialsekretiert nur einem äußerst streng begrenzten Personenkreis zugänglich sind.
Nach den zwei Atomkriegen vor Uniterr gab es im gesamten Menschheitsgebiet immerhin noch die stattliche Zahl von 82347 vollständig erhaltenen Papierbüchern der Kategorie I, und die der Kategorie II wurde auf 1,2 Millionen geschätzt. – Unter einem Papierbuch verstand man „ein auf Substraten pflanzlicher oder tierischer Abkunft materialisiertes und ohne maschinelle Vermittlung (Lesegerät, Film, Tonerzeuger u. ä., jedoch nicht Brille oder einfache Lupe) konsumierbares Druckerzeugnis jedweder Art"; zu den Pa-

pierbüchern der Kategorie II wurden auch Photographien gezählt. – Papierbücher der Kategorie II waren Stücke deutlich minderen historischen oder materiellen Wertes: unausgefüllte Formulare von Massencharakter, ein herausgerissenes Kalenderblatt, ein leerer Buchdeckel, ein Briefkuvert, eine beschriebene Postkarte hingegen konnte, je nach Auslegung, auch zu Kategorie I gehören.
Als eine ihrer ersten Maßnahmen hatte Uniterrs Regierung sämtliche in Privatbesitz befindlichen Papierbücher der Kategorie I zwecks Kontrolle und Registrierung eingezogen; Verhehlung des Besitzes wurde gebührend bestraft, in der Regel mit Leibesverlust; nach erfolgter Registrierung wurde die Mehrheit der Exemplare als Nationalvermögen den Bibliotheken zugewiesen, es wurden aber auch Papierbücher dieser Art den Besitzern zurückgegeben, in insgesamt einunddreißig Fällen. – Papierbücher der Kategorie II waren anmeldepflichtig; insbesondere mußte die Art und Weise des Erwerbs detailliert nachgewiesen werden. Sie waren begehrte Sammelobjekte; so war zum Beispiel Jirros Vater auf nichts so stolz wie auf einen Kassenzettel aus dem Jahr 1998, den Kauf eines Stücks Seifenersatz (für 49,99 Mark) in der SUPERKAUFHALLE 22 einer schon im ersten Atomkrieg verschollenen Stadt namens Berlin bestätigend. Dies in seiner Art einzigartige Stück hing, in einer konservierenden Kryptonglashülle, an der Stirnwand der Familienwohnzelle und gab Jirros Vater vor jedem seiner Gäste Anlaß, in eine tief philosophische Betrachtung über den Menschheitsfortschritt einzutreten: Während in jenen so fernen, finsteren Zeiten die Menschen noch gezwungen waren, Seifenersatz käuflich zu erwerben, teile ihnen in Uniterr die nur um das Wohl des Volkes besorgte Regierung allmonatlich ein Stück Ersatzseife kostenlos zu, worob man ihr immer dankbar sein wolle. – Nicken; Staunen; bewunderndes Raunen. – „Vor – warte mal –“, sagte dann stets der Besucher, „eintausendvierhundertachtundfünfzig Jahren – unglaublich!“
Und alle nickten abermals.
Nun geschah es, daß Pavlo ein Papierbuch der Kategorie I in die Hand bekam, und zwar eines jener einunddreißig in Privatbesitz befindlichen. Die näheren Umstände sind nicht wichtig; es mag genügen, daran zu erinnern, daß Pavlo ein-

mal im Auftrag eines Kameraden Anführers der Hauptstädtischen Kontrolltrupps an Erfindungen arbeitete und sich dabei auch der Gönnerschaft dessen Gefährtin erfreute, die dann aus ihrem Bekanntenkreis Pavlo jenes Papierbuch leihweise vermittelte; wichtig ist jedoch, darauf hinzuweisen, daß Papierbücher prinzipiell etwas Anderes waren als deren – meistens der Zeit zwischen dem ersten und dem zweiten Atomkrieg entstammende – Übertragungen auf Mikrofilme oder Lesekarten*, in welcher Weise dann ein beträchtlicher Teil der Weltliteratur vom Gilgamesch-Epos über Dante und Beckett bis Smith, Schmidt und Szmyd textlich erhalten blieb. Zur, wir wiederholen es, Definition eines Papierbuchs gehörte seine Konsumierbarkeit ohne maschinelle Vermittlung, oder um es konkret zu sagen: Was ein Papierbuch war, begriff Pavlo, da er es in seinen Händen hielt.

Daß man es anfassen konnte wie einen Leib! Er strich über den blaugrauen, geschmeidigen Einband; ihn schwindelte. – Das Buch lag, ein Wesen, in seinen Händen; er öffnete es, man konnte es auftun, die Hand spürte Widerstand und Ergebung, die Schrift erschien in gegliederten Blöcken, schon sichtbar, aber noch nicht ersehbar; die Seiten wölbten sich wie Hügel, in ihrer Mitte ein Schattental. – Schatten auch von Pavlos Finger, der über die Zeilen der Zeichen hinglitt, er konnte ihre Konturen spüren, die Buchstaben rochen nach Dunkel und Ferne, man hörte die Blätter beim Hinfließen rauschen, ein Quell unversiegbar sich ergießender Zeit. – Er las noch nicht; er nahm nur hin, und dies tat er mit allen Sinnen. – Weder Mikrofilm noch Leseplättchen waren außerhalb der Maschine Dinge sinnlicher Selbstoffenbarung: der Mikrofilm ein winziges Röhrchen, in der Hand ununterschieden von denen mit Abführ- oder Abtrei-

* Ganz abgesehen von den sogenannten Inhaltskonzentraten für Kulturwissensspeicher (zum Beispiel: „Macbeth. Fünfakter in Blankversen von W. Shakespeare /1564?–1616/; behandelt das Hinwegfegen eines ungerechten Tyrannen durch ein Volksheer" – so in Uniterr; in Libroterr sah dies Konzentrat so aus: „Macbeth. Fünfakter von Shakespeare, William /1564–1616/; zuteilbar der Gamma-II-Zp^{2a}-Struktur des tragokonfliktären Zusammentreffens dreier ungelöster Ödipalkomplexe [fmm] innerhalb archaofeudaler Soziomikrogefüge").

bungspillen; die Leseplättchen bestenfalls – das heißt in veralteten Systemen – ein daumennagelgroßes Plaststück, zumeist jedoch von vornherein nur integrierter Teil der Maschine, abrufbar durch Fingerdruck auf Felder, wie man sie von jedem Computer kennt (so stellt man auch Wasch- oder Wahlmaschinen, Addierer, Wecker und Wohnzellenfinder ein), und die Schrift, die dann erschien, war ein Normgebilde aus Rasterpunkten wie jede Informationsübermittlung, unfühlbar, unhörbar, unriechbar, unschmeckbar, und in keinem natürlichen Größenverhältnis zu einem menschlichen Organ. Am wenigsten zum Menschenauge.

Das Papierbuch war zuerst einmal handlich; es lag (und nun sagen wir es für Pavlo, der vergebens um einen Vergleich sich mühte) in der Hand wie ein Vogel in seinem Nest, und jede seiner Seiten war ein Gebilde, das ringsum mit Blicken abschreitbar war, ein Maß an Raum, in sich geschlossen, und damit ein Maß auch für die Zeit. Dies Maß war menschlich, weil überschaubar; man konnte mit ihm disponieren und sich vornehmen, noch zwei Seiten zu lesen, oder drei, oder sieben, oder hundert – auf dem Leseschirm oder unter der Leselupe zog die Schrift ohne erkennbares Ende sich hin, zwar in ihrer Geschwindigkeit regulierbar und nach Wunsch auch jederzeit anzuhalten, doch der Text, der dann verharrte, war eine diffuse Folge von Wörtern, amorph, perspektivlos, ein zufälliger Ausschnitt, darin oft noch nicht einmal ein Satz aufschien. Was beim Papierbuch ein geistiger Raum war, wurde im Lesegerät ein Fließband, auf Knöpfchendruck von Ort zu Ort rukkend, daß die Akte der Rezipierung geschähen, mechanische Zugriffe des Hirnes; und wenn der Benutzer dieses Band auch auf dem Gesamtweg begleiten konnte, erschien ihm dieser doch niemals faßbar. Im günstigsten Fall war der Text Zitat. – Einem Mikrofilmröhrchen entnahm man nicht sinnenhaft, wieviel Lesezeit es in sich barg; beim Papierbuch wog man mit Hand und Auge, man sah, wen man da vor sich hatte, und als stelle es sich vor, trug es auf dem Einband seinen Namen als Titel, bei diesem hier: *In schwerer Zeit.* – Es stammte aus dem gleichen Jahr wie der Kassenzettel bei Jirros Vater und enthielt, in noch nicht anglisiertem Deutsch, drei als „Erzählungen“ charakterisierte Texte;

Pavlo hatte nie vordem von ihnen gehört, und auch die Verfasser waren ihm unbekannt.
Die erste Erzählung hieß „In der Strafkolonie" und begann folgendermaßen: „‚Es ist ein eigentümlicher Apparat', sagte der Offizier zu dem Forschungsreisenden und überblickte mit einem gewissermaßen bewundernden Blick den ihm doch wohlbekannten Apparat. Der Reisende schien nur aus Höflichkeit der Einladung des Kommandanten gefolgt zu sein, der ihn aufgefordert hatte, der Exekution eines Soldaten beizuwohnen, der wegen Ungehorsam und Beleidigung des Vorgesetzten verurteilt worden war. Das Interesse für diese Exekution war wohl auch in der Strafkolonie nicht sehr groß. Wenigstens war hier in dem tiefen, sandigen, von kahlen Abhängen ringsum abgeschlossenen kleinen Tal außer dem Offizier und dem Reisenden nur der Verurteilte, ein stumpfsinniger, breitmäuliger Mensch mit verwahrlostem Haar und Gesicht, und ein Soldat zugegen, der die schwere Kette hielt, in welche die kleinen Ketten ausliefen, mit denen der Verurteilte an den Fuß- und Handknöcheln sowie am Hals gefesselt war und die auch untereinander durch Verbindungsketten zusammenhingen. Übrigens sah der Verurteilte so hündisch ergeben aus, daß es den Anschein hatte, als könnte man ihn frei auf den Abhängen herumlaufen lassen und müsse bei Beginn der Exekution nur pfeifen, damit er käme."
Pavlo las; und obwohl er bei vielen Wörtern um eine Deutung verlegen gewesen wäre (er wußte zum Beispiel nicht, was eine Strafkolonie war), bedeutete ihm Wort für Wort immer mehr, denn wiewohl ihm fast alles, was er da las, als unmöglich auch nur zu denken vorkam (so etwa, daß ein Soldat ungehorsam sein könne) und gänzlich undenkbar als wirklich geschehen, las er wie durch das Gefühl gebannt, als erzähle ihm jemand ein Geschehnis, das sich mit ihm, Pavlo selber, ereignet, er hatte es bislang nur noch nicht gewußt. – „Er saß nun am Rande einer Grube, in die er einen flüchtigen Blick warf." – Pavlo hatte noch nie am Rande einer Grube gesessen; nun fühlte er, wie ihr Abgrund ihn zog. Oder stürzte er schon dem Blutwasser entgegen, das da unten versickernd mit Unrat sich mischte?
Die Erzählung war so weitergegangen, daß der Offizier dem Reisenden den Exekutierungsapparat und dabei das

Wesen der Strafkolonie, ein Ideal der Zucht und Ordnung, das er von Reformen ausgelaugt glaubte, an ihrer Justiz zu erklären versuchte, um den fremden Gast für seine Partei, die Wahrer des Alten, zu gewinnen; und Pavlo sah den Apparat in dem düsterfahlen Tal des Sandlands, und er sah ihn zwischen den Hängen des Buches, das er in seinen Händen hielt. Er stand dort, schwarz im gilbenden Grund, ein riesig aufgerecktes Insekt in seiner dreifachen Gegliedertheit: drunten das Bett, darauf man den Schuldigen schnallt, mit einem Filz, ihm in den Mund zu stopfen, und – nachdem er die Sühne begriffen – einem Napf Reis als letztes Mahl; darüber an einem Stahlband die gläserne Egge, die dem Schuldigen mit Tausenden Nadeln zwölf Stunden lang das Gesetz auf den Leib schreibt, um ihm schließlich mit einem stählernen Stachel den Todesstoß durch die Stirn zu geben; und oben, eine Truhe gleich dem Bett, der Zeichner, der jeweils die Züge der Egge lenkt, ein höchst kunstvolles Rädersystem, erdacht und geformt von Genius des Einen, der einst Schöpfer der Strafkolonie gewesen und auch nach seinem Tod noch Haupt der Partei war, zu der auch der Offizier gehörte. – Pavlo sah ihn den Zeichner einstellen; man machte sich dabei die Hände schmutzig, der Offizier wusch sie in schmutzigem Wasser und, als dann das Wasser zu schmutzig war, im Sand. Der Verurteilte und sein Wächter sahen zu; und Pavlo sah ihnen zu, wie sie zusahn, er sah alle durch die gläserne Egge und er kannte keines ihrer Gesichter, und sie waren ihm doch alle bekannt.
„‚Dann ließ ich dem Mann die Ketten anlegen. Das alles war sehr einfach.'" – Keiner von Pavlos Bekannten trug Ketten. – Der Soldat scharrte gelangweilt im Boden; der Verurteilte, in stumpfer Neugier, zog ihn näher zur Maschine hin. – Er weiß noch nicht einmal, daß er angeklagt und verurteilt wurde, dachte Pavlo, der es aus dem Papierbuch wußte, und nun wird es ihm auf den Leib geschrieben. – Der Verurteilte wurde aufs Bett geschnallt und zugerichtet; Pavlo spürte das Buch schwer in seinen Händen; der Verurteilte erbrach sich. – Der Offizier war empört: „‚Wie kann man ohne Ekel diesen Filz in den Mund nehmen, an dem mehr als hundert Männer im Sterben gesaugt und gebissen haben?'" – Pavlo fühlte, wie es ihn würgte. – „‚Alles Schuld des Kommandanten!' schrie der Offizier und

rüttelte besinnungslos vorn an den Messingstangen, ‚die Maschine wird mir verunreinigt wie ein Stall.' Er zeigte mit zitternden Händen dem Reisenden, was geschehen war. ‚Habe ich nicht stundenlang dem Kommandanten begreiflich zu machen gesucht, daß einen Tag vor der Exekution kein Essen mehr verabfolgt werden soll. Aber die neue milde Richtung ist anderer Meinung. Die Damen des Kommandanten stopfen dem Mann, ehe er abgeführt wird, den Hals mit Zuckersachen voll. Sein ganzes Leben hat er sich von stinkenden Fischen genährt und muß jetzt Zuckersachen essen! Aber es wäre ja möglich, ich würde nichts einwenden, aber warum schafft man nicht einen neuen Filz an, wie ich ihn seit einem Vierteljahr erbitte.'"

Wie kann das nur enden? dachte Pavlo; der Offizier schien ihm im Recht, und eben das schien ihm jetzt unerträglich. – Der Offizier entwickelte seinen Plan, den Kommandanten mit Hilfe des Reisenden zum Geist des Alten zurückzuführen; der Reisende müsse da einfach helfen, die Gelegenheit sei einzigartig, und der Reisende, nach einem Zögern, lehnte ab. – Es gibt ein Drittes! dachte Pavlo; die Erkenntnis war ein schwarzer Blitz. – „‚Das Verfahren hat Sie also nicht überzeugt'", fragte der Offizier; „nein!" schrie Pavlo. – Der Reisende schwieg. – Der Soldat hockte dieweil vor dem Bett im Sand und freundete sich mit dem Gefesselten an, und da wußte Pavlo, wie die Geschichte ausgehen mußte: Der Reisende und der Soldat überwältigen den Offizier, befreien den Verurteilten und schlagen sich in die Freiheit durch.

Pavlo zitterte; es war ungeheuer. – Im Entschweifen hatte er die Zeile verloren; gierig suchte er den Fortgang; Schatten seiner gleitenden Hand. – „‚Das Verfahren hat Sie also nicht überzeugt', sagte er" – das ist der Offizier, dachte Pavlo – „für sich und lächelte, wie ein Alter über den Unsinn eines Kindes lächelt und hinter dem Lächeln sein eigenes wirkliches Nachdenken behält.

‚Dann ist es also Zeit', sagte er schließlich und blickte plötzlich mit hellen Augen, die irgendeine Aufforderung, irgendeinen Aufruf zur Beteiligung enthielten, den Reisenden an.

‚Wozu ist es Zeit?' fragte der Reisende unruhig, bekam aber keine Antwort.

‚Du bist frei', sagte der Offizier zum Verurteilten in dessen Sprache. Dieser glaubte es zuerst nicht." – Pavlo glaubte es, er wußte nun alles: Diese plötzliche Gnade war eine List des Offiziers, das Bündnis der drei noch im Entstehen zu sprengen, denn nun würde, des war sich Pavlo gewiß, der Reisende in die Maschine geschnallt.
„‚Zieh ihn heraus', befahl der Offizier dem Soldaten."
Der gehorchte; diese Spannung! – wiewohl man doch das Ende wußte, aber ehe man dahin kam! – Der Verurteilte war freigekommen; der Offizier – welche Niedertracht! – zeigte dem Reisenden ein anderes Muster, für die neue Nadelführung der Egge; der Reisende konnte die doch ihm zugedachte Schrift nicht entziffern. – „Nun begann der Offizier die Aufschrift zu buchstabieren und dann las er sie noch einmal im Zusammenhang. ‚›Sei gerecht!‹ – heißt es', sagte er, jetzt können Sie es doch lesen.'" – Was soll das bedeuten: SEI GERECHT!? dachte Pavlo, das paßt doch überhaupt nicht hierher! – „Der Reisende beugte sich so tief über das Papier, daß der Offizier aus Angst vor einer Berührung es weiter entfernte; nun sagte der Reisende zwar nichts mehr, aber es war klar, daß er es noch immer nicht hatte lesen können. ‚›Sei gerecht!‹ heißt es', sagte der Offizier nochmals. ‚Mag sein', sagte der Reisende, ‚ich glaube es, daß es dort steht.' – ‚Nun gut', sagte der Offizier, wenigstens teilweise befriedigt, und stieg mit dem Blatt auf die Leiter; er bettete das Blatt mit großer Vorsicht im Zeichner und ordnete das Räderwerk scheinbar gänzlich um."
Jetzt legt er den Reisenden drunter! dachte Pavlo, und der wird sich an den Freigelassenen wenden, mit einer flammenden, aufrüttelnden Rede, und sie werden den Offizier überwältigen; und Pavlos Denken durchfuhr ein Verlangen, daß die drei nun den Offizier in den Apparat schnallen würden, aber er dachte das nicht zu Ende, es war zu ungeheuerlich! Der Spruch freilich hätte dann gepaßt, doch wie hätte der Offizier darauf kommen sollen, das war gewiß ein Versehen des Autors; allein als dann, und indes der Soldat und der Freie in albernstem Stumpfsinn die Zeit totschlugen, der Offizier seine Uniform auszog und sich selbst unter die Egge legte, nackt und waffenlos, und den Filz in den Mund nahm, begriff Pavlo überhaupt nichts mehr. Er fühlte sich um sein Ende betrogen, und es war auch keine Span-

nung mehr, wie diese Erzählung anders ausgehen könne. – Ein aberwitziges Hirngespinst! – Als dann – denn Pavlo las trotzdem weiter –, den Offizier mit gleichzeitigem Zustich all seiner Nadeln wie des Stahlstachels zerspießend und über die Abfallgrube schwenkend, der Apparat lautlos Selbstmord beging (man konnte das Ausstoßen all seiner Räder aus dem Zeichner wirklich nicht anders benennen), wollte Pavlo die Lektüre abbrechen, doch da sah er, daß ihm nur mehr zwei Seiten blieben, und entschloß sich, zu Ende zu lesen, und seine Verwirrung wurde Ratlosigkeit. – Hatte er vordem so unverständliche Wörter wie „Strafkolonie", „Ledermappe", „Zierat" verstanden, obwohl er deren Begriffe ermangelte, so war da fortan kein Wort, dem Begriffliches fehlte, doch nun wurde mit dem unverstehbaren Schluß Pavlo das Ganze unverständlich. Alles zerfiel, wie das Radwerk des Zeichners, es endete einfach – nun, unerlaubt: Der Reisende, und mit ihm der Soldat und der Sträfling, waren, nachdem der zerstochene Leichnam des Offiziers in die Grube geklatscht (Pavlo glaubte dies so gelesen zu haben), in die Stadt und dort in ein „Teehaus" gegangen, wo, wie der Reisende nun erfuhr, unter irgendeinem der Tische, daran Gäste, „wahrscheinlich Hafenarbeiter", gesessen (sie hatten sich beim Eintritt des Fremden verlegen erhoben), der alte Kommandant begraben lag, und Pavlo las mit dem Reisenden die Inschrift des Grabsteins: „‚Hier ruht der alte Kommandant. Seine Anhänger, die jetzt keinen Namen tragen dürfen, haben ihm das Grab gegraben und den Stein gesetzt. Es besteht eine Prophezeiung, daß der Kommandant nach einer bestimmten Anzahl von Jahren auferstehen und aus diesem Hause seine Anhänger zur Wiedereroberung der Kolonie führen wird. Glaubet und wartet!'" – Und dann? – Und dann gar nichts: Der Reisende ging; die beiden blieben; der Reisende ging zum Hafen hinab, da liefen die beiden hinter ihm her; der Reisende sprang in ein „Boot, und der Schiffer löste es gerade vom Ufer. Sie hätten noch ins Boot springen können, aber der Reisende hob ein schweres geknotetes Tau vom Boden, drohte ihnen damit und hielt sie dadurch von dem Sprunge ab."

Aber das war doch niemals ein Ende! Wo wurde denn erklärt, wer gut und wer schlecht war, wer recht und wer unrecht hatte, wem man nacheifern sollte und wen entlarven;

wo war ein Fazit, was war bewiesen, was richtiggestellt, was widerlegt? Man wußte am Schluß noch nicht einmal, wer eigentlich dieser Reisende gewesen, der da auf die Insel gekommen, und nun fuhr er einfach wieder nach Hause, das konnte doch kein Ende sein! Doch es war kein Blatt herausgerissen, die Seiten des Papierbuchs waren durchnumeriert, dieser Schluß stand auf Seite einundzwanzig, und Seite zweiundzwanzig begann eine neue Geschichte. – Pavlo war erschlagen: Es hatte so hoffnungsvoll begonnen, auch wenn es sich anfangs ganz trostlos gegeben, ja gerade der Schauder der Trostlosigkeit schuf die Hoffnung auf ein glückliches Ende, und man hatte dies Ende auch kommen sehen, es war schon in nächster Nähe gewesen, die geglückte Flucht aus der Strafkolonie hätte ein Beispiel für alle gegeben –; und nun hieß, wie zum Hohn, die nächste Erzählung ausgerechnet „Die Marter der Hoffnung".

Was war denn das?

Pavlo las den Namen des Verfassers, er hieß Villiers de l'Isle-Adam, ein komischer, ein unmöglicher Name, so hießen die Leute in alten Zeiten, doch Pavlo war dank seines Geschichtsstudiums sogar fähig, diesen Namen richtig auszusprechen: Wiljährdelillada.

Es geschah zur Zeit der Inquisition, und Pavlo war plötzlich ein alter Jude (er wußte nicht, was das war, doch er war es); er hieß Rabbi Aser Abarbanel und lag im Gefängnis zu Saragossa und erfuhr, daß er morgen verbrannt werden sollte; der Großinquisitor von Spanien persönlich, der ehrwürdige Pedro Arbuez d'Espila, war erschienen, es ihm zu verkünden: „‚Mein Sohn, freuet Euch: Ich sage Euch, Eure Prüfungen hienieden nehmen ein Ende. Wenn ich auch angesichts so vieler Hartnäckigkeit voller Schauder die Erlaubnis dazu geben mußte, daß man so streng mit Euch verfuhr, so hat meine Aufgabe, Euch brüderlich auf den rechten Weg zu bringen, doch ihre Grenzen. Ihr seid der störrische Feigenbaum, der nun, nachdem er soundso oft ohne Frucht befunden worden ist, der Strafe des Eintrocknens verfällt ... Gott allein aber bleibt es überlassen, über Eure Seele zu befinden. Vielleicht wird Euch im höchsten Augenblick das Licht der ewigen Gnade leuchten. Wir wollen es hoffen! Es gibt Beispiele dafür ... Amen! Schlaft diese Nacht noch in Frieden. Morgen werdet Ihr am Autodafé teilhaben, das heißt, Ihr werdet dem Quemadero überliefert, der Glut, die die ewige Flamme verkündet: Sie brennt, Ihr wißt es, mein Sohn, nur in einiger Entfernung, und der Tod braucht, bis er kommt, mindestens zwei Stunden, oft sogar drei, infolge der feuchten und eiskalten Tücher, mit denen wir Stirn und Herz der Opfer sorgsam und schützend umwickeln. Ihr werdet nur dreiundvierzig sein. Bedenkt, daß Ihr, als letzter in der Reihe, genügend Zeit habt, um Gott anzurufen und ihm diese Feuertaufe darzubieten, die vom Heiligen Geist kommt. Setzt Eure Hoffnung also auf das Ewige Licht und schlaft.'"

So hatte der ehrwürdige Vater Großinquisitor gesprochen, und dann war er aus der Zelle gegangen, nachdem er, ebenso wie sein Begleiter, der ehrwürdige Bruder Foltermeister, den Gefangenen demütig um Verzeihung für alles Leid gebeten, das sie ihm hatten antun müssen, und als nun Pavlo in seiner Zelle, in der Finsternis der Nacht und der Gewißheit seines morgigen Flammentodes, in den Wahnsinnstraum einer Hoffnung fiel, entdeckte er, daß sein Traum kein Traum war: Die Tür war nicht in ihr Sperrschloß geschnappt, der Weg in die Freiheit lag offen vor ihm. – Geruch von Moder, Geruch von Moos; es konnte kein Überlegen geben! – Leise, leise schob Pavlo die Tür auf und wagte einen Blick hinaus: „Unter dem Schutz eines fahlen Dunkels bemerkte er zunächst ein Halbrund aus irdenem Mauerwerk, in das Stufen spiralenförmig eingelassen waren; und oben, ihm gegenüber, fünf oder sechs Steinstufen hoch, eine Art von schwarzem Torbogen, der auf einen weiten Gang führte, von dem er von unten her nur die ersten Gewölbebogen sehen konnte."

Pavlo legte sich auf den Boden und kroch bis an den Rand der Schwelle: Der Wandelgang zog sich unermeßlich dahin, doch er war der Gang in die Freiheit! Ein bleiches Licht, die bläuliche Nacht des Mondes und der ziehenden Wolken. Seitwärts gab es auf der ganzen Strecke nicht eine einzige Tür, allein Pavlo wußte: Er war gerettet! Er würde es schaffen! Und wenn – und nun verstand er den Titel! –, und wenn die Hoffnung mit ihren Gefahren, die dieser Weg in die Freiheit brachte, ihn auch bis ans Ende der Nerven martern sollte, es würde und es mußte gelingen –: Einmal einen Schritt in die Freiheit getan – wie sollte man da

aus der Bahn kommen können! – Pavlo, lesend wie ein Entrückter, dachte nicht darüber nach, warum ihn das Wort „Freiheit“ so bannte, ja es fiel ihm nicht einmal auf; gierig glitt sein Blick die Zeilen entlang, gierig glitt er auf den Fliesen, und es geschah, wie er erwartet: Er wurde geprüft bis ans Ende der Nerven; es war die Marter der Hoffnung, und er überstand. Mönche traten aus dem Dunkel, er preßte sich in die Mauernischen, er fürchtete sein rasendes Herz, er fürchtete den glitzernden Schweiß auf der Stirne und wußte doch, daß er es schaffen würde, flach, nichts als ein Schatten auf dem Boden, glitt weiter, wurde wieder ein Stück der Mauer, und hörte über sich einen theologischen Disput zweier sich ergehender Inquisitoren, und der „eine der beiden, seinem Gesprächspartner lauschend, schien den Rabbiner anzusehen! Und unter diesem Blick, dessen zerstreuten Ausdruck er zunächst nicht erfaßte, glaubte der Unglückliche zu spüren, wie sich die heißen Zangen von neuem in sein armes Fleisch bohrten; wieder also würde er eine einzige Klage, eine einzige Wunde werden. Fast ohnmächtig, nicht mehr in der Lage zu atmen und mit zitternden Augenlidern erschauerte er, als ihn das Gewand streifte. Doch wie seltsam und gleichzeitig natürlich: Die Augen des Inquisitors waren offensichtlich die eines Mannes, der voll und ganz mit dem beschäftigt ist, was es zu antworten gilt, der ganz und gar von dem Gedanken an das eingenommen ist, was sein Ohr trifft, sie waren geradeaus gerichtet, und schienen den Juden anzusehen, ohne ihn wahrzunehmen.
Und wirklich, nach einigen Minuten setzten die beiden unheilverbreitenden Sprecher langsamen Schrittes und mit leiser Stimme weiterredend ihren Weg in Richtung auf die Stelle fort, von der der Gefangene gekommen war: er war nicht gesehen worden!“
Weiter, nur weiter! – Schreckgesichte allüberall, nun spukten die Mönchsfratzen aus der Mauer; weiter, nur weiter, Zeile um Zeile, Pavlo glitt hin, das Ende der Seite, und da war er am Ende des Ganges, und da lag eine schwere Tür. Er tastete sie ab: Kein Riegel; kein Schloß; dann: Ein Drükker! Der Drücker gab unter seinem Daumen nach: Leise öffnete sich die Tür vor ihm.
Bläuliche Nacht, ihre wehenden Düfte; der Gemarterte sah

in die Freiheit hinaus, und nun, aufatmend, in der Rettung geborgen, kam Pavlo plötzlich der Gedanke, daß diese Erzählung gewiß nicht zufällig der abstrusen ersten jenes – wie hieß der Verfasser doch? ach ja: Kafka nachgestellt war: Sie korrigierte ihre Vorgängerin mit einem echten, richtigen Ende, und sie korrigierte mit diesem Schluß auch die Rede des Großinquisitors, der eine Rettung durch die Marter der Flammen in das Jenseits des Himmels verheißen –: Nein, die Rettung lag hienieden auf Erden, durch die Marter der Hoffnung in die Freiheit, so ging der Weg, und nun war er geendet – schimmernd lag der Garten da! Pavlo schaute verzückt in das Buch: bläuliche Nacht in seiner Zelle, vorm Fenster der Mond und die ziehenden Wolken, und die Düfte der offenen Nacht! Pavlo wollte nicht weiterlesen, es war ja schon alles am glücklichen Ende; wäre da die Bestätigung nicht zu viel? – Er war voller Ekstase. –
„Er war voller Ekstase." – Pavlo las diesen Satz, noch diesen, zum Abschluß, da schien es ihm, als sähe er die Schatten seiner Arme auf der Seite des Papierbuchs, und er las:
„Da schien es ihm, als sähe er die Schatten seiner Arme auf sich zukommen: Ihm war, als fühlte er, wie diese Schattenarme ihn umschlangen, umwanden, und wie er sanft gegen eine Brust gedrückt wurde. In der Tat, da stand eine hohe Gestalt neben der seinen. Voller Vertrauen senkte er den Blick auf diese Gestalt – stand da, keuchend, wie toll geworden, mit trübem Auge, am ganzen Leibe zitternd, die Wangen gebläht und Schaum vor dem Munde.
O Schrecken! Er lag in den Armen des Großinquisitors selbst, des ehrwürdigen Pedro Arbuez d'Espila, der ihn anschaute, die Augen voll dicker Tränen und mit der Miene eines guten Hirten, der sein verlorenes Schaf wiederfindet!
Der düstere Priester preßte den unglücklichen Juden mit einer so heftigen Bewegung der Barmherzigkeit an sein Herz, daß das rauhe mönchische Büßerhemd unter dem Ordenskleid die Brust des Dominikaners wund rieb. Und während Rabbi Aser Abarbanel, dessen Augen unter den Lidern hervortraten, in den Armen des asketischen Dom Arbuez röchelte und nur wirr begriff, daß alle Phasen dieses schicksalsschweren Abends nur eine vorgesehene Marter, nämlich die der Hoffnung, waren, flüsterte ihm der Großinquisitor

im Tone eines stechenden Vorwurfs und betroffenen Blikkes mit heißem, vom Fasten verderbtem Atem ins Ohr: ‚O mein Kind! Am Vorabend des möglichen Heils ... wolltet ihr uns also verlassen!'"

Das Papierbuch; Pavlo hielt das Buch in der Hand; er hielt es geschlossen, blaugrauer Einband, die bläuliche Nacht vor dem Zellenfenster, und Pavlo lag an die Mauer gepreßt, und die beiden Inquisitoren sahen ihn liegen, wie hießen sie: Kafka und Wiljährdelillada; die dritte Erzählung, hinter ihr das Ende, sie war nur sieben Seiten lang. – Pavlo suchte das letzte Wort, es hieß „genug". – Gab ihm das Kraft? Was sollte Pavlo denn tun als lesen; er war schon zu solcher Art verändert, daß er weiterlesen mußte, und diesmal las er erwartungslos.

Die Erzählung hieß „Der Nasenstüber", und Pavlo erfuhr sofort, was das war. Es war ein leichter Schlag auf die Nase, ein Klaps nur, auf den Nasenrücken, oder von der Seite her auf einen der Nasenflügel, manchmal auch nur ein Fingerschnipsen von unten gegen die Nasenspitze, und der diesen Nasenstüber austeilte, war ein Wächter, und der ihn empfing, ein Häftling in einem der Konzentrationslager des zwanzigsten Jahrhunderts; Pavlo, wie jeder in Uniterr, wußte, was ein Konzentrationslager war, so wie er wußte, daß es in Uniterr keine mehr gab noch je geben konnte. Eine Art Summe von Strafkolonie und Inquisitionskerker, so hatte man sich diese Stätten wohl vorzustellen, und ein Nasenstüber war dort, in einem Alltag des Folterns und des Mordens, eine lächerliche Kleinigkeit, von der man doch kein Aufhebens machte, so wie – und Pavlo dachte da lange nach, aber es fiel ihm nichts Vergleichbares ein. So gab er sich selbst einen Klaps auf die Nase, ein kleiner Schmerz, der schnell ums Gesicht lief; ein bißchen Taubheit des Fleischs zwischen Mund und Stirn. – Sonst nichts? – Pavlo wiederholte den Schlag, nun spürte er fast keinen Schmerz mehr, er schlug ein drittes und viertes Mal, schneller, heftiger: nicht einmal ein Brennen; so rasch also gewöhnte man sich. Und dieser Häftling empfing ihn täglich, zum Morgenappell, einen Schlag auf die Nase, nicht grob, nur einen Schlag auf die Nase, nur selten floß Blut. – So ging es ein Jahr und neun Monate lang, jeden Morgen der sechshundertachtunddreißig Tage. – Sechshundertachtunddreißig

Schläge auf die Nase, dachte Pavlo, und er schlug ein fünftes Mal: diesmal ein Stechen; und da plötzlich hatte Pavlo begriffen, daß es ja ein Wächter war, der den Häftling schlug, und daß das vielleicht einen Unterschied machte.
„So kam der 639. Morgen." – Der Häftling hatte keinen Namen, er war eine Nummer, 441825, die trug er ins Handgelenk eingeätzt. – Pavlo, das Buch in beiden Händen, schaute auf seine Handgelenke: Seine Nummer war nicht eingeätzt. – Der Autor der Erzählung hieß „Anonym". – „So kam der 639. Morgen. 441825 stand in der vordersten Reihe. Er stand immer in der vordersten Reihe, es war ein ausdrücklicher Befehl des Scharführers, daß 441825 immer in der vordersten Reihe zu stehen hatte. Der Scharführer stand nun wieder vor ihm. Er sah den Häftling wie immer voll Freude an. Der Häftling, ein Mann von neunundfünfzig Jahren, stand stramm, wie es befohlen war, die gestreifte Mütze vom Kopf gerissen, die Hände an die gestreifte Hose gepreßt. ‚Da ist er ja, unser kleiner Liebling', sagte darauf der Scharführer. ‚Er hat sicher die ganze Nacht schon darauf gewartet.' 441825 hatte ‚Jawoll!' zu sagen und den Scharführer dabei anzusehn. ‚Jawoll!' sagte 441825, und seine Stimme war grau, und sein Blick war Todesangst. ‚Na denn guten Morgen!' sagte der Scharführer und schlug 441825 auf die Nase, diesmal mit der flachen Hand auf den Nasenrücken. Es war nur ein Klaps. 441825 spürte sein Gesicht zerplatzen, doch es war weiter nichts, es floß nicht einmal Blut."
Und am nächsten, dem sechshundertvierzigsten Tag, wieder. – „441825 stand wie immer in der vordersten Reihe, die gestreifte Mütze vom Kopf gerissen, die Hände an der gestreiften Hose. Wieder stand der Scharführer vor ihm und sah 441825 voll Freude an. 441825 begann zu zittern. ‚Da ist er ja, unser kleiner Liebling', sagte der Scharführer strahlend. ‚Er hat sicher die ganze Nacht schon darauf gewartet.' – ‚Jawoll!' sagte 441825. Seine Stimme war ein Röcheln; er schloß die Augen. Totenstille, kein Schlag kam. Eine Ewigkeit stand 441825 so, und eine Ewigkeit war Totenstille, dann schlug 441825 die Augen auf und sah den Scharführer vor sich stehen. ‚Na denn guten Morgen!' sagte der Scharführer und schlug 441825 auf die Nase. Diesmal schlug er von rechts her, ein wenig stärker als sonst, aber

auch diesmal floß kein Blut. 441825 heulte ganz leise auf. ‚Na, na!' sagte der Scharführer. 441825 stand stumm. Er fühlte seinen Kopf wie eine Geschwulst. Der Scharführer lachte und ging weiter."

Ich werde wahnsinnig, dachte alles in Pavlo. – „Jeden Tag bekam 441825 zum Morgenappell seinen Nasenstüber. Schlimmeres geschah ihm nicht. Er wurde bei der Arbeit geschont, auf ausdrücklichen Befehl des Lagerführers. Er gehörte zum Kartoffelkratzkommando. Er hatte beinah satt zu essen. Er wurde nicht auf den Bock geschnallt, er wurde nicht in den Steinbruch gestoßen, er wurde nicht mit ausgekugelten Armen an den Ast eines Baums gehängt. Er wurde nicht in der Latrine gebadet. Jeder im Lager kannte ihn, und er wurde von allen beneidet. Alle fragten, womit 441825 sich solche Vorteile erkaufe. 441825 hatte eine Pritsche allein, aber er schlief nicht länger als drei Stunden, und auch da träumte er von dem Nasenstüber und fuhr schreiend aus dem Schlaf. Seine Kameraden hätten ihn gern verprügelt, doch das war vom Lagerkommandanten aufs strengste verboten, und der Blockälteste paßte auf."

Jetzt kam der sechshundertfünfzigste Tag. – „So kam der 650. Tag. 441825 stand zum Morgenappell in der vordersten Reihe, und als er den Scharführer kommen hörte, winselte er wie ein Hund. Er stand, wie es befohlen war, die gestreifte Mütze vom Kopf gerissen, die Hände an der gestreiften Hose, doch er konnte das Winseln nicht unterdrücken. Aus dem Blick der Häftlinge scholl unhörbares Gelächter auf. Der Scharführer stand nun vor 441825, und der hörte noch immer nicht auf zu winseln. Der Scharführer sah ihn vorwurfsvoll an. Jetzt schlägt er mich tot! dachte 441825, und er dachte es als seine Erlösung. Der Scharführer sah ihn stumm an und ging weiter. 441825 winselte noch immer. Er hörte den Scharführer weitergehen und dachte zuerst, daß er wahnsinnig sei. Dann dachte er, daß der Scharführer an ihm genug habe, und dann dachte er, daß er nun gelernt habe, das zu tun, was man von ihm verlangte. Im Lager wurde nichts erklärt. Es wurde so lange geschlagen, bis man begriff, was zu tun war. Einer mußte täglich nach der Mittagssuppe auf dem Kopf stehn und krähen, und er wurde so lange wortlos geschlagen, bis er schließlich auch das begriff. Nun hab ich's begriffen, nun ist es zu

Ende! dachte 441825. Es war der glücklichste Tag seines Lebens, aber in der Nacht schlief er keine Stunde. Er dachte, daß er nun ein Hund sei und winseln müsse, wie ein Hund winselt, jeden Morgen zum Morgenappell winseln, alle Tage, bis an sein Lebensende, dann bekam er keinen Nasenstüber mehr. Er war glücklich und konnte dennoch nicht schlafen. Am nächsten Morgen, dem 651. Tag im Lagerleben des 441825, stand 441825 wie immer in der vordersten Reihe, die gestreifte Mütze vom Kopf gerissen, die Hände an der gestreiften Hose, und der Scharführer kam heran. Nun muß ich winseln, wie ein Hund winselt, dachte 441825, und er winselte. Er war ein Hund. Der Scharführer sah ihn strahlend an. ‚Da ist er ja, unser kleiner Liebling', sagte der Scharführer. ‚Er hat sicher die ganze Nacht darauf gewartet.' – Das Winseln brach in einem erstickten ‚Jawoll!' ab, ein Japsen, und ein Blick, in dem Wahnsinn lachte. ‚Na denn guten Morgen!' sagte der Scharführer und schlug 441825 auf die Nase. Diesmal schlug er wieder auf den Nasenrücken, und auch diesmal floß kein Blut." –
Ich lese nicht mehr weiter! schrie alles in Pavlo. – Plötzlich begriff er die erste Erzählung, und natürlich las er weiter, den sechshundertzweiundfünfzigsten Tag: „Es kam der 652. Tag. Wieder hatte 441825 in der Nacht nicht geschlafen, er hatte seinen armen Kopf zermartert, was es nur war, das man von ihm verlangte: Sollte er winseln oder nicht? Er wußte es nicht, und er wagte auch niemand zu fragen. Er wußte, daß die Kameraden ihn haßten, weil er so bevorzugt war, daß er noch kein einziges Mal auf den Prügelbock gelegt oder in den Steinbruch gestoßen wurde. Zum Morgenappell stand 441825 wieder in der vordersten Reihe, die gestreifte Mütze vom Kopf gerissen, die Hände an den gestreiften Hosen. Der Scharführer kam heran. 441825 war vor Angst gelähmt, er zitterte an allen Gliedern, er konnte nicht strammstehn, und er konnte nicht winseln. Der Scharführer strahlte. ‚Da ist er ja, unser kleiner Liebling', sagte der Scharführer. ‚Er hat wohl schon die ganze Nacht darauf gewartet?' Aus der Kehle von 441825 kam ein Röhren. Die Häftlinge hatten alles Brüllen gehört, das ein Gepeitschter nur ausstoßen kann, Heulen, Kreischen verzweifeltes Schreien, das Klatschen der Peitschen und das Pendeln der Leiber an den Ästen der Bäume, das alles war der Lagerall-

tag, doch dieses Röhren war schauerlich. ‚Na denn guten Morgen!' sagte der Scharführer und schlug 441825 auf die Nase. Auch diesmal schlug er wieder von oben, und auch diesmal floß kein Blut. 441825 fiel zitternd nieder, Schaum vorm Mund. Einen anderen Häftling hätten die Nebenstehenden aufgefangen, diesen ließen sie fallen, er war bevorzugt, sie haßten ihn. Aber auch der Scharführer ließ ihn liegen und trat ihm nicht, wie üblich, die Nieren kaputt. Dann kratzte 441825 wieder Kartoffeln. Am Abend, im Block, wagte 441825, seinen Blockältesten zu fragen, was man von ihm verlange. Er wolle alles tun, er werde sonst wahnsinnig! Der Blockälteste gab ihm einen Schlag auf die Nase, ein Fingerschnipsen auf die Nasenspitze, und wies ihn ins Bett. 441825 winselte durch die Nacht, in seine Pferdedecke hinein, er war einer der wenigen, die eine Pferdedecke besaßen. In diesem Block hatte nur der Blockälteste noch eine Pferdedecke. – 441825 stand noch sieben Tage beim Morgenappell, die gestreifte Mütze vom Kopf gerissen, die Hände an der gestreiften Hose, und der Scharführer sagte noch siebenmal: ‚Da ist er ja, unser kleiner Liebling!' und der Scharführer fragte noch siebenmal, ob 441825 die ganze Nacht hindurch darauf gewartet habe, und die Häftlinge hatten sich schon am dritten Tag an das Röhren von 441825 gewöhnt. So schnell geht das. Siebenmal sagte der Scharführer noch: ‚Na denn guten Morgen!', und siebenmal noch bekam 441825 einen Schlag auf die Nase, immer von oben, auf den Nasenrücken, und nicht einmal von den sieben Malen kam Blut. Am sechshundertsechzigsten Tag seines Lagerlebens war 441825 wahnsinnig geworden. Er konnte nicht mehr Kartoffeln kratzen, der Kratzer fiel ihm aus den Händen, er rollte sich zu einer Kugel zusammen, die Arme um die Nase geschlagen, und diesmal bekam er einen Fußtritt, es war ein Fußtritt in die Nieren, aber auch dieser Fußtritt vertrieb den Wahnsinn nicht mehr. Dem Scharführer wurde Meldung erstattet. Er kam mit dem Lagerführer und sah 441825 an, wie er auf dem Boden lag, die Arme um die Nase geschlagen, und er sagte: ‚So also, Lagerführer!', und der Lagerführer sagte auch: ‚So also!' und ging. Der Scharführer gab einen Befehl. 375288 kam angerannt und erschlug 441825 mit einer Hacke. Er schlug nur einmal zu, das war schon genug."

Und dann stand da: ENDE; Pavlo las: „Ende“, und langsam, wie nach einem Schlag in die Magengrube, ein dumpfes Durchdringen von Leib und Seele, begann Pavlo zu begreifen, und er sagte: „Unsern täglichen Schlag –“ Plötzlich entsann er sich eines Satzes zum Ende der ersten Erzählung, über den er achtlos hingelesen und von dem er nun wußte, daß er ihn brauche, um zu verstehn. Er blätterte das Buch zurück, und als ob jenes Wort auf ihn gewartet, sprang es ihn aus den Zeilen an: „...es war armes, gedemütigtes Volk.“

Pavlo klappte das Buch zu; vor dem Zellenfenster violettes Glühen, Uniterr sandte seine Botschaft ins All.

„Unsern täglichen Schlag gebt uns heute –“, sagte Pavlo. Er wußte nicht, was er da sagte, doch er sagte das so.

Dann trank er.

ENDE

Inhalt